SCHÄTZE MICH, COWBOY

COWBOY

Turner Creek Ranch Serie, Buch Eins
(Die Cowboys von Mule Hollow)

DEBRA
CLOPTON

Schätze mich, Cowboy
Copyright © 2021 Debra Clopton Parks

Schätze mich, Cowboy

Schätze, Geheimnisse und ein Vermächtnis, das auf Liebe basiert ...

Da sie eine Pause von ihrem schwierigen Bruder braucht, hört sich ein Recherche-Sommer in einem historischen Postkutschenhaus auf der Turner Creek Ranch für die Geschichtslehrerin Melody Chandler himmlisch an. Die Ranch gehört drei Brüdern, und sie nimmt das Jobangebot des ältesten Bruders an. Dass Cowboy Seth Turner nicht will, dass sie sich dort in die Vergangenheit der Familie vertieft, merkt sie erst, als sie sich bereits für den Sommer im Haus eingelebt hat und er verlangt, dass sie verschwindet. Melody kann nicht anders, als sich zu fragen, was der gutaussehende Cowboy zu verbergen hat, und sie weigert sich zu gehen, da sie einen Vertrag mit Seths Bruder abgeschlossen hat.

Seth Turner verwaltet die Ranch der Familie und ist nicht glücklich darüber, dass sein Bruder die hübsche Geschichtslehrerin anstellt, um in ihrer Vergangenheit zu graben. Doch als Melody eine Art Schatzkarte und eine texanische Legende entdeckt, schließen sie sich zusammen, um den mysteriösen Schatz zu finden. Bald fühlen sie sich zueinander hingezogen, doch Melody hat ihre eigenen Geheimnisse, die sie auseinanderzureißen drohen.

Dies ist eine Texas-Matchmakers-Geschichte, die alles bietet, Romantik, Schatzsuche und eine Fehde unter den Leuten von Mule Hollow, die zum Lachen bringen wird und dazu, dieses Buch zu lieben.

Dieses Buch berührt das Herz und unterhält.

Willkommen auf der Turner Creek Ranch, wo das Vermächtnis der Liebe stark ist.

KAPITEL EINS

Etwas stimmte nicht. Melody Chandler wusste es, noch bevor das unverwechselbare Geräusch die Stille des glühenden texanischen Nachmittags durchbrach. Sie wandte sich von dem hundert Jahre alten Postkutschenhaus ab und hob ihre Hand gegen die grelle Junisonne über ihre Augen. Der schwarze Pickup raste bedrohlich auf sie zu, Staub wehte wie der Umhang eines Cartoonbösewichts hinterher – und tat überhaupt nichts gegen die Untergangsvision, die ihr Geist bereits heraufbeschworen hatte.

Ihr wurde mulmig, als sie beobachtete, wie der Truck über den Feldweg fuhr und mehrere Weiden überquerte, bevor er auf den Hof fuhr. Wyatt Turner, der Mann, der ihr die Möglichkeit gegeben hatte, die nächsten Monate in diesem wunderbaren alten Relikt zu leben, hatte darauf hingewiesen, dass der Weg, den der

Truck hinunterraste, der eigentliche Pfad der Postkutschen im 19. Jahrhundert war. *Faszinierend!*

Wenn man sich vorstellte, dass sie dort stand, wo die Pioniere gewartet und beobachtet hatten, wie ihre Postkutschen auf sie zukamen. Als Geschichtslehrerin konnte sie sich gut vorstellen, wie es damals ausgesehen hatte und wie aufgeregt sie sich gefühlt haben mussten … Aufregung war jedoch gerade leider nicht das, was sie fühlte.

Mit wattetrockenem Mund verschränkte sie ihre verschwitzten Handflächen hinter dem Rücken. Sie wusste, dass es hoffnungslos war, als sie dem Blick des Cowboys hinter dem Steuer begegnete. Kein Zweifel, Seth Turner war gekommen, um ihr zu sagen, dass sie sich von ihrem süßen Plan für den Sommer verabschieden solle.

Sie hatte gewusst, dass es zu schön war, um wahr zu sein. War es nicht immer so, wenn etwas zu leicht erschien?

Ihr Magen zog sich zusammen, als ihr Blick durch die Windschutzscheibe Seths stürmischen Augen begegnete. Wusste er auch nur ansatzweise um die Macht, die er mit einem Blick aus diesen wunderschönen braunen Augen ausübte?

Oh ja, er wusste es.

Doch heute war es kein freundlicher Blick. Seine

finstere Miene war aus der Ferne zu erkennen und riss sie direkt aus ihren Gedanken in die Realität des Augenblicks.

Sie lächelte schwach, und sein finsterer Blick wurde noch dunkler – doch immer noch hinreißend … und es war völlig lächerlich, dass sie es bemerkte. Vor allem, als er vor ihr aus dem großen Truck stieg und auf sie zukam.

Sie sagte ihren Füßen, sie sollten sich bewegen, ihm entgegengehen und sie nicht einfach nur dastehen lassen wie ein Kaninchen, das in einer Falle gefangen ist. Doch das war schwierig, wenn ihre Füße sich nur in die entgegengesetzte Richtung bewegen wollten! Sie begnügte sich damit, mit zitternden Knien stehenzubleiben.

„Hallo, Seth", sagte sie ein wenig wackelig und streckte ihm ihre Hand entgegen. „Melody. Melody Chandler."

Er sah ein wenig verwirrt aus und schüttelte kurz ihre Hand. „Ich, äh, weiß, wer Sie sind."

Ihre Wangen wurden warm. „Tut mir leid." Natürlich wusste er, wer sie war. Mule Hollow war so klein, dass er ihren Namen kennen musste, auch wenn sie sich nie wirklich unterhalten hatten. „Das ist die Lehrerin in mir." Nicht die beste Antwort, aber immerhin etwas.

Er verlagerte sein Gewicht von einem Stiefel auf den anderen. „Hören Sie, ich bin mir nicht sicher, was Wyatt sich dabei gedacht hat. Doch ich fürchte, mein Bruder war nicht befugt, dieses Haus an Sie zu vermieten."

Er würde sie rauswerfen, genau wie sie gedacht hatte. Ihr Herz sackte in ihre Magengrube. Wyatt teilte sich die Ranch und das Postkutschenhaus mit seinem Bruder Seth und seinem anderen Bruder Cole. Doch alle wussten, dass Seth der für die Ranch verantwortliche Bruder war. Schließlich lebte er hier und hatte den Ort nie verlassen.

„Aber", platzte sie heraus, „das hat er. An mich." Als ob der Mann das nicht schon wüsste!

„Ja. Aber das sollte er nicht. Er wusste, dass ich nicht wollte, dass das Haus vermietet wird."

Jede großartige Retourkutsche, die der Menschheit bekannt war, raste durch Melodys Kopf – und hinaus. „Oh", war alles, was herauskam. Bei ihr war das immer so. *Immer*.

„Also ist das okay für Sie?"

Fragte er sie das wirklich? Das Wort *Nein* kam ihr in den Sinn, doch nicht aus ihrem Mund –der blieb geschlossen, als hätte sie aus Versehen einen Klebestift anstelle ihres Labello verwendet.

Nein, es war nicht okay für sie, überhaupt nicht,

und sie musste etwas sagen. Argumentieren. Stattdessen spürte sie, wie ihr der Geist des wunderbaren Ortes entglitt, und drehte sich um, um das alte Haus anzustarren. Sie hatte sich bei dieser Gelegenheit wie Aschenputtel gefühlt, doch Aschenputtel hatte wenigstens ein Drittel des Balls durchgehalten, und sie wurde bereits weggejagt.

Wie konnte er nur fragen, ob das okay für sie war? Natürlich wollte sie nicht gehen. Sicher konnte sie ihre Recherchen woanders durchführen und hatte ursprünglich genau das vorgehabt. Doch das war die perfekte Gelegenheit gewesen. In die Atmosphäre der Vergangenheit einzutauchen hatte ihr einen Nervenkitzel gegeben, den sie noch nie zuvor erlebt hatte. Und jetzt schickte Seth sie Packen, nachdem er sich kaum vorgestellt hatte.

„Ich schlage Ihnen was vor", sagte er nicht unfreundlich. „Ich helfe Ihnen, Ihre Sachen zurück in die Stadt zu bringen. Ich bin sicher, dass Sie Ihre Wohnung wiederhaben können. Ich glaube nicht, dass Adela sie schon wieder vermietet hat."

Sie blinzelte nur, zu benommen, um sich zu bewegen. Sie wollte ihre Wohnung nicht zurück.

Dann sag es! – Sag einfach nein.

Warum hatte sie gelernt, ihre Autorität im Klassenzimmer auszuüben – na ja, die meiste Zeit zumindest –, doch wenn es um Männer ging, *dachte* sie nur darüber nach, was sie sagen wollte? Es war einfach ärgerlich. Das Gesicht ihres Bruders tauchte in ihren Gedanken auf, und etwas in ihr rebellierte. „Nein." Es war kaum zu hören, doch sie hatte es ausgesprochen.

„*Wie bitte?*"

Es war eine Sache, vor dem Spiegel große Reden zu schwingen. Es war eine ganz andere, für sich selbst einzustehen. Als sie Seth ansah, wusste sie nur, dass sie nein sagen musste. Das war einer der wichtigsten Momente in ihrem Leben. Sie musste hier sein, in diesem Haus. Sie würde ihren Sommer damit verbringen, Postkutschenräuber und versteckte Schätze zu recherchieren! Es war unglaublich.

Für Melody war es so unglaublich, dass sie fürchtete, dass sie aufwachen könnte, wenn sie jemand zwickte. Mancher könnte denken, ihre „Suche" wäre eine alberne Zeitverschwendung und nicht mehr als eine Ablenkungstaktik. Was teilweise stimmte – sie würde alles tun, um nicht an ihren Bruder denken zu müssen.

Doch die Wahrheit war, sie wollte albern. Sie brauchte das. Sie brauchte albern ... mehr als irgendjemand jemals wissen oder verstehen könnte. Wyatt hatte diese Gelegenheit in ihren Schoß fallen lassen, und sie konnte sie einfach nicht aufgeben. Etwas sagte ihr, dass das ihre einzige Chance war, in ihrem

Leben etwas zu verändern. Dass es jetzt oder nie war.

Doch etwas zu brauchen und loszugehen und es sich zu nehmen, waren zwei verschiedene Dinge. Nein. Diese wunderbare Gelegenheit und alle Teile hatten sich so zusammengefügt, als sollte es einfach sein. Als sie beschlossen hatte, die Recherchen anzustellen, war es ein kleiner Versuch gewesen, dem Druck zu entkommen, den sie wegen ihres Bruders und seiner Probleme empfand. Doch die Tatsache, dass ihre Recherchen sie zu diesem Postkutschenhaus aus dem 19. Jahrhundert geführt hatten, die Tatsache, dass es nicht mehr als zehn Meilen von ihrem Wohnort entfernt war, die Tatsache, dass Wyatt ihr *angeboten* hatte, den Sommer in diesem wunderbaren Haus zu leben ... es war bemerkenswert.

Mehr noch, weil sie Melody Chandler war, auch bekannt als unauffällige Geschichtslehrerin der vierten Klasse, Hintergrundrequisite für alle Gelegenheiten, die, die immer nachgab.

Leider passten diese Beschreibungen nur allzu gut auf sie. Und sie waren genau das, was ein Mann wie Seth über sie dachte ...

Doch als sie hier stand und das Gebäude aus Sandstein und Schindeln betrachtete, pochte ihr Herz noch einmal vor Freude, und wieder fühlte sie sich ein wenig wie Aschenputtel auf dem Ball. Es war, als hätte sie den ganzen Sommer Zeit, bevor sich die Kutsche wieder in einen Kürbis verwandeln würde. Sie musste nur auf ihre Rechte bestehen ...

„Nein", sagte sie, diesmal fester, als ein langsames Brennen von Aufregung und Entschlossenheit in ihr aufloderte. „Sie müssen verstehen, dass ich hier eingezogen bin mit der Gewissheit, dass Sie damit einverstanden sind. Wyatt sagte, wenn Sie ein Problem damit hätten, würde er sich darum kümmern. Außerdem habe ich einen Mietvertrag unterschrieben. Und ich habe meine Wohnung bereits für den Sommer untervermietet."

Seths Gesicht spiegelte eine Mischung aus Verwirrung und Unglauben wider. „Sie haben einen Mietvertrag?" Er traute seinen Ohren offensichtlich nicht. Der Mann sah so unbeweglich aus wie der fast zweihundert Jahre alte Kamin aus Stein, der an der Seite des Postkutschenhauses stand.

Sie imitierte seine Haltung und blieb standhaft. Sie fuhr mit ihren feuchten Handflächen über die Seite ihrer Jeans. „Ich werde *nicht* gehen." *Nicht* kam als Quietschen heraus, war aber offensichtlich zu entziffern, da Seths Brauen unter dem Rand seines Stetson verschwanden. Ihre Nerven flatterten. „Ich verursache keinen Schaden."

Hatte sie das wirklich gesagt?

Seths Augen verengten sich, und sein schlanker Kiefer zuckte. „Im Ernst: Ich will, dass Sie gehen", sagte er, als hätte sie nur einen Witz gemacht. „Das Letzte, was ich will, ist, dass jemand hier draußen Sam Bass und versteckte Schätze und all diesen Unsinn recherchiert."

Unsinn! Wie konnte er es wagen, ihre Arbeit als Unsinn zu bezeichnen? Wie konnte er es wagen zu glauben, dass er einfach entscheiden konnte, dass er sie hier raushaben wollte, und sie würde springen? „Im Ernst: Ich bleibe", sagte sie und wurde bei der Anstrengung hinter ihren Worten fast ohnmächtig.

Sein ungläubiger Blick war beinahe komisch. Und das hatte einen guten Grund – sie stellte sich vor, dass seine Überraschung etwas damit zu tun hatte, dass sie in den vergangenen zwei Jahren ein Mauerblümchen gewesen war. Er hatte nicht erwartet, sie jemals sprechen zu sehen! Von Widersprechen ganz zu schweigen.

Seine Augenwinkel zuckten leicht, als sie einander anstarrten. Sie hielt den Atem an und bluffte weiter.

Sein Blick senkte sich, glitt über sie, nahm ihre zerlumpte Jeans, ihr verstaubtes T-Shirt und ihre Flip-Flops auf, als würde er sie als Gegnerin abschätzen. Leider würde er feststellen, dass es ihr an mehr fehlte, als sie sich eingestehen wollte. Ein wenig erschüttert von seinem unverhohlenen Blick klammerte sie sich an ihre neu gewonnene Entschlossenheit und zwang sich, auf ihn zuzugehen.

„In diesem wunderbaren Gebäude haben Sie einen ganzen Schatz an Informationen. Geschichte, die da drin nur vor sich hin schmachtet. Wollen Sie nicht wissen, was das alles ist?"

Er verschränkte die Arme vor der Brust. „Ehrlich gesagt, nein." Als wahre Geschichtsliebhaberin, die gerne alles über die Vergangenheit lernte und dieses Wissen auch an andere weitergab, konnte sie seine Einstellung nicht verstehen.

„Aber Sie haben Tagebücher da drin, die uns sagen können, wer auf diesem Land war. Und wer weiß, ein Präsident oder vielleicht sogar Sam Bass selbst könnte vor hundertfünfzig Jahren genau dort gestanden haben, wo Sie jetzt stehen. Sind Sie denn gar nicht neugierig?"

„Nein."

„Aber es ist Geschichte. Denken Sie nur an die Möglichkeiten. Ich meine, als ich herausgefunden habe, dass dieser fantastische Ort hier draußen ist, habe ich eine Gänsehaut bekommen. Wenn ich mir vorstelle, dass hier, keine zehn Meilen von meiner Wohnung entfernt, dieses erstaunliche historische Wunderland liegt – ich kriege immer wieder Gänsehaut, wenn ich nur darüber rede." Impulsiv streckte sie den Arm aus.

„Sehen Sie?"

Er sah auf ihren Arm, als hätte sie den Verstand verloren. Sie plapperte wieder, doch es lag an ihrer Liebesbeziehung zur Geschichte. Sie hatte Geschichte immer aus der Sicht eines Bücherwurms studiert. Aber das hier – oh, das hier war anders. Vielleicht würde es seine Meinung ändern, wenn sie es ihm erklärte.

„Als ich angerufen habe und dachte, ich würde mit Ihnen sprechen, wollte ich mir den Ort wegen meiner Recherchen nur ansehen. Ich hätte mir nie träumen lassen, dass Sie und Ihre Familie all diese Aufzeichnungen im Haus aufbewahrt haben – es ist unglaublich. Ihr Bruder hat sie mir gezeigt. Er ist ein unglaublich netter Mann, so zuvorkommend. Es war Wyatts Vorschlag, dass ich den Sommer über hierherziehe und die Forschung für Ihre Familie mit meiner eigenen zusammen mache – er sagte, es gäbe ein paar Lücken in den Aufzeichnungen, die meine Forschung ausfüllen könnte. Sie können einfach nicht wollen, dass niemand sich das ansieht."

Sein Gesichtsausdruck verdüsterte sich – wenn das überhaupt möglich war. „Oh, ich will es wirklich nicht, das können Sie mir glauben. Was ich will ist, dass Sie zustimmen, von diesem Mietvertrag zurückzutreten. Zu wissen, dass Wyatt ohne meine Zustimmung gehandelt hat, sollte Sie dazu bringen, das Richtige zu tun."

Der Mann war wütend.

Wer würde nicht wollen, dass Lücken in seiner Geschichte gefüllt wurden? *Wer?* „Sie verstehen das nicht", sagte sie erstaunt über sich selbst. „Die Forschung, die ich durchführe, könnte sehr gut die Geschichtsbücher verändern oder neue Daten hinzufügen. Sam Bass ist der am besten dokumentierte Postkutschen- und Zugräuber von ganz Texas, doch es sind die Legenden, die im Laufe der Jahre gewachsen sind, die mich faszinieren. Zu denken, dass er angeblich in ganz Texas Schätze vergraben hat, die nie geborgen wurden! Es besteht die sehr reale Möglichkeit, dass er auf dem Weg zu dieser Haltestelle die Kutsche ausgeraubt und dann den Schatz auf Ihrem Land versteckt hat. Soll ich nicht sehen, ob das stimmt?"

„Das ist genau der Grund, warum ich Sie nicht hier haben will. Sie werden alle auf diesen Unsinn von versteckten Schätzen aufmerksam machen, und ehe ich mich versehe, wird mein Land von Schatzsuchern überrannt."

Melody sträubte sich. „Ich kann nicht glauben, dass Sie *das* gerade gesagt haben. Ich meine, wirklich – Sie besitzen ein Stück des großartigen amerikanischen Westens hier auf der Turner Creek Ranch! Ein Stück texanische Geschichte und Folklore. Meine Güte, Sie haben hier einen wahren Schatz. Vergessen Sie das

12

vergrabene Zeug." Sie gestikulierte in Richtung des Postkutschenhauses. „Keine Ahnung, wie viel Geschichte hier drin ist, und alles, woran Sie denken können, ist, ein paar Männer mit Metalldetektoren und Schaufeln von Ihrem Grundstück fernzuhalten?"

Sie konnte nicht glauben, dass sie das mit so viel Nachdruck gesagt hatte. Seinem Gesichtsausdruck nach zu urteilen, konnte Seth es auch nicht.

Es fühlte sich wahnsinnig befriedigend an. „Sind Sie fertig?"

War sie fertig? Sie konnte fast sehen, wie er sich darauf vorbereitete, ihr noch einmal zu sagen, dass sie gehen musste. Es brachte sie dazu, sich auf mehr als eine Weise die Haare raufen zu wollen. „Ja", sagte sie und atmete aus. Waren die letzten fünf Minuten nur eine Scharade gewesen?

„Nein", fügte sie hinzu. „Ich muss das sagen ... Ich – ich werde bleiben. Ich habe einen Rechtsanspruch."

Seths Gesichtsausdruck war jetzt wie ein Gewitter, und Melody senkte den Blick und dachte noch einmal daran, wegzulaufen. Doch sie würde nirgendwohin gehen. Sie würde bleiben – es sei denn, er warf sie über seine breite Schulter und schleppte sie weg ... und das konnte er genauso leicht tun, wie sie ein Stofftier davontragen konnte.

„Ich habe einen Mietvertrag unterschrieben." Sie

erinnerte sich plötzlich daran, wie Wyatt gegrinst hatte, als er ihr den Mietvertrag präsentierte. Er hatte gewusst, dass sein Bruder so reagieren würde, wenn sie hier war. Er hatte ihre Position absichtlich abgesichert – jetzt wurde ihr alles klar ... Wyatt wollte sie genauso hier haben, wie sie es wollte. Aber warum? „Hören Sie. Obwohl ich weiß, dass Sie mich vielleicht nicht hier haben wollen, verspreche ich Ihnen, dass Sie es nicht bereuen werden."

Er presste seine Lippen aufeinander und hatte den seltsamsten Ausdruck in den Augen. Ein riesiger Kloß blieb in ihrer Luftröhre stecken, und ihre Entschlossenheit begann zu bröckeln – doch dann machte er plötzlich auf dem Absatz kehrt, marschierte zu seinem Truck und verschwand in einer Staubwolke, genauso wie er gekommen war.

Erst dann dämmerte es ihr ... „Ich bin immer noch hier", sagte sie und drehte sich langsam um, um das Haus anzusehen. Und als sie einen Schritt darauf zutrat, lächelte sie bis in die Zehenspitzen.

KAPITEL ZWEI

Sie hatte sich behauptet! Ein köstliches Gefühl von Stolz und Unglaube wuchs in Melody.

Und ausgerechnet gegenüber Seth Turner.

Seth war extrovertiert, unverschämt gutaussehend und selbstbewusst – das heißt, wenn er nicht so aufgeregt war wie eben. Offensichtlich passte es ihm nicht, wenn er seinen Willen nicht durchsetzen konnte. Sie waren in jeder Hinsicht polare Gegensätze. Niemand erkannte das mehr als sie. Sie hielt sich im Hintergrund, vergessen in ihrer Stille, während Seth unvergesslich blieb. Wenn der Mann einen Raum betrat, bemerkte man es. Wenn der Mann einen Raum verließ auch. Entsprechend umschwärmten ihn die Frauen wie die Motten das Licht.

Sie sollte es wissen, sie hatte zwei Jahre lang aus der Ferne zugesehen – in der Regel von der anderen

Seite des Raumes. Und aus ihren Beobachtungen hatte sie den Schluss gezogen, dass er seine Verehrerinnen für selbstverständlich hielt. Als ob es ihm egal wäre, dass die Frauen da waren, erwartete er einfach, dass sie es waren. Seltsamerweise schien sie das nur noch mehr anzuziehen. Frauen waren manchmal seltsam.

Da sie ihre Grenzen und Unzulänglichkeiten erkannte, hatte sie ihn aus der Ferne bewundert. So sehr, dass sie fast nicht angerufen hätte, um zu bitten, das Postkutschenhaus zu sehen.

Wer hätte gedacht, dass all das dazu führen würde, dass sie ihn mit lodernder Wut in die Sommerhitze davonrasen sah? Ohne Zweifel hätte sie diese Gelegenheit nie gehabt, wenn er an diesem Tag derjenige gewesen wäre, der den Hörer abgenommen hatte.

Sie war sich nicht ganz sicher, was zwischen den beiden Brüdern vor sich ging, doch Gott sei Dank hatte sie einen Mietvertrag unterschrieben.

Warum war Seth so dagegen, dass sie hier war?

Das dämpfte den Stolz, den sie empfand, für ihre Rechte eingetreten zu sein. Aber wirklich, als sie beschlossen hatte, diese Recherchen über den Gesetzlosen Sam Bass durchzuführen, hatte sie dringend eine Ablenkung von ihrem Leben gebraucht. In letzter Zeit hatte sie begonnen, einen völligen Mangel an Respekt vor sich selbst zu empfinden. Und es fühlte sich falsch an, so viel Groll gegen ihren Bruder zu empfinden ... und bis zu einem gewissen Grad sogar gegen ihre Eltern. Doch in letzter Zeit, als ihr Bruder Ty seine Achterbahnfahrt mit Alkohol und Drogen fortgesetzt hatte, in der Erwartung, dass sie immer da sein würde, um ihm finanziell auszuhelfen, wie es ihre Eltern getan hatten, hatte sie sich gefangen gefühlt. Schuldgefühle plagten sie, und das Chaos hatte wieder begonnen, ihr Leben zu bestimmen. Genau wie jedes Mal, wenn Ty wieder zur Flasche griff oder wieder anfing, Drogen zu nehmen. Egal, was sie mit ihrem Leben anstellte, sie hatte erkannt, dass Ty es bestimmte. Und sie wusste nicht, was sie tun sollte.

Die Idee, sich in den Recherchen über Sam Bass und den verborgenen Schatz zu verlieren, war ihr eines Nachts spät gekommen, als sie gelesen hatte, um zu versuchen, einen besonders unangenehmen Telefonaustausch mit Ty zu vergessen ... sie musste zugeben, dass sie manchmal einfach weglaufen wollte. Es war schwer, mit Ty und allem fertig zu werden – die Schatzsuche schien eine so faszinierende Flucht zu sein.

Es war das intensive Stresslevel gewesen, das ihr den Mut gegeben hatte, anzurufen, um zu bitten, das Postkutschenhaus besichtigen zu dürfen. Und es war der Gedanke, diese großartige Gelegenheit zu verlieren, der sie veranlasst hatte, sich gegen Seth Turner zu behaupten.

Und jetzt hatte sie ein neues Geheimnis, das sie faszinierte. Als sie zurück in das Postkutschenhaus eilte, fragte sie sich, was in diesen Aufzeichnungen stand, das Seth geheim halten wollte.

Der einzige Weg, das herauszufinden, war, sie zu lesen.

Sie ging direkt zum Einbauschrank im Flur, wo die Aufzeichnungen in einer metallbewehrten Truhe aus dem 19. Jahrhundert aufbewahrt wurden. Sie packte die Messinggriffe, zog die schwere Holztruhe heraus und öffnete den Deckel. Als Wyatt ihr die Tagebücher gezeigt hatte, war sie neugierig gewesen, doch sie war so aufgeregt über ihre eigenen Recherchen gewesen, dass sie noch nicht hineingeschaut hatte. Jetzt hatte Seths Reaktion ihre volle Aufmerksamkeit, und sie musste herausfinden, warum er sich solche Sorgen machte.

„Lass uns sehen, was du versuchst geheim zu halten", murmelte sie. Sie nahm das erste Buch, setzte sich mit gekreuzten Beinen auf den Boden und begann zu lesen.

Seth bereute es bereits, als er in sein Haus stürmte. Er

riss die Kühlschranktür auf und holte eine Cola heraus. Er riss die Lasche so energisch auf, dass der Metallring durch den Raum flog und von seinem John Deere Kalender abprallte. Was hatte sich sein dummer Bruder dabei gedacht?

Seth trank einen großen Schluck von der dunklen Flüssigkeit und spürte, wie sich der Geschmack in seinen Hals bohrte. Ruhelos zerdrückte er die Dose in seiner Hand, bevor er in sein Büro ging. Er ließ sich auf seinen Stuhl fallen, nahm das Telefon und tippte die Nummer seines Bruders. Er wartete eine gefühlte Ewigkeit, doch in Wirklichkeit klingelte es nur viermal, bevor Wyatt abnahm.

„Du solltest froh sein, dass wir jetzt dreihundert Meilen voneinander entfernt sind –"

„Mann, ich wusste es!"

„Wusste was?"

„Wusste, dass diese schüchterne Frau dir unter die Haut gehen würde. Sie hat mich überzeugt. Ich konnte nicht anders."

„Du konntest nicht anders? Was ist das für eine bescheuerte Geschichte? Wenn du nicht anders konntest, dann gut, gib ihr die Tour und fertig. Aber lass sie keinen Mietvertrag unterschreiben und hier auf meinem Land einziehen. Wir sind zwar Partner auf der Turner Creek Ranch, aber ich *lebe* hier."

Wyatt brüllte vor Lachen.

„Hör auf zu lachen. Das ist nicht lustig. Du weißt sehr gut, dass ich nicht will, dass sie da draußen in Grandma Janes Aufzeichnungen wühlt." Grandma Jane war eigentlich seine Urururururgroßmutter, doch das war zu umständlich beim Geschichtenerzählen. Seth und seine Brüder hatten alle ihre Großeltern zu Grandpa oder Grandma abgekürzt, gefolgt von ihrem Vornamen. Das machte das Leben leichter.

Wyatt stöhnte am anderen Ende der Leitung. „Seth, Mann. Du und ich wissen beide, dass sie nichts finden wird. Wir haben sie beide gelesen, und es gibt keine Wahrheit in den großen Geschichten, die Gramps vor all den Jahren erzählt hat. Würdest du dich einfach entspannen? Schau, ich muss los, sonst komme ich zu spät."

„Hey", blaffte Seth, doch die Leitung war bereits tot. Gereizter als zuvor lehnte sich Seth in seinem Stuhl zurück und starrte auf seinen schwarzen Computerbildschirm. Er stellte sich vor, wie Melody Chandlers strahlende Augen ihn anstarrten. Wyatt wäre ebenso überrascht wie er gewesen, heute in diesen Augen keine Spur von Schüchternheit zu sehen. Wo war die Frau, die er heute kennengelernt hatte, hergekommen? Die unscheinbare graue Maus, die er in den letzten Jahren in der Stadt gesehen hatte, war zurückhaltend und … nun, um ehrlich zu sein, langweilig gewesen.

Die Frau, der er heute begegnet war, hatte Augen, die mit ihrem Enthusiasmus und ihrer Empörung das Licht einfingen. Heute hatten diese Augen wie die Amethystbrosche seiner Mutter gefunkelt. Es war unglaublich gewesen. Wieso hatte er sie noch nie zuvor bemerkt?

Weil du sie noch nie eines Blickes gewürdigt hast.

Wahr. Er versuchte zu überlegen, ob er ihr jemals nahe genug gewesen war, um den Farbenreichtum in ihnen gesehen zu haben … und die Antwort war nein. Tatsächlich war er ihr am nächsten gekommen, als er die Sonntagsschule für Singles besucht hatte – nicht, dass er oft in die Sonntagsschule ging. Und er war sich sicher, dass Melody Chandler, wenn er in der Kirche gewesen war, immer weit weg von ihm saß. Doch er hatte sie bemerkt. Bemerkt, dass sie eine dieser Frauen war, die sich setzten und kleiner zu werden schienen. Als ob sie sich in sich selbst zurückzog. Sie blickte weder nach links noch nach rechts, während sie den Worten des Pastors lauschte. Persönlich fand er, dass sie aussah, als hätte sie sich in einer Kiste eingesperrt.

Doch heute schien sie stärker zu sein. Mutiger. Er lächelte, als er daran dachte, wie sie aufgebraust war und ihn wütend angestarrt hatte. Natürlich hatte er gesehen, dass sie bluffte … eine Sache an seinem Urururururgroßvater Oakley – einfach nur kurz Grandpa Oakley – war, dass er einen Bluff aus einer Meile Entfernung erkannt hatte. Es hieß, dass der Mann beim Poker nicht lügen oder betrügen musste. Dass er beim Pokern gewann, weil er Menschen lesen konnte. Das war eine Eigenschaft, die Seth von ihm geerbt hatte. Und bis heute glaubte er, dass er ziemlich gut darin war.

Daran besteht kein Zweifel; Melody hätte ihre Taschen gepackt und wäre im Bruchteil einer Sekunde auf die Straße zurück in die Stadt gefahren, wenn er „Raus hier!" geblafft hätte.

Alles, was er hätte tun müssen, war, ein bisschen härter zu sein, und sie hätte sein Eigentum geräumt – Mietvertrag oder nicht. Und das war der Knaller – warum hatte er es nicht getan und sie in die Flucht geschlagen?

Weil er fasziniert und überrascht war … und das war ihm schon lange nicht mehr passiert.

„Ich glaube immer noch nicht, dass die drei Mädels auf eine Kreuzfahrt gegangen sind", sagte Applegate Thornton am nächsten Morgen, als Seth Sam's Diner betrat. „Wenn die Leute auf diesem Schiff wissen, was gut für sie ist, werden sie Norma Sue und Esther Mae vom Sonnendeck verbannen."

„Und was ist mit deiner hellhäutigen Adela, Sam? Sie könnte gebraten wie ein Hummer nach Hause kommen", sagte Stanley.

Seth nahm neben Luke Burns, einem anderen Cowboy, an der Theke Platz. Er nippte an seinem Kaffee und lauschte dem Gespräch. App und Stanley waren langjährige Freunde und verbrachten fast jeden Morgen mit einem Damespiel am Fenstertisch. Wie die meisten Männer in der Stadt mochte Seth es, ins Diner zu kommen, bevor sie gingen, damit er hören konnte, was sich die beiden alten Männer zu sagen hatten.

„Ihr braucht euch keine Sorgen um meine Frau zu machen. Adela hat mehr Verstand in ihrem kleinen Finger als ihr beide zusammen. Sie wird einen Hut und viel Sonnencreme tragen." Der drahtige kleine Mann stellte eine weiße Kaffeetasse vor Seth und füllte sie.

„Jetzt reg dich nicht gleich so auf, Sam!", brüllte Applegate praktisch – nicht weil er wütend war, nur fast taub und zu stur, um sein Hörgerät anzulassen. „Ich sage nur, dass die drei draußen im Atlantik in Schwierigkeiten geraten könnten. Ich kann nicht glauben, dass Roy Don, Hank und du sie gehengelassen habt."

Sam sah seinen alten Freund finster an. „Dass wir sie gehengelassen haben? Das sind drei erwachsene

Frauen mit unabhängigen Köpfen. Sie sind auf diese Idee gekommen, weil wir Kerle keinen Fuß auf diese neumodische Titanic setzen wollten, also sind sie ohne uns gegangen."

Applegate, dünn wie ein Zahnstocher und säuerlich wie eine Gurke, blickte von Stanley zu Sam. „Hast du Angst vor dem Wasser?"

Sam nickte. „Ja, und ich bin Mann genug, um es zuzugeben."

Luke schmunzelte und riss seinen Blick von Sam los. „Sohn, ich bin vielleicht klein und doppelt so alt wie du, aber ich werde deinen Hintern gleich aus dieser Tür treten."

„Nichts für Ungut, Sam, aber du musst zugeben, dass es irgendwie lustig ist."

Sam schnaubte und verschränkte die Arme, während er sie alle anstarrte. Es war klar, dass er nicht in der Stimmung war zu diskutieren. Zu ihrer Überraschung warf er plötzlich die Hände in die Höhe. „Ignoriert einfach meine schlechte Laune. Ich vermisse meine Adela furchtbar. Wir waren keinen Tag getrennt, seit wir letztes Jahr geheiratet haben."

Seth grinste. „Das erklärt es dann." Sam und Adela waren noch quasi frisch verheiratet. Und der Dinerbesitzer war über alles in seine langjährige Liebe verliebt.

„Wann kommen sie nach Hause?", fragte Seth.

„Sechs Tage, fünf Stunden und zweiunddreißig Minuten."

Luke schüttelte den Kopf und legte Geld auf den Tisch. „Das ist einfach traurig, Sam. Es ist einfach falsch, so gefesselt zu sein."

Seth erwartete beinahe, dass Sam um die Theke herum schießen und Luke tackeln würde, bevor er das Diner verlassen konnte, aber stattdessen schüttelte er den Kopf. „Armer Kerl. Er hat keine Ahnung, was er sagt."

„Ja", bellte Applegate. „Nichts ist wie die Liebe einer guten Frau. Nicht wahr, Stanley?"

„So ist es." Stanley hob den Blick nicht vom Damebrett. Er rieb sich sein rundes Kinn und grinste dann, als er seinen Spielstein nahm und seinen Zug machte. „Erwischt!"

„Oh, puh", schnaubte Applegate. Er stand auf, nahm sich seinen Stetson und setzte ihn auf den Kopf. „Komm schon, du alter Kauz. Wir müssen zur Probe."

Stanley strahlte wie ein Honigkuchenpferd, als er die Spielsteine in einen Beutel schob und dann das Brett zusammenfaltete. „Ich habe dir diese Woche bei jedem Spiel den Hintern versohlt, App. Willst du endlich zugeben, dass ich der bessere Spieler bin?"

App nahm den halbvollen Fünf-Pfund-Sack mit

Sonnenblumenkernen und marschierte wortlos zur Tür.

Stanley hingegen sah aus wie ein Pfau, die Brust weit aufgeplustert. „Wir sehen uns", sagte er und fing die Schwingtür auf, als App nach draußen verschwand. „Komm schon, App!", rief er. „Du musst es eines Tages zugeben. Ich bin der bessere Spieler."

Apps Schnauben war zu hören, obwohl die Tür schon hinter ihnen zugeschwungen war. Sie halfen bei der Beleuchtung des Scheunentheaters am Stadtrand aus. Da der 4. Juli vor der Tür stand, wusste Seth, dass das Theater eine besondere Inszenierung geplant hatte.

„Die beiden sind wirklich was Besonderes", sagte er und wandte sich wieder Sam zu.

„Kannst du laut sagen. Sie brauchen ein paar Frauen. All die Jahre lang Witwer zu sein, ist nicht gut für die alten Käuze."

Seth legte seine Hände um die warme Kaffeetasse, während Sam sie auffüllte. „Vielleicht können Adela und ihre Kupplerinnen ihr Talent einsetzen und zwei für sie mit nach Hause bringen, wenn sie von ihrer Kreuzfahrt zurückkommen."

Norma Sue, Esther Mae und Adela liebten die Kuppelei und hatten vor ein paar Jahren sogar eine Anzeige geschaltet, um alleinstehende Frauen nach Mule Hollow zu bringen, damit sie die einsamen Cowboys vor Ort heirateten. Damals war die Stadt am

Rande des Aussterbens gewesen, doch ihre Bemühungen hatten die Dreihundert-Seelen-Gemeinde neu belebt.

Sam neigte den Kopf und musterte Seth. „Ich habe Angst, dass es für die beiden keine Hoffnung gibt. Aber du solltest besser aufpassen, wenn die Mädchen nach Hause kommen."

Seth brummte, trank einen Schluck Kaffee und entschied, dass er diesen Kommentar geflissentlich ignorieren würde.

„Also, wie geht's dieser süßen Melody, die ins Postkutschenhaus gezogen ist?"

„Gut würde ich meinen." Er hatte sich so auf seine eigenen Gründe konzentriert, warum er nicht wollte, dass sie in seiner Familiengeschichte grub, dass er nicht darüber nachgedacht hatte, was andere sagen würden.

„Was bedeutet das?"

„Ich habe sie gestern kurz gesehen, als ich in den Ort zurückgekommen bin. Gleich nachdem ich die Nachricht meines Bruders gelesen hatte, die mich über seinen kleinen Witz informiert hat. Ihr habt alle gewusst, dass sie da draußen einziehen würde, bevor ich es erfahren habe."

Sam johlte vor Lachen. „Die Jungs und ich haben uns schon gefragt, ob der alte Wyatt dir da ein Ei ins Nest gelegt hat." Bob Jacobs und Will Sutton kamen durch die Tür und setzten sich in eine Nische. Seth nickte ihnen zu, als Sam nach der Kaffeekanne griff. „Bin gleich wieder da. Lauf nicht weg."

Seth trank seinen Kaffee und war überrascht, dass Sam und seine Kumpels nicht schon angefangen hatten, ihn aufzuziehen, als er das Diner betreten hatte. Er war nicht gerade in der Stimmung dafür. Melody Chandler war in der Lage, sein Leben mit ihrer Forschung zu verändern. Das war nichts, worüber man jemanden aufziehen sollte ...

Er dachte immer wieder daran, wie sich ihr Gesicht aufhellte, wenn sie davon sprach, all die historischen Dokumente zu durchsuchen. Er fand, dass es für Geschichtslehrer nur natürlich war, sich für Geschichte zu begeistern, doch das war ein bisschen übertrieben. Es nagte die ganze Nacht an ihm.

Fast zwei Jahre lang war sie mit ihrer ruhigen Persönlichkeit bei irgendwelchen Zusammenkünften in Mule Hollow mit dem Hintergrund verschmolzen. Er konnte einfach nicht fassen, wie ein Licht in ihr aufzublitzen schien, wenn sie über ihre Recherchen sprach.

„Also jetzt sag schon. Wie läuft's?", fragte Sam, ging um die Theke herum und stellte die Kaffeekanne wieder auf die Maschine. „Ich hatte ganz vergessen, dass das alte Lagerhaus mal eine Postkutschenstation war. Es ist lange her, dass jemand davon gesprochen hat."

„Ja, und genau so wollte ich es haben. Ein Lagerhaus", brummte Seth. „Ich weiß nicht, wie Melody davon erfahren hat, dass es da draußen ist." Seine Stimmung war nahe dem Tiefpunkt, und er versuchte nicht, es zu verbergen.

Sam grinste. „Recherchen. Das hat zumindest meine Adela gesagt. Sie hat angefangen, ein paar Fragen zu stellen, und da hast du's, die perfekte Gelegenheit für Wyatt, dich mit seiner Überraschung zu überfallen. Ich erinnere mich, als ihr drei Kinder wart, habt ihr euch immer gegenseitig Streiche gespielt. Und der kleine Cole hat immer am meisten abbekommen."

„Stimmt, aber das ist anders. Ich weiß nicht, was Wyatt sich dabei gedacht hat."

Sam zog seine buschigen Brauen hoch. „Sieh's positiv, das kleine Ding ist hübsch, wenn ihre Augen leuchten."

Seth begegnete Sams lachenden Augen. „Dir ist das aufgefallen?"

„Hab mich schon gefragt, wann einer von euch dummen Cowboys das bemerkt."

„Ich hab's gesehen", brummte Seth. „Aber das ändert nichts an der Tatsache, dass ich wirklich nicht will, dass sie da draußen die Aufzeichnungen durchwühlt –"

„Und warum nicht?"

Seth beugte sich vor. „Erinnerst du dich, als Molly letztes Jahr diesen Artikel über Bob geschrieben hat und all diese verrückten Weiber in die Stadt gekommen sind?" Molly war die Reporterin, die eine landesweite Kolumne über das Leben in Mule Hollow veröffentlichte. Es gab nicht allzu viele Städte, die ‚Ehefrauen gesucht' Anzeigen schalteten, und ihre Kolumne war unterhaltsam genug, dass sie Leser aus dem ganzen Land anzog. Als sie einen Artikel darüber geschrieben hatte, was für ein großartiger Fang Bob war, waren alle möglichen verrückten Frauen in der Stadt aufgetaucht, um zu versuchen, sein Herz zu gewinnen.

Sam warf Bob einen Blick zu und schmunzelte. „Wer könnte das vergessen? Das war was …"

„Also ich fürchte, das könnte zu einem gewissen Grad wieder passieren, falls Melody auf etwas stößt, das darauf hindeutet, dass die Beute eines Postkutschenraubs auf meinem Grundstück oder irgendwo sonst hier vergraben wurde. Ich will nicht, dass das passiert."

Sam wischte die makellose Theke mit einem feuchten Lappen ab und sah ihn von der Seite an. „Ich weiß nicht. Könnte erstklassige Unterhaltung bieten."

Seth stand auf, um zu gehen. „Und das ist das Problem. Ich bin einfach nicht bereit, das Unterhaltungsprogramm für andere Leute zu spielen."

„Dann solltest du vielleicht Melody helfen. Weißt du, die Situation im Griff halten."

Die Idee gefiel Seth. „Das ist keine schlechte Idee."

„Und sie ist kostenlos."

Sam grinste, und Seth tat dasselbe. „Danke. Bis später."

Er verließ das Diner und wurde sofort mit den Veränderungen konfrontiert, die in den letzten Jahren in seiner Stadt passiert waren. Die verwitterten Gebäude von Mule Hollow waren gestrichen. Kein sanftes Grau oder ein ruhiges, augenfreundliches Beige oder Creme. Oh nein. Die ein- und zweistöckigen Gebäude waren in den Farben des Regenbogens gestrichen worden. Es gab sogar einen flamingopinkfarbenen Friseursalon, der sich wie ein Leuchtfeuer vom Horizont abhob. Er warf einen Blick über die Straße und zuckte zusammen, als er den *Heavenly Inspirations Hair Salon* sah. Ja, das war immer noch gewöhnungsbedürftig. Seine Brüder sagten ihm immer, dass er zu festgefahren in seiner Einstellung war … viel zu steif für sein Alter. Doch was wussten sie schon?

Seine Stadt hatte sich verändert, und er konnte es ertragen, weil es sein Leben auf seiner ruhigen Ranch nicht beeinträchtigte.

Doch Melody und ihre Recherchen könnten möglicherweise alles auf den Kopf stellen ...

Er überlegte, was er tun wollte, als er aus der Stadt fuhr.

Sams Rat schien sinnvoll. Er konnte seinen Kopf in den Sand stecken und hoffen, dass sie nichts fand, was das Leben, wie er es kannte, verändern würde. Oder er konnte helfen und kontrollieren, was sie fand.

Er warf einen Blick in seinen Rückspiegel. Es gab einige Dinge auf dieser Welt, die ein Mann nicht kontrollieren konnte. Und dann waren da noch die Dinge, die er kontrollieren konnte.

KAPITEL DREI

Die Aufzeichnungen von Jane Turner fesselten Melody. Die akribische Dokumentation der Frau über das Kommen und Gehen aller, die in den 1870er Jahren durch die Türen des Postkutschenhauses gegangen waren, war erstaunlich. Melody war sich nicht sicher, wie lange Jane ihre Dokumentation fortgesetzt hatte – da sie so schnell wie möglich las, aber noch mehrere Bücher vor sich hatte –, doch sie genoss es, auf diese Weise Jane und ihren Sohn kennenzulernen.

Die Geschichte hatte jedoch Lücken, das hatte Melody schnell erkannt, bevor sie ins Bett ging, um endlich zu versuchen, ein bisschen zu schlafen. Die wichtigste Frage war, was Janes Ehemann getan hatte, während sie und ihr Sohn das Postkutschenhaus leiteten? Sie erwähnte ihn kaum – Melody hatte ausgerechnet, dass er Seths Urururur-Großvater war –

sechs Generationen! Oakley war sein Name, und sie wusste, dass das der Mann war, der das Haus in einem Pokerspiel gewonnen hatte. Umso neugieriger war sie, warum es kaum eine Erwähnung von ihm in Janes Aufzeichnungen gab. Am Ende war Melody nach Mitternacht mit mehr Fragen als Antworten eingeschlafen.

Sie erwachte früh vom Geräusch des Regens und mit dem brennenden Verlangen, sich wieder in die Recherche zu stürzen. Die Historikerin in ihr war vollkommen beschäftigt.

Sie genoss das Geräusch des Regens, setzte eine Kanne Kaffee auf, öffnete dann die Haustür und die Fenster zur Veranda. Es gab keine bessere Mischung zum Lesen als der frische Duft von Regen und Kaffee. Es war einfach ein schöner, schöner Tag. Es herrschte ein Gefühl der Vorfreude, und sie war mehr als nur ein bisschen neugierig auf das, was sie heute erfahren könnte. Vielleicht war es nur die Geschichtslehrerin in ihr … so albern es klang, sie verspürte sogar ein bisschen Indiana-Jones-Nostalgie – nicht, dass sie etwas so Aufregendes wie im Film finden würde. Die Flucht in ein Buchabenteuer war das Beste, was sie sich jemals erhoffen konnte. Und etwas an diesen Aufzeichnungen begeisterte sie genauso oder noch mehr als ihre Sam-Bass-Recherche.

Sie atmete tief die frische feuchte Luft ein und ging zurück in die Küche, bereit für die Arbeit. Sie goss sich ihren Kaffee ein, rührte eine große Portion Milch und eine noch größere Portion Zucker hinein, machte sich schnell ein Erdnussbutter-Sandwich und setzte sich dann auf den Stuhl am Küchentisch. Sie hatte in der Nacht zuvor alle Bücher dorthin gebracht, nachdem ihre Beine vom stundenlangen Sitzen auf dem Kiefernboden verkrampft waren. Sie hatte gerade angefangen zu lesen, als das Klingeln des Telefons sie aus der Vergangenheit in die Gegenwart zerrte.

Ty. Ihre Handflächen wurden feucht, als sie auf das Telefon starrte. War es ihr Bruder?

Vielleicht würde sie einfach nicht rangehen – es war schrecklich, so zu denken, doch sie tat es. Sie könnte einfach ein egoistischer Mensch sein, und ein egoistischer Mensch würde einfach nicht ans Telefon gehen.

In den letzten Tagen war sie nicht erreichbar gewesen, weil die Telefonleitungen nicht umgeschaltet worden waren. Sie hatte ein unglaubliches Gefühl der Erleichterung empfunden, als ihr bewusst geworden war, dass ihr Bruder sie nicht erreichen konnte. Vier Tage lang hatte sie sich keine Sorgen machen müssen, dass er anrief, sich keine Gedanken um seine Geldforderungen machen müssen. Oh, sie hatte an ihn gedacht, doch sie war nicht von ihm überwältigt worden. Auch ihre Recherchen hatten geholfen, wie sie es sich erhofft hatte. Doch jetzt, wo das Telefon klingelte, wurde ihr klar, wie sehr dieses besondere Detail geholfen hatte.

Schuldgefühle krochen an ihr empor wie die klebrigen Gifteichenranken, die draußen am Zaun wuchsen, und erstickten sie mit ihrer Hartnäckigkeit. Sie lebte von einem Lehrergehalt und führte einen sehr bescheidenen Lebensstil, zum Teil wegen der ständigen Drogensucht ihres Bruders. Seine Sucht war eine dauernde finanzielle Belastung für ihre Eltern gewesen und jetzt für ihr eigenes Leben. Nicht mit ihm zu reden war der Ausweg eines Feiglings. Doch andererseits war sie offensichtlich ein Feigling.

Als sie den Job hier in dieser abgelegenen Kleinstadt angenommen hatte, hatte sie gehofft, dass der Abstand von ihm helfen würde. Sie hatte gehofft, dass ihr Umzug die Situation irgendwie ändern würde. Doch sie hatte sich geirrt. Sie hatte nicht nein sagen können und weiterhin seine Schulden bezahlt. Er war ihr Bruder. Ihr einzig lebender naher Verwandter, und es schwer, sich ihm zu stellen oder ihn leiden zu sehen. Vor allem, weil sie wusste, dass er, wenn sie versuchte, mit ihm zu reden, durchdrehte und in die Luft ging.

Aber du hast Seth Turner die Stirn geboten, seinen

finsteren Gesichtsausdruck und alles ignoriert ... Ja, das hatte sie. Das Telefon klingelte weiter, und sie wusste ohne Zweifel, dass es Ty war. Er würde es immer weiter klingeln lassen. Vielleicht konnte sie Ty diesmal die Stirn bieten ... er musste aufhören, Drogen zu nehmen. Er musste.

Das Klingeln schien lauter und eindringlicher zu werden, als sie den Raum durchquerte. Sie holte tief Luft und griff nach dem Telefon. Ihre Hand zitterte.

Der Gedanke an Ty verwandelte sie immer in ein Nervenbündel. Sie erinnerte sich daran, dass sie sich wie eine Fußmatte fühlte, die er mit seinen Lebensentscheidungen ausnutzte und an der er sich die Füße abtrat. Außer Kontrolle. Ty war dreißig Jahre alt und hatte die meiste Zeit seines Lebens Schwierigkeiten gehabt. Er war rücksichtslos, egoistisch und hatte diese unverschämte Anspruchshaltung. Und sie war sicher, dass er sie wieder mal anrief, weil er seine Miete nicht zahlen konnte. Für sie war das Leben mit seiner Sucht zu einer echten Belastung geworden. Ihre Eltern hatten dauernd versucht, ihm zu helfen, und Geld für ihn ausgegeben, das sie nicht hatten.

Wie konnte es sein, dass er achtzehn Monate älter war als sie und dennoch unreifer wirkte? Wie konnten zwei Menschen, die von denselben Eltern aufgezogen worden waren, so unterschiedlich sein?

Sie biss sich auf die Lippe. Wie oft hatte sie sich diese Fragen gestellt? *Oft genug.* Sie schloss die Augen, wappnete ihre Seele für den Klang seiner Stimme – sie liebte ihren Bruder, doch sie hasste das Leben, das er führte … das Leben, das auf ihres übergriff und sie gefangen hielt.

„Hallo."

„Wo bist du gewesen?"

Sie atmete tief durch angesichts seines vorwurfsvollen Tons. „Ich bin umgezogen."

„Du ziehst aus diesem abgelegenen Kaff weg?"

„Nein", sagte sie. „Ich bin noch da. Nur ein anderes Haus."

Er schnaubte. „Wie schön für dich, dass du Optionen hast. Der Vermieter dieser Müllhalde, in der ich wohne, macht mir wieder das Leben schwer, weil ich deinen Scheck noch nicht bekommen habe."

Er hatte keinen bekommen, weil sie keinen geschickt hatte. Das war der einzige Grund, aus dem er sie jemals anrief, und er bat sie nicht einmal mehr um Geld. Er *erwartete*, dass sie ihm das Geld schicken würde. Ihre Hand schmerzte von ihrem Todesgriff um den Hörer, und sie redete sich innerlich gut zu.

Tief in ihrem Inneren wusste sie, dass sie ihn und seine Sucht nicht weiter unterstützen durfte. Doch da war das Versprechen – sie verdrängte es aus ihrem

Kopf. *Er* hatte diesen unverantwortlichen Lebensstil gewählt. Er war kein Kind mehr und wollte sich nicht ändern. „Ty, ich werde dir kein Geld mehr schicken." Die Worte erschreckten sie, obwohl sie wusste, dass sie gesagt werden mussten. „Ich habe dich gebeten, ins Entzugszentrum des County zu gehen, als ich dir den letzten Scheck geschickt habe. Hast du vergessen, dass ich gesagt habe, wenn du es nicht tätest, ist das mein letzter Scheck ..."

„Oh ja, was soll ich deiner Meinung nach tun?", schrie er. „*Hm?* Auf der Straße leben?"

Sie schloss die Augen und betete um Antworten, von denen sie wusste, dass sie nicht kommen würden. Gott schien sich einfach nicht für diesen Teil ihres Lebens zu interessieren. Sie konnte es nicht verstehen. „Du weißt, dass ich dich liebe, Ty. Aber –", sie verlor ihre Stimme, als Wut und Verzweiflung in ihr kämpften. Der Telefonhörer zitterte, als ihre Hand zu zittern begann. Dieser Mann war ihr Bruder – der Bruder, der ihre Eltern immer wieder gnadenlos ausgenutzt hatte. So wie er es in den letzten drei Jahren mit ihr getan hatte! So wie er es auch weiterhin tun würde, wenn *sie* nichts daran ändern würde. „... aber ich kann das nicht länger –"

„*Odee*, ich habe meinen Job verloren, hab ein Herz! Nur so lange, bis ich wieder festen Boden unter den

Füßen habe."

Sie hasste es, wenn er ihren Spitznamen benutzte. Er hatte sie so genannt, als sie beide ganz klein gewesen waren, und es erinnerte sie an eine Zeit, in der sie gedacht hatte, ihr großer Bruder könne nichts falsch machen. Eine Zeit lange vor der Pubertät, als die Entscheidungen leicht gewesen waren.

Tränen brannten in ihren Augen und schnürten ihr die Kehle zu. „Es wird dir nicht helfen, wenn ich dir Geld schicke. Du brauchst Hilfe, und ich weiß nicht, was ich sonst tun soll, außer nein zu sagen." Die letzten Wort waren kaum mehr als ein Flüstern. „Es tut mir leid –"

„Es tut dir leid! Wenn du mich lieben würdest, würdest du mir helfen!", schrie er und schob eine Reihe von Obszönitäten hinterher.

„Das muss ich mir nicht anhören", sagte Melody und erkannte, dass das die Wahrheit war. Wütend und gedemütigt legte sie den Hörer auf, als die Tränen zu fließen begannen. Sie fühlte sich so hilflos, und sie hasste es. Und sie fühlte sich so zerrissen, weil sie nicht wusste, was sie tun sollte.

Mit brennenden Augen ging sie zum Bad, um sich das Gesicht zu waschen. Als sie in den Flur trat, stand Seth in der offenen Eingangstür. Sein Gesichtsausdruck verriet ihr, dass er zumindest einen Teil ihrer

Unterhaltung mitangehört hatte, und er wusste, dass die Feuchtigkeit auf ihrem Gesicht Tränen waren …

Das Letzte, was Seth erwartet hatte, als er auf die Veranda trat, war, ein persönliches Telefongespräch zwischen Melody und jemandem zu hören, den er auf Anhieb nicht leiden konnte.

„H-hallo", sagte sie und versuchte erfolglos, ihre Tränen wegzuwischen.

„Hallo", sagte er, unsicher, was er sonst sagen sollte. Einerseits hatte ihm der Klang des einseitigen Gesprächs nicht gefallen oder die Tatsache, dass sie deswegen weinte. Andererseits erinnerte er sich daran, dass es nicht seine Sache war. Er zeigte mit dem Daumen über seine Schulter. „Ich war in der Gegend und dachte, ich komme mal vorbei." Es war lahm, aber das Einzige, was ihm einfiel.

Sie blieb wie erstarrt im Flur stehen. „Stehen Sie schon lange da?"

Er nickte, sah Demütigung in ihren Augen und hasste es, dass sie sich seinetwegen so fühlte. „Ein paar Minuten. Möchten Sie, dass ich gehe? Keine gute Zeit?" *Dumme Frage.*

Sie wandte den Blick ab und wischte sich erneut über die Wangen. Ihre Schultern hoben sich, als sie, wie er vermutete, tief durchatmete, um sich zu beruhigen. Sein Magen zog sich zusammen, während er sie beobachtete. Als sie sich ihm wieder zuwandte, lächelte sie schwach, doch es erreichte ihre Augen nicht, und sie schüttelte den Kopf.

Er glaubte ihr keine Minute und wollte ihr sagen, dass sie für ihn nicht tapfer spielen musste. Stattdessen beobachtete er, wie sie ihre Stirn runzelte, während sie sich bemühte, nicht aufgewühlt auszusehen. Er fühlte sich wie ein Eindringling, als sie endlich auf ihn zukam.

„Ich nehme an, Sie sind gekommen, um mich nochmal zu bitten, zu gehen?" Da war keine Spur von der toughen Lady, die er am Tag zuvor gesehen hatte, und er vermisste sie. Obwohl er wollte, dass sie sein Land verließ, konnte er sie auf keinen Fall bitten zu gehen, wenn sie so erschüttert aussah. „Nein. Ich habe meine Meinung über ihre Anwesenheit hier und darüber, was Ihre Forschung meinem Seelenfrieden antun könnte, nicht geändert …"

„Sie würde Ihrem Seelenfrieden keinen Abbruch tun."

„Doch", sagte er ohne Nachdruck, da er sie nicht noch mehr stressen wollte. „das könnte sie. Aber ich habe beschlossen, dass ich sie noch einmal selbst lesen will."

Sie sah verwirrt aus. „Wollen Sie die Bücher

mitnehmen?"

„Nein. Das ist nicht das, was ich meinte."

„Sie wollen sie mit mir lesen?"

Mehr, als er zugeben wollte. „Ja." Das Lächeln, das auf ihrem Gesicht erwachte, erschreckte ihn und raubte ihm den Atem.

„Ich finde das eine wunderbare Idee. Bitte kommen Sie rein." Sie trat zurück, um ihn hereinzulassen. „Ich – ich könnte die Gesellschaft tatsächlich gebrauchen – ich meine, ich würde gerne – ich meine … ich habe gestern Abend angefangen, die Bücher zu lesen, und sie sind wirklich faszinierend! Aber ich habe ein paar Fragen."

Er war total überwältigt davon, wie schnell das Licht in ihre Augen zurückkehrte und die meisten Schatten verjagte. Als er sie ansah, fühlte er sich schlecht, weil er einen anderen Grund hatte, mit ihr lesen zu wollen.

Er blieb direkt hinter der Tür stehen, unsicher, ob er jetzt überhaupt weitergehen sollte. Das Postkutschenhaus hatte einen direkten Durchgang von der Vorder- zur Hintertür. Die Flurwände waren dekoriert mit alten Schwarz-Weiß-Fotos von Leuten aus der Vergangenheit. Seth hatte sich schon immer zu ihnen hingezogen gefühlt. Er betrachtete sie jetzt, während er überlegte, ob er gehen oder bleiben sollte.

„Diese Fotos faszinieren mich", sagte Melody und

nickte zu einem der Bilder neben der Küchentür. „Besonders das hier." Es war von einer Frau, die wahrscheinlich noch nie zuvor fotografiert worden war und möglicherweise danach nie wieder.

„Ich dachte nie, dass sie sehr glücklich aussieht, auf dem Foto zu sein", sagte er und stellte sich neben Melody, da er wusste, dass er nirgendwo hingehen würde – zumindest nicht für eine Weile. Er starrte das Bild an. „Als Kind habe ich mich gefragt, warum keiner von diesen Leuten lächelt." Er warf ihr einen wehmütigen Blick zu. „Ich war zu jung, um zu begreifen, dass es für sie eine monumentale und ernste Angelegenheit war, eine Kamera zu sehen."

„Ich weiß", sagte Melody, ihre Stimme war so weich wie der zarte Blumenduft, der sie umgab. „Es war eine ganz andere Welt."

Sie berührte das Glas mit ihren Fingerspitzen und beugte sich ein wenig vor, als wollte sie herausfinden, was die Frau dachte. Seth fragte sich, was sie dachte. Faszinierter denn je von Melody konnte er nicht anders, als sich zu fragen, wer am anderen Ende dieses Telefongesprächs gewesen war und wie viel er davon verpasst hatte. Er hatte das Gefühl, dass sie ihn und die Fotos gerade benutzte, um sich von dem beunruhigenden Anruf abzulenken. Er war sich sicher, dass das Gespräch immer noch in ihrem Kopf war.

Wieder sagte er sich, dass es ihn nichts anging, doch es hielt ihn nicht davon ab, sich zu wundern.

„Haben Sie eine Ahnung, wer das ist?"

Als sie die Frage stellte, sah sie zu ihm auf und erwischte ihn dabei, wie er sie anstarrte. Für einen Moment verlor Seth den gedanklichen Faden. „Äh. Nein." Er zwang seine Aufmerksamkeit wieder auf die Bilder. „Einige der anderen Fotos haben Notizen auf der Rückseite. Jemand hat sich die Arbeit gemacht, das, was auf dem eigentlichen Foto geschrieben steht, abzutippen und auf die Rahmenrückseite zu kleben."

„Ich weiß." Sie schenkte ihm ein verlegenes Lächeln. „Entschuldigung, ich habe nachgesehen. Ich hoffe, dass ich beim Lesen der Bücher mehr über einige dieser Fotos erfahre. Ich dachte, sie ist Jane Turner, die diese Aufzeichnungen gemacht hat, die ich gerade lese, aber ich bin mir nicht sicher."

„Das ist nicht meine Grandma Jane. Wir wissen nicht, wer sie ist, aber wir haben uns das immer gefragt."

Melody musterte sie wieder. „Sie sieht aus, als hätte sie eine Geschichte zu erzählen, nicht wahr?"

Seth lächelte. „Das habe ich auch immer gedacht."

Melody lächelte ebenfalls und ging dann ins Wohnzimmer – es war ein Desaster. Seth blieb in der Tür stehen und angesichts dessen, was er sah. Das Sofa, das in der Mitte des Raumes aufgestellt worden war, war zusammen mit Sessel und Sofatisch an die Wand geschoben. Sie musste das getan haben, um Platz für die Masse an Unterlagen und Büchern zu schaffen, die am Boden verteilt lagen.

Melody wirbelte herum, als sie seinen Pfiff hörte. „Oh, das ist okay. Ich weiß, es sieht chaotisch aus, ist es aber nicht. Ich weiß genau, wo alles ist."

Er schmunzelte, auch weil sie einfach so süß aussah, so, wie sie mitten im Chaos stand. „Natürlich tun Sie das."

Sie lachte erstickt und wurde rot. „Das tue ich. Glauben Sie mir nicht?"

Er tat es und hätte es ihr gesagt, wenn er nicht seine Stimme verloren hätte. Kein Zweifel, er fühlte sich zu Melody Chandler hingezogen. Und er war sich bewusst, dass diese Anziehung ein Problem darstellen könnte.

„Sehen Sie", sie stieg über einen Stapel Bücher und zeigte darauf. „Das sind Bücher über Schätze und Legenden. Dieser Stapel Unterlagen sind Ausdrucke von Hill Country-spezifischen verlorenen Schätzen. Das hier ist über Sam Bass und das sind …"

Er war erstaunter, dass sie so viel redete, als über das Durcheinander. Er hob eine Hand, um sie zu unterbrechen, und sagte: „Ich glaube Ihnen." Die Geste ließ sie wieder lächeln, und zu wissen, dass er dieses

Lächeln ausgelöst hatte, gab ihm ein unglaublich gutes Gefühl.

„Entschuldigung, es ist nur einfacher, Dinge so zu kategorisieren und aufzubewahren, dass sie leicht zugänglich sind."

„Ich verstehe. Denke ich." Sein Grinsen wurde breiter.

Sie verschränkte die Arme und musterte ihn. „Ich kenne Ihren Typ. Ihr Schreibtisch ist wahrscheinlich makellos. Nicht wahr?"

„Ja, ist er."

Ein schüchternes Funkeln trat in ihre Augen. „Dann kommen Sie in die Küche, und setzen Sie sich mit dem Rücken zu diesem Raum, damit es Sie nicht stört. Sehen Sie, ich habe schon hier drin gearbeitet."

Er folgte ihr zu dem Tisch, auf dem die vertrauten Bücher aus der Truhe gestapelt waren. Er nahm einen Stuhl mit Rohrlehne und Blick auf das unordentliche Wohnzimmer – und zog eine Augenbraue hoch. „Ich lebe gern gefährlich", sagte er, und plötzlich gefiel ihm das Geplänkel zwischen ihnen.

Sie starrten einander einen Moment lang an, dann nahm Melody ihm gegenüber Platz. Sie war nervös ... er machte sie nervös. Jeder musste sie nervös machen, so introvertiert sie normalerweise war.

„Ich würde Ihnen ja was zu trinken anbieten, aber

hier am Tisch würde ich Ihnen davon abraten. Die sind zu wertvoll, um ein Verschütten zu riskieren."

„Zuerst nennen Sie mich einen Ordnungsfreak, und jetzt deuten Sie an, ich wäre ungeschickt." Er zog die Augenbrauen hoch und sah zu, wie sie rot wurde.

„Nein! Ich meinte nur, na ja, ich trinke hier auch nicht."

„Also nur, weil Sie unordentlich und ungeschickt sind, denken Sie, ich bin es auch?"

Sie kicherte, und es tat seinem Herzen gut, es zu hören. Jeder der Schatten, die vom Telefongespräch übrig geblieben waren, war verschwunden. Er war sich nicht sicher, was er tat, er wusste nur, dass er wollte, dass diese sanftmütige Frau nicht traurig aussah … oder gestresst, wie sie vorhin ausgesehen hatte.

Sie zog ein ledergebundenes Buch näher an sich heran. „Die sind wirklich interessant. Wussten Sie, dass Doc Holliday hier durchgekommen sein soll?"

Er nickte. „Ja, das wusste ich. Er war auf dem Weg von Dallas in Richtung Colorado."

„Also haben Sie sie wirklich gelesen?"

„Ja, vor langer Zeit, aber diese Geschichte war auch eine der Lieblingslagerfeuergeschichten meines Urururururgroßvaters. Er hat gute Lagerfeuergeschichten geliebt, und sie wurde im Laufe der Jahre weitergegeben."

Ihre Augen wurden groß. „Wie konnten Sie nicht

glauben, dass dieser Ort einen historischen Wert hat?"

„Ich habe nie gesagt, dass ich nicht glaube, dass er einen historischen Wert hat. Alles, was ich gesagt habe, war, dass er mir gehört, und ich nicht will, dass er von Außenstehenden überrannt wird. Ich habe besondere Erinnerungen an diesen Ort und will sie nicht mit der Welt teilen."

Sie biss sich auf die Lippe und musterte ihn intensiv. „Ich verstehe Sie einfach nicht."

Er lachte. „Hey, Sie sind die Geschichtslehrerin. Wir sehen die Dinge anders. Ich denke, die Welt wird gut ohne ein weiteres Postkutschenhaus mit einer darauf genagelten Plakette auskommen."

Sie sah auf eine süße Art beunruhigt aus, bis das Telefon klingelte. Doch ein Klingeln genügte, und sie wurde blass.

Selbst wenn er sie nicht vorhin gesehen hätte, hätte er gewusst, dass etwas nicht stimmte. Beim zweiten Klingeln warf sie einen Blick quer durch den Raum auf das Telefon.

„Soll ich rangehen?"

„Nein, ähm, ich gehe schon." Sie nahm das schnurlose Mobilteil ab und betrachtete das digitale Display. „Wenn Sie mich entschuldigen, werde ich das … draußen annehmen. Im Zimmer nebenan." Sie eilte aus der Küche und ging den Flur entlang.

„Hallo."

Ihre gedämpfte Stimme drang zu ihm herüber, doch wegen des prasselnden Regens konnte er nichts mehr verstehen, als ihre Schritte in Richtung des Schlafzimmers verschwanden – doch es lag nicht daran, dass er es nicht versuchte. Vielleicht nicht angebracht, doch andererseits war ihm nie vorgeworfen worden, viel auf gesellschaftliche Normen zu geben. Er hatte Melodys angespannten Gesichtsausdruck gesehen und die wenig begeisterte Art gehört, wie sie Hallo gesagt hatte. Es musste derselbe Anrufer sein.

Er versuchte sich zu erinnern, ob er sie jemals mit einem der Cowboys der Gegend gesehen hatte, doch er glaubte es nicht. Sein erster Gedanke war, dass ihm und sogar den Jungs unten im Diner vielleicht etwas entgangen war – vielleicht hatte sie ein Liebesleben … und vielleicht gab es Ärger im Paradies.

Nicht, dass es ihn etwas anginge.

Er hob das Buch vor sich auf, klappte es auf und begann zu lesen – oder eher auf die Seiten zu starren. Der Mann in ihm, der Cowboy, dachte nur an die Tränen in ihren Augen vorhin und ihren Gesichtsausdruck, als gerade das Telefon geklingelt hatte.

Er war ein Mann der Tat. Hier zu sitzen und nichts zu tun, um etwas an ihrer Situation zu verbessern, war einfach nicht das Richtige für ihn. Doch die Frau würde ihn für verrückt halten, wenn er da hineinstürmte und ihr den Hörer abnahm …

KAPITEL VIER

„Sind Sie okay?"

„Mir geht's gut", sagte Melody und betete, dass sie so aussah. Sie fühlte sich ganz und gar nicht gut. Sie fühlte sich wie ein Versager. Sie hatte es gerade geschafft, ihrem Bruder noch einmal zu sagen, dass er Hilfe suchen musste, da sie ihm sonst kein Geld mehr schicken konnte … doch sie wusste, dass sie nicht mehr lange durchhalten würde. Das Gespräch war schrecklich gewesen. Sie holte tief Luft. Als sie spürte, dass Seth sie genau beobachtete, war sie entschlossen, normal zu wirken. Er hatte sie schon einmal weinen gesehen und musste glauben, er hätte eine Verrückte in seinem Haus.

„Also, wie ich sehe, hast du angefangen zu lesen", sagte sie und versuchte nicht nur, das Thema zu wechseln, sondern brauchte dringend etwas anderes, auf das sie sich konzentrieren konnte. Die Art und Weise, wie er sie ansah, mit Augen, die sagten, dass er mehr sah, als ihr lieb war, wenn er sie sah, machte sie umso entschlossener, natürlich zu wirken. Es war eine Eigenschaft, die sie als Kind gelernt hatte, als Ty ihr das Leben zu Hause zur Hölle gemacht und ihre Eltern erwartet hatten, dass sie sich in der Öffentlichkeit so benahm, als wäre alles in Ordnung.

Seth sah jedoch besorgt um sie aus, und es berührte sie.

Doch sie war es nicht gewohnt, ihre Familienangelegenheiten vor anderen auszubreiten. Die Tatsache, dass er vorhin Tränen in ihren Augen gesehen hatte, ließ sich nicht ändern, aber sie musste sich nicht erklären – nicht, dass es nicht manchmal schön wäre, jemanden zum Reden zu haben.

Nein – sie war verrückt, überhaupt daran zu denken, mit Seth darüber zu reden. Sie schob alles beiseite, las dort weiter, wo sie aufgehört hatte, und fühlte sich erleichtert, als Seth dasselbe tat.

„Also, erzählen Sie mir, warum Sie auf die Idee gekommen sind, diese Nachforschungen anzustellen", sagte er ein paar Augenblicke später.

Sie blickte auf. „Ich interessiere mich für Geschichte, wie Sie sicher schon bemerkt haben", sagte sie dankbar für die Frage. „Und ich unterrichte seit drei Jahren texanische Geschichte. Das kombiniert mit der

Tatsache, dass ich den Sommer über nichts zu tun hatte … kam mir die Idee zu recherchieren. Ich meine, ich lebe an einem Ort, an dem all diese unentdeckten Schätze begraben liegen sollen. Natürlich hatte ich keine Ahnung, dass es diesen Schatz" – sie wedelte mit der Hand um sich herum – „hier draußen gab, bis ich angefangen habe, Postkutschenstationen in Hill Country zu recherchieren." Melody war überrascht, wie leicht es war, sich mit Seth zu unterhalten. Sie fühlte sich in seiner Nähe immer noch ein wenig unwohl, doch die Tatsache, dass er heute mit Interesse an ihrer Arbeit hierhergekommen war, hatte diese Spannung sehr gelockert. Dennoch war es seltsam, da er ihre Tränen gesehen hatte.

„Also haben Sie meinen Bruder angerufen", sagte Seth mit leiser Stimme.

„Nein. Technisch gesehen habe ich Sie angerufen. Und glauben Sie mir, es hat mehr Mumm gekostet, als …" Was redete sie da? Sie war verrückt.

„Mumm, was? Also dachten Sie, ich bin ein Tyrann, bevor ich hier rausgefahren bin und mich wie einer benommen habe."

„Nein." Wie konnte sie ihm sagen, dass sie nicht anrufen wollte, weil er Seth Turner war? Der Mann war „süß", wie ihre Schülerinnen sagen würden. Nicht „süß" wie in nett, sondern „süß" wie in „süß anzusehen".

Andererseits war „süß" bei seinem dunklen Haar, den schlanken, kantigen Zügen und den glühend intensiven Augen vielleicht nicht der richtige Begriff. Die kleine Narbe an seiner Schläfe fügte noch eine Prise Gefahr hinzu.

„Nein?" Er hob eine Braue.

War er verärgert? „Ich wusste nicht, dass Sie ein Tyrann sind –" Oh, was sagte sie da nur? „Oh Gott, das habe ich nicht so gemeint."

Lachfältchen tanzten um seine Augenwinkel, und er schmunzelte. Was sie zum Lachen brachte, und plötzlich kam ihr alles surreal und unglaublich vor. Sie, Melody Chandler, teilte diesen Moment mit Seth Turner … und sie *mochte* ihn. Es ging einfach nicht anders. „Ich meine, ich bin nur schüchtern. Okay. Sie anzurufen hat eine Menge Mut gekostet."

„Oh, hat es, oder?" Er lehnte sich in seinem Stuhl zurück und legte einen Arm über die Stuhllehne.

Er sah vollkommen entspannt und einfach wunderbar aus. Ihr Mund wurde trocken. „Für mich", krächzte sie. „Weil ich überzeugend sein musste."

„Ja, das glaube ich Ihnen jetzt gerne." Sein Blick blieb auf ihren Fingern hängen, wo sie unbewusst immer noch die Lederecke des Buchs rieb.

Melodys Inneres wurde weich, als er sie mit einem flirtenden Licht in den Augen ansah … nein, puh! Das war totaler Unsinn, das da hineinzuinterpretieren. Wenn der Blick als flirtend missverstanden werden konnte, dann nur aus Mitleid. Der Mann wusste, dass sie irgendwelche Schwierigkeiten hatte; er war einfach zu sehr Gentleman, um neugierig zu sein. Er schenkte ihr ein mitleidiges Lächeln. Demütigend, ja, doch heute war sie für jede erdenkliche Ablenkung dankbar!

Seth war ein bisschen vom Kurs abgekommen. Er war hier, um die Geschichte zu studieren, nicht Melody. „Also haben Sie Ihre eigenen Recherchen vorerst auf Eis gelegt und konzentrieren sich auf diese?"

„Ich mache beides – Janes Aufzeichnungen könnten die Hinweise enthalten, die ich für meine Recherchen brauche. Mein Hauptinteresse gilt all diesen Millionen von Dollar, die angeblich in ganz Texas versteckt sind. Ich meine, allein der Gedanke ist faszinierend. Aber wenn man bedenkt, wie leicht es sein kann, dass jemand vor Jahren auf verstecktes Geld gestoßen ist und es nie gemeldet hat, denke ich, dass der Betrag nicht stimmt. Vor allem, was Sam Bass angeht – der Ruhm dieses Gesetzlosen ist bis zum Äußersten gedehnt worden."

„Und woher kommt das?", fragte Seth und hielt sich zurück, ihr noch einmal zu sagen, dass ihre gemeinsamen Probleme bei ihrem Interesse an dem Geld begannen. Doch sie verwirrte ihn. Als sie über den Schatz sprach, blühte sie direkt vor seinen Augen auf.

Sie setzte sich aufrecht hin und strotzte vor Energie. „Die Berichte über seinen Erfolg und sein Scheitern stimmen nicht überein. Und da viele seiner Eskapaden in dieser Gegend von Texas passiert sein sollen, dachte ich, es würde Spaß machen, einige der Fiktionen mit den Tatsachen abzustimmen. Deshalb freue ich mich sehr über diese Bücher. Ich denke, dass sie der Schlüssel sein könnten. Wenn er tatsächlich eine dieser Postkutschen ausgeraubt hat, und wenn Jane darüber geschrieben hat, dann könnte es sehr gut eine Geschichte sein, die ein neues Licht auf eine der fragwürdigen Geschichten wirft."

Das Feuer war wieder da. Er fand sich fast gefangen in ihrer Begeisterung. „Die Aufzeichnungen durchzugehen, könnte dem im Weg sein. Könnte Sie bremsen, wenn nichts dergleichen da drin steht."

„Oh nein! Nein. Sie sind an sich bemerkenswert. Wenn ich ehrlich bin, kann ich nicht aufhören, sie zu lesen. Sie sind faszinierend. Und wussten Sie, dass jemand in Ihrer Familie angefangen hat, sie zu studieren? Ich habe zwischen den Seiten ein paar Notizen gefunden."

„Ich weiß, dass meine Mutter und alle Großmütter

sie gelesen haben."

„Wenn ja, verstehe ich es einfach nicht. Ich meine, Jane kann so wunderbar mit Worten umgehen. Ich denke, sie hätten den Wert dessen, was Sie hier haben, erkannt und es gerne teilen wollen ..." Sie verstummte, und ihr Blick wurde schärfer, als sie seinen suchte. Er wandte den Blick ab – das klassische Zeichen dafür, dass er etwas verbarg.

„Ah", sagte sie. „Ich verstehe. Sie sind nicht der erste männliche Turner, der nicht wollte, dass Außenstehende darauf aufmerksam werden!"

Er sah sie schulterzuckend an. „Mein Vater und meine Großväter haben meine Liebe zum friedlichen Leben hier geteilt. Meine Mutter und Großmütter haben es verstanden."

„Das ist einfach falsch."

„Für Sie vielleicht. Nicht für mich und meine Familie."

Sie runzelte die Stirn. „Bei all dieser Geheimniskrämerei will ich die Aufzeichnungen so schnell wie möglich zu lesen. Was steht in diesen Büchern, wovon sie nicht wollen, dass es jemand anderes erfährt?"

Jetzt war es an ihm, die Stirn zu runzeln.

Sie tippte mit dem Zeigefinger auf den Tisch und dachte nach. „Es kann kein schreckliches

Familiengeheimnis darin sein, denn wenn, dann hätten die Frauen der Familie auch ein Problem damit gehabt, sie jemandem zu zeigen."

Er schwieg. Sie rutschte auf die Kante ihres Stuhls und sah aus wie eine Katze, die sich auf eine Maus stürzen wollte, während sie versuchte, ihre eigenen Antworten zu finden. Ihre Augen waren lebendig, und er konnte sehen, wie ihre Gedanken arbeiteten. Er hatte ihr gegenüber bereits die Liebe von Grandpa Oakley für gute Lagerfeuergeschichten erwähnt. Als er sie beobachtete, war er fast versucht, ihr von Grandpas Lieblingsgeschichten zu erzählen. Doch das war Selbstmord –

„Was erzählen Sie mir nicht?"

Ihre direkte Frage löste bei ihm ein reflexartiges Lachen aus. „Du meine Güte, wo sind Sie denn jetzt hergekommen?"

Ihr herzförmiger Mund war zu einem schiefen Lächeln verzogen, und wie immer überraschte sie ihn mit einer schnellen Antwort. „Katy, Texas."

Er grinste – konnte nicht anders. „Sie wissen, was ich meine. Hier dachte ich, Sie wären eine kleine graue Maus, und in Wirklichkeit sind Sie ein Tiger, wenn Sie etwas finden, das Sie wollen."

Als ihr Lächeln verblasste und ihre leuchtenden veilchenblauen Augen trüb wurden, wusste er sofort, dass er etwas Falsches gesagt hatte.

„Warten Sie, es tut mir leid", sagte er. „Das ist nicht richtig rausgekommen."

Sie holte tief Luft und griff nach einer dunkelvioletten Lesebrille. „Kein Grund, sich zu entschuldigen", sagte sie und setzte die Brille wie eine Barriere zwischen ihnen auf ihre Nase. „Wir alle haben mehr als eine Seite."

Ihre Worte kamen zittrig heraus, als sie ihn hinter ihrer Brille hervor vorwurfsvoll anblinzelte. Er war ein Idiot, sagte sie ohne Worte – doch er hörte sie laut und deutlich.

Der Mann hatte sie eine graue Maus genannt!

Die Bemerkung schmerzte so sehr, dass Melody ihn nicht ansehen konnte und stattdessen auf die Aufzeichnungen starrte. Sie war eben schüchtern. Sie war nicht gut darin, für sich einzustehen ... etwas, das sie gestern tatsächlich mit bei ihm geschafft hatte und gerade eben auch beim Telefonieren mit Ty, zumindest in gewisser Weise. Doch das spielte keine Rolle – dieser Cowboy brauchte bessere Manieren. Ein Gentleman nannte eine Frau nicht graue Maus …, selbst wenn es auf seltsame Weise als Komplimente gedacht war.

Niemand musste ihr sagen, dass sie eine graue

Maus war! Sie wusste es besser als jeder andere.

Die Uhr im Zimmer tickte, während sie so tat, als würde sie das Buch vor sich studieren. Sie musste gestehen, dass ihr das Geplänkel Spaß gemacht hatte. Es war so vollkommen untypisch für sie, dass es erfrischend gewesen war. Und es war eine sehr willkommene Ablenkung von ihren Problemen mit Ty gewesen.

So sehr, dass sie fast vergessen hatte, dass Seth Turner auf keinen Fall mit ihr flirtete … und sie hatte auch nicht mit ihm geflirtet. Oder doch? Wie peinlich.

Sie blinzelte und starrte die Seite an. Warum ging er nicht einfach nach Hause und ließ sie arbeiten? Sie hatte einen schlechten Morgen gehabt und war offensichtlich aus dem Gleichgewicht geraten – was ihr untypisches Verhalten erklärte, was Seth anging. Doch jetzt wäre ein perfekter Zeitpunkt für ihn zu gehen.

Nur dass sie jetzt wieder zur grauen Maus mutiert war und sich nicht dabei wohlfühlte, ihn zu bitten zu gehen.

Doch sie würde es tun. Sie würde sich zwingen oder … „Sie –"

„Wissen Sie was", sagte er gleichzeitig. „Entschuldigung, nach Ihnen."

„Nein. Schon okay. Nach Ihnen."

„Ich warte auf eine große Viehlieferung, also sollte

ich mich verabschieden und Sie in Ruhe lassen. Ich wollte Sie nicht beleidigen. Ich habe unsere Unterhaltung genossen." Er stand auf, und sie tat es auch.

„Sie haben meine Gefühle nicht verletzt. Wirklich. Es war ein etwas stressiger Tag für mich. Tut mir leid, wenn ich überreagiert habe." Es stimmte, und sie konnte nicht so tun, als wüsste er nicht, dass ihre Telefonate irgendetwas anderes als unangenehm gewesen waren.

„Sie haben keinen Grund, sich zu entschuldigen. Wissen Sie", sagte er, hielt aber inne, als hätte er seinen Gedankengang verloren, als er sie anstarrte.

Und warum sollte er das auch nicht, denn sie war verrückt. Seine Bemerkung, dass sie keinen Grund hatte, sich für irgendetwas zu entschuldigen, ließ sie gegen die Tränen anblinzeln, und es war unmöglich, dass er es nicht sah. Er dachte wahrscheinlich, dass sie in die Klapse gehörte.

„Sind Sie okay?", fragte er.

Sie nickte, konnte ihn jedoch nicht ansehen. Er berührte ihren Arm, und sie konnte das scharfe Einatmen bei seiner unerwarteten Berührung nicht verhindern. Ihr Blick schoss ebenso scharf zu seinem. „Sie können jederzeit gerne vorbeischauen", platzte sie heraus und wich zurück.

„Danke", sagte er, machte auf dem Absatz kehrt

und war weg.

Melody folgte ihm zur Tür und sah zu, wie er durch den Regen joggte, der von einem leichten Regenguss zu einem sintflutartigen Sturm geworden war … Und Melody war dankbar für den Sturm.

Sie schloss die Haustür, ging in die Küche und fing an, Brownies zu backen. Es gab viele Dinge im Leben, die sie nicht verstehen oder kontrollieren konnte, doch Brownies beherrschte sie im Schlaf.

KAPITEL FÜNF

Seth hatte nicht gelogen, als er gesagt hatte, dass er auf eine Viehlieferung wartete. „Hey, Dan!", rief er über den Donner hinweg. „Entschuldige, dass ich so spät dran bin." Er hatte sein Ölzeug unter dem Sitz hervorgezogen und angezogen, während er durch das Wasser gestapft war, das über den gekiesten Hof spülte. Dan, sein guter Freund und Nachbar, verdiente seinen Lebensunterhalt mit Viehtransporten – er war auch der örtliche Hufschmied und züchtete nebenbei seine eigene Herde.

„Kein Problem", sagte er. Er hatte seinen großen Schlepper bis zum Zaun zurückgesetzt und öffnete das Tor. „Du weißt, dass ich dich hier draußen nicht wirklich brauche. Es hat keinen Sinn, dass wir beide nass werden."

„Ich weiß." Seth schlug seinen Kragen gegen den

strömenden Regen hoch und trat aus dem Weg. Dan wusste, was er tat, und lud oft selbst ab. Doch es bestand immer die Möglichkeit, dass etwas schiefgehen konnte, und es brauchte nur einen Ausrutscher und selbst der erfahrenste Cowboy konnte getreten werden. „Wie geht's Ashby?", fragte Seth. Das Vieh begann, den Transporter zu verlassen.

„Sie ist die glücklichste Schwangere, die ich je gesehen habe. Selbst als sie sich die Seele aus dem Leib gekotzt hat, hat sie noch gelächelt." Er lachte. „Sie wollte so sehr ein Baby, dass sie die Morgenübelkeit gern in Kauf nimmt. Übertrifft alles, was ich je gesehen habe. Sie ist was ganz Besonderes. Du musst auch eine gute Frau finden. Ich sage dir, besonders in einer Nacht wie heute …" Er sprach nicht weiter, doch sein glücklicher Gesichtsausdruck sagte alles, was gesagt werden musste.

„Ich schätze, ich muss mich mit einer heißen Tasse Kaffee und den Nachrichten zufriedengeben."

„Mann, du musst ein Leben haben."

„Ich dachte, du sagst, ich brauche eine Frau."

„Hey, Bruder. Das ist dasselbe."

„Wir haben nicht alle so viel Glück in der Liebe wie du, Mann."

Dan zog eine dunkle Braue hoch und lächelte dann. „Hast du nichts gelernt, als du mir dabei zugesehen hast, wie ich dieser armen Frau nachgejagt bin, bis sie keine andere Wahl hatte, als zuzustimmen, mich zu heiraten? Glück hatte nichts damit zu tun."

„Ja ich weiß", lachte Seth. Dan machte sich daran, das Tor hinter der Herde zu schließen. Der Cowboy war einer der gutmütigsten und gutherzigsten Männer, die Seth je kennengelernt hatte. Und er sagte die Wahrheit darüber, wie hart er gearbeitet hatte, um seine Frau dazu zu bringen, ihn überhaupt eines Blickes zu würdigen. Seth fragte sich, wie sich das anfühlen musste. Er ging mit Frauen aus. Er hatte sogar ein- oder zweimal gedacht, dass er es ernst meinte, doch am Ende war das Interesse verpufft, und im Moment konnte er damit gut leben. Er hatte seit sechs Monaten kein Date gehabt. Vielleicht spürte er deshalb plötzlich diese unerwartete Anziehung, die von seiner neuen Mieterin ausging.

Melody hatte erstaunlich gut geschlafen. Stürme schienen auf sie immer wie ein Schlaflied zu wirken. Solange sie sich erinnern konnte, hatte ihr letzter Gedanke, bevor sie nachts ins Bett ging, Ty gegolten. Genauso wie ihr erster wacher Gedanke. Sie sprach automatisch ihr Gebet für ihn, wenn sie aus dem Bett kletterte und ihren Morgenkaffee machte. Es war ein neuer Tag. Wenn sie sich weiter weigerte, ihm das verlangte Geld zu schicken, könnte er leicht aus seiner Wohnung geworfen werden. Sie wusste, dass er sie seit mehreren Monaten angelogen hatte, und er das Geld, von dem sie gehofft hatte, dass er seine Miete und Nebenkosten damit bezahlt hatte, tatsächlich benutzt hatte, um seine Drogensucht zu finanzieren.

Er wurde von seiner Sucht beherrscht, und es war ihm egal, ob sie Schulden machte, um für seine Sucht aufzukommen, solange er Geld bekam. Nachdem ihre Eltern bei einem Autounfall ums Leben gekommen waren, hatte sie mit Entsetzen festgestellt, dass sie hoch verschuldet gestorben waren. Und das ganze Geld war dazu verwendet worden, Tys Lebensstil zu finanzieren.

Genug!

Sie trank ihren Kaffee aus und zog sich um. Sie würde sich heute in ihre Arbeit stürzen. Zu sagen, dass sie am Tag zuvor abgelenkt gewesen war, war eine Untertreibung. Heute würde hoffentlich nichts dergleichen passieren.

Gegen Mittag war sie enttäuscht, als sie in den drei Büchern, die sie gelesen hatte, nichts über Postkutschenüberfälle gefunden hatte. So faszinierend die Aufzeichnungen auch waren, sie war enttäuscht, als sie sich wieder der Truhe zuwandte. Auf Knien griff sie nach den letzten beiden Büchern, als ein Brett in der hinteren Ecke des Schranks ihre Aufmerksamkeit erregte. Es war ein wenig schief, und von ihrem Platz am Boden sah es so aus, als wäre es nicht festgenagelt. Sie ließ die Bücher in die Truhe fallen, kroch in den Schrank und strich mit den Fingern über das Brett. Es bewegte sich.

Doch es löste sich nicht. Neugierig ging sie in die Küche und holte sich ein Buttermesser. Als sie zum Schrank zurückkehrte, sank sie auf die Knie, steckte die Messerspitze in den Spalt und hebelte. Sofort sprang das kurze Brett heraus und gab einen kleinen Raum zwischen dem Einbauschrank und der dahinter liegenden Küchenwand frei. Im Zwischenraum befand sich ein in Leder gebundenes Buch.

Seth kam gerade mit einer Kettensäge aus seiner Scheune, als Melodys Auto gefährlich über seinen Weiderost schlingerte.

„Was ist los?", fragte er, als er die Tür aufriss.

Sie stolperte sofort heraus und hielt eines der Bücher an sich gepresst. „Sie – Sie werden das nicht glauben. Ich habe eine Karte gefunden!"

Seth fing sie auf, als sie beinahe über ihre eigenen Füße stolperte. Ihr Gesicht strahlte wie ein Feuerwerk am 4. Juli. Ihre Augen leuchteten und ihr Lächeln war so explosiv, dass Seth zuerst nicht verstand, was sie sagte. „Eine was?"

„Eine Schatzkarte!", sagte sie, packte seinen Arm und zog ihn auf seine Veranda. „Na ja, eher eine Wegbeschreibung. Ein Brett im Schrank. Es war locker. Dahinter war dieses Buch – es war einfach da drin versteckt. Und ich habe es rausgezogen und angefangen zu lesen, doch dann fiel das heraus, und es war alles da."

„Whoa, immer langsam." Sie sprach ohne Punkt und ohne Komma, während sie das Buch auf den Tisch in seiner Küche legte und öffnete. Darin lag ein gefaltetes Blatt Papier, das sie vorsichtig auffaltete. Es war keine Karte, die wie eine typische Karte gezeichnet war. Stattdessen war es eine handgeschriebene Liste. Seth konnte den Adrenalinstoß nicht verhindern, der durch seine Adern schoss, als er sie sah. War das der Beweis dafür, dass die Lagerfeuergeschichte seines Grandpa wahr war? Er zog einen Stuhl heran, und Melody tat es ihm gleich, als er zu lesen anfing.

„Geh von den Zwillingsfelsen im südlichen Winkel der Schlucht aus. Fünfzig Schritte nach Westen zum Turm, dann fünfundzwanzig Grad nach links. Am Felsen der Pastetenform zur Höhle folgen."

Sein Herz klopfte, als er Melodys großen Augen begegnete. „Wer hat das geschrieben?"

„Jane."

Seth ermahnte sich zu atmen.

Melody zeigte auf die bekannte Schrift im Buch. Es war die gleiche klare, präzise Schrift wie die andere. „Sie sagt hier, dass sie am 5. Mai 1877, nicht lange, nachdem sie zur Kutschenstation gefahren waren, mitten in der Nacht von einem Geräusch geweckt wurden. Als Oakley nachgesehen hat, hat er einen sehr kranken Mann gefunden. Sie haben ihn aufgenommen und versucht, ihm zu helfen, aber der Mann ist zwei Tage später gestorben. Doch im Fieber hat er Ihrem Grandpa Oakley gesagt, wo er drei Satteltaschen mit Goldmünzen versteckt hatte."

Die Lagerfeuergeschichte. „Steht da, wer dieser Mann war? Woher kam dieses Geld?"

Melody strahlte. „Soweit ich gelesen habe, nicht. Und keine Ahnung. Wissen Sie überhaupt, wie viele Kutschen- und Eisenbahnraube es zwischen 1874 und 1878 gegeben hat? Eine Menge. Und das habe ich Ihnen gesagt. Zu der Zeit ist es wirklich verrückt gewesen – und Sam Bass wurde beschuldigt, die meisten dieser Verbrechen begangen zu haben. Doch um alles getan zu haben, was ihm zugeschrieben wird, hätte er zehn Männer sein müssen. Auf keinen Fall hätte er alles selbst tun können, was ihm vorgeworfen wurde. Also, das ist die Sache, da draußen liefen Männer herum, die Kutschen ausgeraubt haben und nie erwischt wurden. Bei all den bekannten Gangs, die in den Territorien von

Nebraska bis Texas verheerenden Schaden angerichtet haben, war es eine gute Zeit, ein Räuber zu sein. Dieser kranke Mann hätte jeder sein können, und das Geld hätte von wer weiß was für einem Überfall stammen können. Und natürlich habe ich noch nicht das ganze Buch gelesen. Ich war zu aufgeregt und wollte es Ihnen zeigen, doch bis jetzt gibt es keinen Namen oder sowas. Ich denke, da kommen auch keine. Wir werden vielleicht nie erfahren, wer dieser Typ war."

Seth starrte sie an. „Mann, Sie kennen sich aus."

„Oh, es gibt so viel zu wissen. Es ist faszinierend."

Er lächelte. „Aber das gefällt Ihnen wirklich."

Das verblüffte sie ein bisschen. „Also, ja. Ich liebe es. Ich meine, ich habe Geschichte schon immer geliebt und dachte immer, es würde Spaß machen, nach Schätzen zu suchen, aber bisher hatte ich wirklich keine Gelegenheit dazu. Doch jetzt können wir. Ist das nicht aufregend?"

„Moment. Sie meinen, Sie wollen wirklich danach suchen?"

„Ja, natürlich."

„Nein."

Sie blinzelte und wich zurück, als hätte er sie geschlagen. „Aber, hier steht es." Sie tippte auf die Karte. „Schwarz auf weiß. Sie *müssen* danach suchen."

Es gab einen Teil von ihm, der über alle Maßen

begeistert war, doch er hatte eine praktische Seite, und die meldete sich zu Wort. Genau wie seine vorsichtige Seite. Er sah sich seiner schlimmsten Angst ausgesetzt ... ja, das könnte sehr wohl die Lagerfeuergeschichte seines Grandpa sein, und das bedeutete, dass er, wenn es bekannt wurde, sich für immer von seiner Ruhe verabschieden konnte.

Trotzdem wollte ein Teil von ihm nach der Karte greifen, Melody packen und sich auf die Suche nach dem verlorenen Schatz in der Schlucht machen. „Sehen Sie, Melody. Ich möchte wirklich nicht, dass das bekannt wird. Mir wäre es lieber, wenn Sie niemandem davon erzählen. Sie haben es selbst gesagt, vielleicht werden wir nie erfahren, wer dieser mysteriöse Mann war. Oder woher das Geld kam. Ich will nicht, dass bekannt wird, dass es hier ist, sonst werden die Verrückten kommen. Verstehen Sie, was ich sage?"

Sie sah ihn an, als wäre ihm ein zweiter Kopf gewachsen. „Sie wollen doch nicht wirklich so tun, als hätte ich das nicht gerade gefunden."

„Genau das will ich."

„Auf keinen Fall – Sie müssen was dazu sagen."

„Nein. Muss ich nicht", sagte er mit Nachdruck.

„Warten Sie. Sehen Sie sich an, was hier steht. Haben Sie eine Ahnung, was einige dieser Dinge bedeuten?"

„Hier steht was von meiner Schlucht. Aber ich habe keine Ahnung, was die anderen Sachen sind. Wissen Sie, wie groß diese Schlucht ist?"

„Nein. Bringen Sie mich hin, damit ich sie sehen kann."

„Melody. Seien Sie vernünftig. Ja, wir haben eine Karte. Aber die Schlucht ist ein riesiges Gebiet. Es gibt Bäche, und es sind mehrere Hügel, die alle zusammenlaufen, teilweise dicht bewaldet. Meine Brüder und ich haben als Kinder da gezeltet, und es ist großartig zum Jagen und Angeln. Aber ich habe noch nie eine Höhle gesehen. Nicht, dass wir nicht dachten, dass es eine geben könnte. Doch wenn es eine gibt, ist sie so gut versteckt, dass wir oder jemand anderes aus meiner Familie sie nie gefunden haben, sonst hätten sie es mit Sicherheit weitergegeben. Wenn dieser Tote sie zufällig gefunden und einen Schatz darin versteckt hat, dann war er ein Glückspilz."

„Er könnte sie gefunden haben", schnaubte sie und verschränkte die Arme. Sie hörte nicht zu. Ihre Gedanken waren bei dem Schatz.

„Sie sagen also, er ist zufällig über das Land geritten, krank wie er war, hat zufällig diese Höhle gefunden, den Schatz versteckt, ist dann zufällig hierhergekommen und gestorben. Das sind zu viele Zufälle. Und selbst wenn es so passiert sein sollte, sind die Chancen, dass wir sie finden –"

„– viel besser, weil wir jetzt eine Karte haben! Kommen Sie schon, Seth. Zeigen Sie mir wenigstens, wovon wir reden. Bitte."

Er seufzte. Die graue Maus hatte sich in eine Bulldogge verwandelt – obwohl sie viel zu hübsch war, um mit einer hässlichen, sabbernden Kreatur verglichen zu werden. Er dachte, der beste Weg, sie davon abzubringen, wäre, es ihr zu zeigen. „Okay, dann steigen Sie in meinen Truck", sagte er. Doch sie erschreckte ihn noch mehr, indem sie ihn mit einer begeisterten Umarmung belohnte.

Seit sie die Karte entdeckt hatte, konnte sie nicht mehr klar denken. Ihr Verstand lief auf Hochtouren. Sie wollte bei diesem Abenteuer Vollgas geben. Doch Seth zog die Bremse. Als er zugestimmt hatte, ihr die Schlucht zu zeigen, war die Umarmung einfach so passiert. Sie pflegte nicht, ihre Arme in ekstatischen Umarmungen um Männer zu werfen – so war sie nicht. Doch als sie über seine Weiden fuhren, wurde ihr bewusst, dass es ihr überhaupt nichts ausmachte, nicht die zu sein, die sie immer gewesen war. Sie wollte nach diesem Schatz suchen. Und alles, was sie tun musste, war Seth davon zu überzeugen, ihr zu helfen. Es würde so viel Spaß machen.

Sie fuhren etwa acht Kilometer querfeldein über die ebenen Weiden, dann hinauf in die Hügel und Bäume. Als er den Truck endlich anhielt, blickten sie in eine Schlucht. Vor ihr lag ein riesiger, tiefer, dicht bewaldeter Streifen steiler Hügel und Täler. Sie war erstaunt, wie schnell sich das Gelände hier ändern konnte.

„Verstehen Sie jetzt, was ich zu erklären versucht habe? Wenn dieser Kerl zufällig eine Höhle gefunden hat, ist es immer noch unwahrscheinlich, dass er die Stelle richtig beschrieben hat. Hier kann man sich verlaufen, selbst wenn man das Land so gut kennt wie ich."

Das glaubte sie gern. Ein Blick auf die Ausmaße der Schlucht ließ die Aufgabe fast unmöglich erscheinen. Aber nur *fast*. Sie würde jetzt nicht aufgeben, darum sah sie Seth an und lächelte. „Aber wir haben eine Karte."

KAPITEL SECHS

„Also sieht hier irgendwas wie Zwillingsfelsen für Sie aus? Ich meine, Sie haben gesagt, Sie sind überall hier draußen gewesen. Das ist wahrscheinlich leichter."

Seth kletterte über einen großen umgestürzten Baumstamm und streckte Melody seine Hand entgegen. Ein Schatz auf seinem Land war das Letzte, was er wollte, doch es machte ihm nichts aus, mit Melody durch den Wald zu wandern. Sie war keine Outdoor-Frau, doch sie versuchte es, wahrscheinlich weil sie so aufgeregt war. Er hasste es, ihr zu sagen, dass ihre Aufregung ihn nicht dazu bringen würde, mehr zu tun als diesen kurzen Ausflug. Er wollte ihr nur das weite Land zeigen, um sie von der Idee abzubringen, allein loszuziehen, doch er hatte nicht die Absicht, dieses potenzielle Hornissennest zu öffnen. Er wollte ihr nur klarmachen, wie sinnlos es wäre, hier zu suchen.

Trotzdem hatte er ein schlechtes Gewissen deswegen, als sie ihn wie ein Schulmädchen anlächelte und seine ausgestreckte Hand nahm. Ein Stromstoß durchfuhr ihn, und sie stolperte sofort über den Baumstamm, als sich ihre Augen begegneten, was ihn zu dem Schluss brachte, dass sie es auch gespürt haben musste. Er schluckte schwer und versuchte, sich zu konzentrieren. Es war nicht zu leugnen, dass er den Kopf verlieren und etwas Dummes tun könnte, wenn er sich nicht auf das große Ganze konzentrierte. „Also sehen Sie irgendwas?", fragte er.

„Sie meinen zwei gleiche Felsen?", fragte sie.

„Richtig. Das meine ich", sagte er härter, als er wollte. „Sind Sie schonmal durch einen Wald gelaufen?"

Ihr Gesichtsausdruck wurde wehmütig. „Nein. Katy ist ein bisschen mehr Stadt als Mule Hollow, da sie so nah bei Houston liegt. Aber ich werde mich daran gewöhnen. Ich bin ein Bücherwurm, schon vergessen?" Sie warf ihm einen Blick zu.

Er musste schnell reagieren und einen Ast aus ihrem Weg biegen, bevor sie dagegen lief. „Glauben Sie mir, das ist mir nicht entgangen."

„Aber ich habe darüber nachgedacht. Ich dachte sogar, es würde Spaß machen, in den Grand Canyon hinunter zu wandern."

Das brachte ihn zum Lachen. „Tut mir leid. Aber das ist ein bisschen ehrgeizig für ein Mädchen, das nicht einmal ab und zu in den Wald geht."

Sie ließ die Schultern sinken. „Nun, das ist nur was, worüber ich nachgedacht habe." Sie sah sich um, dann strahlte sie. „Und ich bin jetzt hier draußen. Das ist ein Anfang."

Mann, diese Frau war einfach zu niedlich. „Ja, das sind Sie. Ich bin derjenige, der unter Zwang mit Ihnen hier draußen ist."

Sie lächelte nicht, doch er konnte sehen, dass ihre Augen glitzerten. Es war ein schöner Tag, und auch wenn er keine Erwartungen hatte, wohin das führen könnte, konnte er sie definitiv eine Weile begleiten. Sie amüsierte sich. Und diese Frau musste eindeutig öfter aus dem Haus.

Sie schirmte ihre Augen ab, während sie sich umsah. „Also, was denken Sie hat er mit den Zwillingsfelsen gemeint? Es muss was Auffälliges sein. Ich meine, er ist nur hier durchgeritten, also musste es für ihn ein einfacher Orientierungspunkt sein."

Er kratzte sich am Hals und dachte ernsthaft darüber nach. „Ich habe zwei Gedanken, was das angeht." Er sah auf seine Uhr. Es war drei Uhr und sie hatten noch ein paar Stunden, bis es dunkel wurde, also konnten sie wenigstens zum Felsvorsprung wandern.

„Dann nach Ihnen", sagte sie und schlug nach einer Stechmücke.

Seth packte ihren Ellbogen, als sie anschließend in ein Loch trat.

„Vorsicht."

„Danke. Also, erzählen Sie mir von Ihrem Grandpa", sagte sie, während er einen Ast aus dem Weg hielt.

„Welchem?"

„Oakley. Derjenige, der dieses Land in einem Pokerspiel gewonnen hat – er ist derjenige, der diese Karte versteckt hat. Hört sich an, als wäre er ein Spieler gewesen."

„Oh, das war er. Soweit wir wissen nicht gerade der aufrichtigste Bürger." Er warf ihr einen Blick zu und zog eine Braue hoch. „Wir glauben, dass er zu seiner Zeit vielleicht in Erwägung gezogen hat, mit einer dieser Banden zu reiten. Er war der Typ dazu."

„Er wäre nicht allein gewesen. Wissen Sie, dass in den 1870er Jahren viele Cowboys darüber nachgedacht haben?"

„Ja, aber das macht es nicht richtig."

Sie lachte. „Also, natürlich nicht. Ich habe auch nicht gesagt, dass es richtig ist. Ich sage nur, es war so zu der Zeit. Das ist einer der Gründe für all die Folklore und die vielen Bewunderer, die einige dieser Gesetzlosen hatten."

„Hat Sam Bass nicht armen Leuten geholfen, indem er ihnen Geld gegeben hat?"

Sie zuckte mit den Schultern. „Wer weiß? Es gibt so viele Geschichten. Manche sagen, er habe nie Geld von den Leuten in den Postkutschen genommen, doch das stimmt nicht. Er hatte kein Problem damit, die Schaffner zu verletzen. Er hat einen mit dem Kolben seiner Pistole bewusstlos geschlagen, als der ihm die Kombination für den Safe nicht geben konnte."

„Keine gute Sache."

Sie ließ erneut den Blick über die Schlucht schweifen. „Stellen Sie sich vor, da draußen könnte ein Schatz versteckt sein. Praktisch in Ihrem Hinterhof."

„Ganz toll."

„Warum sind Sie so angesäuert, wenn es um diesen vergrabenen Schatz geht? Hier kommen schon keine Verrückten her. Entspannen Sie sich. Außerdem würden sie, wenn sie kämen und nur einen Blick auf Ihr finsteres Gesicht werfen, gleich wieder davonlaufen."

„Das wäre klug."

Melody ballte die Fäuste an ihren Hüften und sah ihn an, als wüsste sie nicht, was sie von ihm halten sollte. Nun, damit waren sie zu zweit.

„In welchem Jahr hat Ihr Grandpa das alles hier im

Pokerspiel gewonnen? Das macht mich übrigens sehr neugierig."

„Was macht Sie *nicht* neugierig?"

„Hey, Sie sollten auch mal versuchen, neugierig zu sein – zum Beispiel jetzt. Finden Sie es nicht seltsam, dass jemand all das hier bei einem Pokerspiel riskiert hat? Meine Güte, wie schlecht muss man sein, um so viel zu verlieren?"

„Ähm, Spieler haben oft ein Problem damit, sich selbst zu kontrollieren", sagte er und zog eine Augenbraue hoch. „Darum werden sie Spieler genannt."

Sie verdrehte ihre veilchenblauen Augen.

„Nein. Er hat nicht das alles hier bei einem Pokerspiel gewonnen", räumte er ein. „Er hat siebzig Morgen gewonnen, und hat seine Familie hierher gebracht, um die Postkutschenstation zu übernehmen. Sein Sohn hat die einzige Tochter des Mannes geheiratet, dem der Rest des Landes gehört hat."

„Ist Ihnen klar, dass Sie und Ihre Brüder mehr über Ihre Vorfahren von vor sechs Generationen wissen, als die meisten Menschen über ihre Großeltern wissen? Ich meine, Seth – Sie reden vom Urgroßvater Ihres Ururgroßvaters!"

„Wir neigen dazu, das für selbstverständlich zu halten", sagte er und ging weiter, doch sie blieb zurück. Er warf ihr einen Blick zu. „Kommen Sie, oder wollen

Sie da im Gebüsch stehenbleiben?"

„Tut mir leid, ich finde es einfach faszinierend. Woher wissen Sie so viel über sie?"

„Lagerfeuergeschichten. Sehen Sie, die Sache ist die, dass Einiges von dem, was wir wissen, mit Sicherheit wahr ist. Doch das Problem ist, dass vieles von dem, was wir glauben zu wissen, wahrscheinlich auch reine Erfindung ist. Wir kommen aus einer langen Reihe von … um es nett auszudrücken, Geschichtenerzählern."

„Also, sind Sie und Ihre Brüder Geschichtenerzähler?", fragte sie.

Er drehte sich um, um ihr zu antworten, gerade als sich die Erde unter ihren Füßen bewegte und sie plötzlich in seinen Armen lag.

Er hielt sie fest, ließ sie aber nicht los – denn er würde eine Geschichte erzählen, wenn er leugnete, dass er Melody Chandler in diesem Moment küssen wollte. Sie war süß und unglaublich schön – er war immer noch verblüfft, wie ihm das bisher entgangen war. Es war nicht im klassischen Sinne des Wortes, doch es war tiefer, in ihren Augen und in der Textur ihrer Haut. Die Wärme ihres Lächelns und dieser Hauch von Humor und Schüchternheit, der gegen das Feuer kämpfte, das er nicht aus seinem Kopf bekam … dann ließ er seine Hand sinken und trat zurück.

„Wyatt ist eher der Geschichtenerzähler. Cole ein bisschen."

Sie strich ihr Haar glatt und sagte leise: „Aber nicht Sie. Sie sind der Ernste."

„Das könnten Sie sagen. Sehen Sie, wir sind fast da."

Was tat er da? Er würde nicht wirklich nach diesem Schatz suchen, oder? Wenn sie das begriff – nun, dann konnte er mit an Sicherheit grenzender Wahrscheinlichkeit sagen, dass er nicht einer ihrer Lieblingsmenschen sein würde. Es war ein Fehler gewesen, überhaupt hier raus zu kommen.

Sie gingen eine Minute schweigend weiter. Er marschierte ihr voraus, verloren im Kampf mit sich selbst.

„Kommen Sie und Ihre Brüder miteinander aus?"

„Normalerweise", sagte er gedehnt und warf ihr einen Blick über seine Schulter zu.

Sie verzog das Gesicht. „Oh das gilt mir. Mein Hiersein ist ein Problem zwischen Ihnen?" Sie hielt inne. „Ich möchte wirklich keinen Unfrieden zwischen Ihnen stiften."

Es stimmte, er mochte Wyatts kleinen Stunt nicht oder die Tatsache, dass er eine Verschwindenummer abgezogen hatte und nicht ans Telefon ging. Doch ihre brüderliche Bindung war stark, und es kam ihm nicht richtig vor, Melody glauben zu lassen, dass ihre Anwesenheit ihre Beziehung belastete. „Sie sind nicht so schlimm", sagte er, sprang dann auf einen großen Felsen und streckte ihr die Hand entgegen.

„Ist das wirklich kein Problem?", fragte sie.

Sie nahm seine Hand und kletterte mit seiner Hilfe neben ihn. Sie standen dicht beieinander, und ihre Nähe schien plötzlich intimer, als sie sollte. Seth ließ ihre Hand los. „Kein Problem. Aber", warnte er, „wenn Sie irgendjemandem erzählen, dass Sie eine Wegbeschreibung gefunden haben, ändert sich das."

„Aber –"

„Nein. Kein Wort. Oder der Deal ist vorbei. Jetzt drehen Sie sich um, und sagen Sie mir, was Sie denken. Dies könnte die Gegend sein, nach der wir suchen."

Sie sah zuerst nicht hin, stattdessen färbte sich ihr Gesicht rosig, wie die Farbe der Morgenröte … seiner Lieblingstageszeit. Sein Blick fiel auf ihre Lippen – und er erinnerte sich sofort daran, dass sie kein Sonnenaufgang war und das nicht die Richtung war, in die er hatte gehen wollen, als er sie hierher gebracht hatte.

Melodys Kopf war kurz davor zu explodieren angesichts all der Dinge, die darin herumspukten. Sie suchte nach einem vergrabenen Schatz – an der Seite eines unglaublich attraktiven Mannes! Und sie hatte eben den deutlichen Eindruck gewonnen, dass dieser hinreißende Mann gerade darüber nachgedacht hatte, sie zu küssen ... nein, sicherlich nicht. Das war Seth Turner, und sie war eine graue Maus – er hatte es selbst gesagt.

Es war ein lächerlicher Gedanke. Sie kam sich töricht vor und wandte sich vorsichtig von Seth ab, um sicherzustellen, dass sie nicht von dem großen Felsen fiel, auf dem sie standen. Doch was sie sah, erfüllte sie mit solcher Begeisterung, dass sie fast das Gleichgewicht verloren hätte und nur Seths Hand an ihrer Hüfte ihren Sturz aufhielt. „Sehen Sie!", keuchte sie. Etwa fünfzehn Meter unterhalb des Hügels waren zwei Felsen zu sehen. Sie waren ungefähr so groß wie sie selbst, und obwohl sie nicht genau gleich aussahen, sahen sie aus wie ein Paar.

„Das könnten sie sein!", rief sie und sah ihn über ihre Schulter an. Er lächelte, und sein Griff um ihre Taille wurde fester.

„Nicht rumhüpfen", sagte er.

Sie blickte zurück zu den Felsen und sagte sich, das Interesse, das sie in seinen Augen sah, war Einbildung, und sie musste sehr vorsichtig sein. Seth Turner würde eine unscheinbare Frau wie sie nicht attraktiv finden. Er war der Typ Mann, der nicht nur mit wunderschönen Frauen ausging, sondern wahrscheinlich auch mit dynamischen, selbstbewussten Frauen. Eine graue Maus von einer Geschichtslehrerin wie sie war nicht in seiner Liga, und das wusste sie. Ihm zu zeigen, dass sie so über ihn dachte, wäre peinlich. Sie war immerhin ein praktisch veranlagtes Mädchen … auf einer Schatzsuche! Zumindest fühlte sie sich dadurch besser.

„Können wir da runtergehen?", fragte sie voller Vorfreude. Das war es, was ihr den Kopf so wirr machte – die Aufregung wegen der Karte. Sonst hätte sie nie solche Gedanken über Seth gehabt.

„Nicht heute. Sonst schaffen wir es nicht vor Einbruch der Dunkelheit zum Truck zurück."

„Aber es ist gleich da unten."

„Melody, wir müssten den steilen Felshang hinunterklettern, und dann hätten wir immer noch keine Zeit, mit den Kartenanweisungen weiter zu folgen. Ich sage Ihnen, es ist zu spät."

„Aber –"

„Keine Diskussion. Ich habe Sie hierher gebracht, um es Ihnen zu zeigen. Das ist es. Und Sie haben Glück, dass ich *das* getan habe."

Melody biss sich auf die Zunge. Der Mann wollte sie daran erinnern, dass er mit diesem Schatz nichts zu tun haben wollte. Sie kochte vor Wut, als er vom Felsen sprang und ihr seine Arme entgegenstreckte. „Ich schaffe es schon allein hier runter", blaffte sie, packte einen Ast, um sich zu stützen, schlitterte und rutschte den Felsen hinunter.

Seth sah sie mit einer Grimasse an, und sie kam sich dumm vor, dass sie seine helfenden Hände nicht angenommen hatte. Vor allem, da sie sehen konnte, dass ihre Dummheit ihn zum Lachen brachte.

Gedemütigt ging sie an ihm vorbei und weiter den Weg entlang. Sie würde ihm zeigen, dass sie mit den Besten durch den Wald wandern konnte. Tatsächlich würde sie morgen wieder hier draußen sein und ernsthaft anfangen, nach dem Schatz zu suchen. Sie würde es ihm schon zeigen. Sie sollte ihm dafür danken, dass er sie hierher gebracht und ihr den Weg gezeigt hatte. Doch das tat sie nicht. Sie war nicht dumm, und wenn er nicht nach dem Schatz suchen wollte, war das sein Problem.

„Sind Sie wütend auf mich?", fragte er und ging neben ihr her, als sie den Weg zurückpflügte, den sie gekommen waren.

„Ich habe kaum das Recht, wütend auf Sie zu sein. Das ist schließlich Ihr Land. Ihre Karte. Ihr Schatz." Er starrte sie an. Sie wusste es, auch wenn sie nicht wagte, den Blick vom Weg abzuwenden – bei dem Tempo wäre das wirklich dumm. Doch er beobachtete sie, und sie wusste es, weil sich ihre Nackenhaar aufstellten. Sie funkelte ihn an. „Ich kann nicht fassen, dass Sie mich hierher gebracht haben, um sich über mich lustig zu machen, um – um die Schatzsuche vor meiner Nase baumeln zu lassen. Sie hatten nie die Absicht, nach dem Schatz zu suchen. Arsch!" Sie stapfte weiter bergauf.

„Melody, jetzt kommen Sie schon. Tut mir leid. So habe ich das nicht gemeint. Ich wollte Ihnen zeigen, wie sinnlos es wäre. Machen Sie langsamer. Bei diesem Tempo könnten Sie sich das Genick brechen. Hier gibt's alle möglichen Löcher …"

„Ich werde schon nicht in ein Loch treten", blaffte sie. „Glauben Sie, ich kann nicht einmal allein durch den Wald laufen? Das kann ich sehr wohl."

Er lachte.

„Lachen Sie mich nicht aus", warnte sie und ging schneller – vor sich hin stolpernd.

„Melody, es tut mir leid, dass ich gelacht habe. Sie haben mich gerade mit Ihrem Temperament überrascht. Und ich habe nie gesagt, dass Sie nicht wandern können. Würden Sie langsamer machen?"

Er hatte sich zweimal entschuldigt, doch sie war zu wütend, um sich darum zu scheren. „*Sie* sind derjenige, der gesagt hat, dass es bald dunkel wird. Sie wissen, dass Sie gerade die Regeln aufgestellt haben. Warum fühlen sich alle in meinem Leben berufen, Regeln festzulegen, die *ich* befolgen soll? Alle denken, dass sie mir einfach sagen können, was ich tun oder lassen soll und dass die kleine brave Melody es einfach tun wird! Aber Newsflash, Buster, ich kann wenigstens durch den Wald wandern, ohne dass mir jemand sagt ..." Melody blieb wie angewurzelt stehen. Was tat sie da? Was hatte sie gerade gesagt? Sie presste ihre Hand vor Mund und starrte Seth entsetzt an.

Sein Gesichtsausdruck war besorgt. „Wollen Sie irgendwas davon erklären?"

Sie schüttelte den Kopf. Was sie wollte, war, dass sich die Erde unter ihr auftat und sie verschlang.

„Auch auf die Gefahr hin, einer von denen zu sein, die Ihnen sagen, was zu tun ist ... Ich denke, es könnte eine gute Idee sein."

KAPITEL SIEBEN

„Warum kommen Sie nicht rein?", sagte Seth, als er vor seinem Haus anhielt.

„Ich glaube, ich gehe lieber nach Hause. Aber danke", sagte Melody und griff nach dem Buch und der Karte. Er hatte die ganze Fahrt von der Schlucht hierher geschwiegen – und sie auch. Doch es brauchte nicht viel, um zu sehen, dass ihn etwas störte. Etwas ging ihm durch den Kopf. Sie war sich nur nicht sicher, ob es die Schatzsuche war oder ob er über ihren Ausbruch nachdachte. Wie hatten sich ihre Gefühle so verdreht? Ihre Tirade war so dermaßen vorwurfsvoll gewesen … irgendwie in ihrer Frustration darüber, dass er ihr gesagt hatte, dass sie nicht nach dem Schatz suchen konnte. Und dann hatte sie ihr Privatleben in die Mischung geworfen.

„Darf ich Ihnen eine persönliche Frage stellen?",

fragte er mit sanfter Stimme, als ob sie sich Sorgen machte, dass sie gleich wieder explodieren könnte.

Sie wollte unter einen Felsen kriechen. Eine persönliche Frage wollte sie nicht beantworten. Oh, wie sehr sie sich wünschte, er würde nicht fragen, aber wie konnte sie das sagen? „Warum nicht", sagte sie stattdessen.

„Haben Sie einen Freund?"

„Einen Freund?" Ihr Herz pochte ihr bis zum Hals. Woher war das denn gerade gekommen?

„Ja, oder jemand, mit dem Sie gelegentlich ausgehen?"

Der Wind rauschte in ihren Ohren, nur dass kein Wind wehte. Hatte sie vorhin richtig gelegen? Sie hatte gedacht, dass ihre Einsamkeit an der Datingfront ziemlich offensichtlich war. Es war demütigend.

„Nein", sagte sie. „Keinen Freund. W-warum?"

„Falls jemand Sie belästigt, helfe ich gerne." Die Worte ließen sie innehalten.

„Was?" Das Wort kam als Quietschen heraus. Es ging nicht darum, dass er sie um eine Verabredung bitten wollte – hätte sie noch alberner sein können, als ihr dieser Gedanke in den Sinn gekommen war?

„Hören Sie, ich habe versucht, mich aus Ihren Angelegenheiten rauszuhalten, doch die Telefonate gestern und dann Ihre Bemerkung da draußen – ich kann nicht dabeistehen und zulassen, dass jemand Sie belästigt. So ticke ich einfach nicht."

Sie zitterte und war wahrscheinlich so rot wie die Rose, die neben ihr im Blumenbeet blühte. „Nein, ich – ich brauche keine Hilfe." Sie wollte sich verstecken, oh, ja – und das die nächsten paar Jahre. Sie durfte nicht zittern und ihre Augen gesenkt halten, weil sie nicht riskieren konnte, dass er in sie hineinblickte und erriet, was sie dachte. Sie griff nach dem Buch. „Ich muss gehen."

Er legte seine Hand auf ihre, während ihre Finger sich um den Ledereinband krallten. „Reden könnte helfen."

Sie schüttelte den Kopf und zerrte an dem Buch, ihre Augen fest auf seine Hand gerichtet. Ihr Verstand fragte sich, wie es wäre, diese Berührung bei einer Liebkosung zu spüren – *Stopp. Dumme, dumme Frau.*

Sie schüttelte wieder den Kopf. Sie musste gehen, bevor sie etwas Demütigendes tat.

Seine Hand glitt von ihrer und legte sich fest um das Buch. Er entzog es ihrem Griff. „Ich denke, das werde ich behalten."

„Was?" Jetzt starrte sie ihn an.

„Ich möchte es heute Abend lesen und entscheiden, was ich tun werde."

„Was Sie tun werden? Wir werden den Schatz

suchen. Wir müssen."

„Melody, ich weiß nicht, ob wir das tun werden."

„Aber –" Sie klang wie eine kaputte Schallplatte.

„Ich werde darüber nachdenken."

Melody hatte sich ihr ganzes Leben lang frustriert und kontrolliert und töricht gefühlt – warum war sie auf die Idee gekommen, dass es jetzt anders sein könnte? Doch das war sein Eigentum. Seine Karte. Sein Land. Seine Entscheidung. Als sie Seth ansah, wollte sie schreien, dass er kein Recht hatte, ihr das zu nehmen. *Sie* hatte die Karte gefunden. Doch sie hatte ihm schon den Eindruck vermittelt, dass sie halb verrückt war – das konnte der Grund sein, warum er darüber nachdenken musste, was er mit der Karte anfangen sollte. „Okay", sagte sie und hielt ihre Frustration zurück. „Aber bitte denken Sie gut darüber nach." Trotzdem eilte sie zu ihrem Auto und fuhr davon.

„Cole, ich sage dir zum letzten Mal, dass du ans Telefon gehen, Wyatt anrufen und ihm sagen sollst, wenn er mich nicht anruft, werde ich ihn jagen."

„Warte, Seth." Coles Lachen am anderen Ende der Telefonleitung kam laut und deutlich rüber. „Ich habe es ihm schon gesagt. Er hat gestern aus Griechenland angerufen."

„Griechenland!"

„Seine Partner haben ihn gebeten, dorthin zu fliegen, um einen Kunden zu treffen. Er sagte, ich soll dir sagen, dass du dich beruhigen sollst. Nächste Woche kommt er wieder zurück. Aber für den Moment sagte er, sollst du dich entspannen und dir keine Sorgen mehr machen, Menschen aus deinem Land und deinem Leben fernzuhalten."

Seths Griff um das Telefon wurde fester. „Er soll sich um seine eigenen Angelegenheiten kümmern –"

„Er ist unser großer Bruder. Du weißt, wie er ist. Sobald er sich was in den Kopf gesetzt hat, lässt er es nicht mehr los."

„Was genau hat er sich da in den Kopf gesetzt?"

Cole stöhnte, was Seth nicht beruhigte. In seiner Kindheit hatte ihr großer Bruder geglaubt, es sei seine Pflicht als Erstgeborener, sie zu führen, ob sie geführt werden wollten oder nicht.

„Schau, Seth, du weißt so gut wie ich, dass er aus dem Bauch heraus handelt. Wenn sich eine Gelegenheit bietet, ergreift er sie."

„Ja, also was willst du damit sagen?"

„Ich glaube, er hat diese Melody kennengelernt und dachte, sie wäre zu süß, um sich die Gelegenheit entgehen zu lassen. Hör zu, Mann, lass sie ihr Ding machen. Er sagt, dass sie ein wirklich schüchterner Fall

93

ist. Und er ist Wackelpudding und konnte nicht nein sagen."

„Oh ja, das hat er nicht! Er hat sie einziehen lassen, und jetzt habe ich das Problem an der Backe."

„Entspann dich, Seth –"

„Cole, sie hat eine Schatzkarte gefunden", blaffte er.

„Nein! Wirklich?"

Seth lehnte sich zurück und starrte an die Decke. „Wirklich. Na ja, eher eine Wegbeschreibung. Sie war hinter einem Brett im Flurschrank versteckt, und es gibt noch mehr. Es ist der Beweis, dass die Lagerfeuergeschichten nicht nur Geschichten sind. Grandma Jane hat dokumentiert, dass sie einen kranken Mann aufgenommen haben, und bevor er gestorben ist, hat er ihnen beschrieben, wo er in einer Höhle in der Schlucht ein paar Satteltaschen mit Goldmünzen versteckt hat."

Cole lachte und pfiff dann durch die Zähne. „Mann, all die Jahre, in denen wir durch die Schlucht gestreift sind und davon geträumt haben, den Schatz zu finden und zu beweisen, dass die Legende wahr ist … Also, was bedeutet das?"

Seth schnaubte. „Dass sich mein ruhiges Landleben in einen Affenzirkus verwandeln könnte."

„Du willst mich wohl verarschen. Wir reden von

einer echten Schatzsuche!"

„Ja, und durchgeknallte, unbefugte Eindringlinge und Idioten, könnten das für eine Einladung halten, auf meinem Land Amok zu laufen."

„Jetzt warte einfach mal einen Moment. Du warst als Junge der Anführer, als wir diese Hügel nach Schätzen durchsucht haben. Wo ist dieser Junge jetzt? Ich glaube, das fragen Wyatt und ich uns schon seit einiger Zeit. Was ist mit dir passiert, Mann?"

Seth rieb sich die Schläfe. „Der ist mit meinem Steckenpferd und meiner Spielzeugpistole gegangen."

„Ja, das hat Wyatt auch gesagt. Du musst dich locker machen, und er dachte, das wäre der richtige Weg ... er wird genauso begeistert sein wie ich, wenn er von dieser Wegbeschreibung erfährt. Jetzt erzähl mir von dieser Karte *und* der Frau."

Eine Vision von Melody spielte sich in Seths Kopf ab. Zu wissen, dass er sie enttäuscht hatte, nagte an ihm, obwohl er sie die ganze Zeit gewarnt hatte. Doch mehr als die Wegbeschreibung nagte an ihm, dass er wissen musste, wer am Ende dieser Telefonate gewesen war, die sie so aufgewühlt hatten.

„Seth, bist du da?"

„Ja, ich bin hier. Melody ist eine wirklich nette Lady. Wirklich ruhig – die meiste Zeit. Ehrlich gesagt bringt sie einen dazu, ihr alles geben zu wollen, worum

sie bittet. Sogar, sie auf eine Schatzsuche zu begleiten."
Es war die Wahrheit, und er wusste es. Er stieß sich so
fest aus seinem rollenden Schreibtischstuhl ab, dass der
zurückschoss und gegen die Wand krachte. Er warf
nicht einmal einen Blick in die Richtung, als er zum
Fenster ging und in die Dunkelheit starrte. Er sah die
schattenhaften Umrisse einer Gruppe von Rehen, die
über den Zaun zwischen der Scheune und dem offenen
Gelände sprangen, bevor sie auf die Hügel zuliefen.

„Dann tu's. Worauf wartest du? Du und Melody
könntet da draußen tatsächlich was finden."

„Vielleicht auch nicht. Ich habe keine Zeit, in den
Wald zu rennen und auf gut Glück nach einem Schatz
zu suchen. Diese Ranch ist –"

„Die Ranch wird nicht zusammenbrechen, wenn du
dir mal eine kleine Auszeit nimmst. Dafür hast du
Cowboys, die für dich arbeiten. Und jetzt erzähl mir von
der Karte."

Gereizt nahm Seth die Karte und las die
Anweisungen. „Also, was hältst du davon? Was denkst
du ist die Schlucht mit den passenden Zwillingsfelsen?
Und diesem südlichen Winkel der Schlucht? Das ist der
Ausgangspunkt. Ich war heute mit ihr in der Schlucht
und habe ihr die Stelle gezeigt, an der wir früher immer
gezeltet haben."

„Könnte gut die Stelle sein. Aber das ist nicht

wirklich der südliche Winkel. Vielleicht hat er vom Sims gesprochen."

Darüber hatte Seth auch schon nachgedacht. „Ja, das könnte sein. Aber wenn er krank war, war das schwer für ihn."

„Du hast Recht." Cole lachte. „Siehst du, du denkst darüber nach. Komm schon, Mann, mach mit. Das macht Spaß. Träum' ein bisschen. Du weißt so gut wie ich, dass du eine Zeit lang selbst nach einer Schatzkarte suchen wolltest. Geh da raus und mach deine Vorfahren stolz ... versuch's zumindest. Und nimm Melody mit. Sie hört sich gut an."

„Ist sie. Aber irgendwas stimmt nicht mit ihr. Ich bin mir nicht sicher, ob sie nicht vielleicht einen Freund hat, der ihr Ärger macht. Sie hat gesagt, dass sie keinen hat, doch ich habe sie am Telefon belauscht, und sie war wirklich aufgewühlt. Und ich habe sie vor und nach einem weiteren Telefonat gesehen, und sie hat nicht gut ausgesehen. Ich glaube, sie hat Angst."

„Das hört sich wirklich nicht gut an. Glaubst du, jemand belästigt sie?"

„Das kann ich nicht mit Sicherheit sagen, aber ich habe sie noch nie mit jemandem in der Stadt gesehen. Nicht, dass das bedeutet, dass es nicht jemanden gibt."

„Vielleicht musst du dranbleiben und herausfinden, wie du ihr helfen kannst."

Darüber hatte Seth auch schon nachgedacht. Der ganze Tag war mit Warnsignalen zu allen möglichen Problemen gespickt gewesen.

„Du, ich ruf dich später an. Denkst du, du schaffst es zum Vierten hierher?"

„Vielleicht", antwortete Cole gedehnt. „Ich lass es dich nächste Woche wissen. Ich weiß nicht, ob ich es schaffe, wegzukommen."

„Das hab ich schon tausendmal gehört."

„Hey, du bist der Countryboy, vergiss das nicht. Ich bin dauernd unterwegs."

Seth legte auf, nachdem er sich verabschiedet hatte, doch er ging nicht ins Bett. Stattdessen setzte er sich hin und blätterte wieder in dem Buch, doch seine Gedanken waren auf Melody fixiert.

Cole hatte Recht, als er gesagt hatte, dass sie früher nach Schätzen gesucht hatten. Seth erinnerte sich deutlich daran, wie oft sie von diesem Schatz geträumt hatten. Es war jedoch viel Zeit vergangen, seit sie Kinder gewesen waren. Seine Gedanken waren schon lange nicht mehr bei der Schatzsuche gewesen. Auch jetzt war es nicht der Schatz, an den er dachte. Es war Melody, und was vor sich ging, das sie so sehr beunruhigte.

Wie konnte ein so unglaublicher und aufregender Tag

so schrecklich enden? Sie war wütend auf Seth, wütend auf sich selbst und wütend auf Ty ... ihr Bruder hatte es wieder einmal geschafft, ihr den Tag zu verderben. Hatte sich eingeschlichen, als sie es am wenigsten erwartet hatte.

Und Seth ... was für ein Problem hatte dieser Mann? Er war ein dominanter Hund. Sie so an der Nase herumzuführen. Er hatte diese Schlucht wie eine Karotte vor ihrer Nase baumeln lassen – um ihr ganz bewusst Hoffnungen zu machen. Er hatte sich entschuldigt, dass er sie angeführt hatte, doch das änderte nichts daran, dass er es getan hatte. *Männer.* Er war so ahnungslos, weil er es getan hatte, nachdem er sie fast glauben gemacht hatte, dass ihm ihre Gefühle nicht egal waren. Und nachdem sie fast versucht gewesen war, ihm von Ty zu erzählen ...

Auf das Drängen ihrer Eltern hin hatte sie mit niemandem außer ihnen über ihren Bruder gesprochen. Bevor ihre Eltern bei dem Autounfall gestorben waren, hatten sie immer gesagt, dass das eine Familienangelegenheit war und privat geregelt werden sollte. Es stimmte, sie hatten mit verschiedenen Ärzten der Entzugskliniken gesprochen, in denen Ty ein- und ausgegangen war, doch nie hatte sie mit Freunden darüber gesprochen. Obwohl ihre Angehörigen wussten, dass es ein Problem gab, gab es eine unausgesprochene Übereinkunft, dass das kein Thema war, über das man sprach. Doch im Gegensatz zu ihren Eltern wusste Melody, dass über Ty getuschelt wurde. Sie hörte das Gerede in der Kirche und bemerkte, wie Gespräche verstummten, wenn sie einen Raum betrat. Es war anstrengend. Und obwohl sie wusste, dass sie nicht die einzige Person mit einem drogenabhängigen Familienmitglied war, fühlte es sich so an, als wäre sie es. Nachdem sie das Houston Community College in Katy besucht und dort ihren Abschluss gemacht hatte, hatte sie sich den Wünschen ihrer Eltern widersetzt und den Job in der Schule von Mule Hollow angenommen. Es hatte ihren Eltern wehgetan, dass sie Katy verlassen hatte, doch sie hatte es tun müssen. Für sich.

Sie hatte sich von Ty distanzieren müssen. Dabei hatte sie gehofft, seinen Namen nie jemandem aus Mule Hollow gegenüber zu erwähnen. Niemand wusste, dass sie einen Bruder hatte … ihr Herz zog sich bei dem Gedanken zusammen, denn leider war ihr das lieber so. Obwohl es bei der Anspannung, die sie durch ihn empfand, nicht wirklich geholfen hatte, musste sie sich zumindest keine Sorgen machen, dass die Leute hinter ihrem Rücken tratschten. Ty belastete sie genug, ohne dass alle wissen mussten, was sie durchmachte.

Da war sie also. Die Wahrheit. Sie war eine Geschichtslehrerin, die vorgab, jemand anderes zu sein.

Jemand, der keinen drogenabhängigen, alkoholkranken Bruder hatte.

Und sie wollte auch, dass es genau so blieb.

Warum also hatte sie Seth fast von ihm erzählt? Vor allem, wenn er derjenige war, der sie überhaupt erst wütend gemacht und ihren Tag ruiniert hatte, indem er sie sogar da draußen, wo sich Fuchs und Hase gute Nacht sagten, an Ty denken ließ.

Beruhig dich, Schwester, sagte sie sich und trank einen Schluck Kamillentee – sie hasste das Zeug, doch ihre Mutter war davon überzeugt gewesen, dass es eine beruhigende Wirkung hatte. Sie war sich nicht sicher, ob das der Fall war, doch im Augenblick war sie bereit, alles zu versuchen.

Das war jedoch alles gestern gewesen, und sie hatte zu recherchieren. Sie trank noch einen Schluck Tee und würgte fast – meine Güte, das Zeug war eklig! Sie gab auf und stellte die Tasse weg. Es war Zeit, sich an die Arbeit zu machen … die *Arbeit* würde sie beruhigen. Bei der Arbeit würde sie Antworten finden, und bei der Arbeit würde sie vielleicht einen Hinweis auf die Identität des Mannes finden, von dem Seths Vorfahren die Beschreibung des Verstecks bekommen hatten. Wenn sie das herausfinden konnte, würde sie vielleicht Seths Neugier wecken, und er würde der Schatzsuche zustimmen.

Denn Melody hatte etwas Wichtiges entschieden. Gestern hatte sie sich abgewandt und stillschweigend aufgegeben ... wie das brave, passive kleine Mädchen, das zu sein man ihr beigebracht hatte. Doch heute wusste sie, dass sie damit nicht leben konnte. Nein. Sie konnte nicht ... sie war einem Stück amerikanischer Geschichte auf der Spur. Meine Güte, in ihr brannte ein Feuer, und sie wusste, dass sie tun würde, was nötig war, um die Wahrheit ans Licht zu bringen. Sie hatte eine Mission ... und, bei George, sie würde sie durchziehen.

Seth Turner hatte Angst, dass die Verrückten kommen würden, wenn jemand von der Wegbeschreibung erfuhr. Und er hatte vollkommen Recht, nur dass er, wenn er nicht mitspielen wollte, feststellen würde, dass die erste Verrückte schon da war!

KAPITEL ACHT

„Melody, Mädchen – wir müssen reden!", rief Lacy Matlock, sobald Melody am nächsten Morgen aus ihrem Auto stieg.

Wie immer wimmelte es auf dem kleinen Kirchenparkplatz von Autos und Trucks. Sie überflog die Gruppe und fand die Gesuchte. Seth war auch hier. Während sie auf ihre Freundin zueilte, ließ sie den Blick über die verschiedenen Gruppen schweifen, die auf dem Rasen standen. Als sie ihn mit einer Gruppe anderer Viehzüchter am Rand stehen sah, pochte ärgerlicherweise ihr Herz. Da begegnete sein Blick ihrem und hielt ihn fest, worauf ihr das Atmen plötzlich schwerfiel.

Sie sah schnell weg – nicht gerade die Entschlossenheit, die sie hatte demonstrieren wollen.

„Wie geht's dir?", fragte Lacy und umarmte sie

ausgelassen. Lacy war die örtliche Friseurin, die in die Stadt gezogen war und geholfen hatte, den staubigen, sterbenden Ort in die wunderbare, einladende Gemeinschaft zu verwandeln, die sie heute war.

Als Melody gekommen war, um an der Schule zu unterrichten, die Mule Hollow mit den anderen ländlichen Gemeinden teilte, hatte sie sich eine Wohnung in Ranger genommen, das 70 Meilen entfernt lag. Es hatte nichts gegeben, was sie dazu verlockt hätte, in Mule Hollow zu leben. Das Schulhaus war zwanzig Meilen von der Stadt entfernt und ehrlich gesagt war das tote Nest damals ein Ort gewesen, den nur Cowboys lieben konnten. Sam's Diner, Pete's Futterladen, Purdys Werkstatt und sonst nicht viel … Doch das hatte sich alles geändert, als Norma Sue, Esther Mae und Adela, die drei älteren Damen, die ihre kleine Stadt liebten, den Plan entwickelt hatten, ein Inserat aufzugeben, um Frauen für die Cowboys nach Mule Hollow zu bringen. Melody und die anderen Lehrerinnen waren so schockiert gewesen, als sie die Anzeige in der Zeitung gesehen hatten. Und kaum, dass die Tinte der ersten Anzeige getrocknet war, war Lacy in ihrem rosa 1958er Cadillac Cabrio in die Stadt gefahren! Die energische Friseurin war wie ein Tornado, der über die Stadt hereingebrochen war. Sie war gekommen, um mit ihrer Freundin Sheri einen Salon zu eröffnen. Und sie war gekommen, um den alten Damen bei ihrem Plan zu helfen, Frauen nach Mule Hollow zu bringen. Es war unglaublich gewesen. Wirklich, für ein ruhiges Mädchen wie Melody war es faszinierend gewesen, zu beobachten, was passierte. Obwohl sie zu schüchtern war, um einen Ehemann zu suchen, war sie eine der ersten Frauen, die in die Stadt gezogen waren, als Adela ihr großes Zuhause in Apartments umgebaut hatte. Doch sie hatte zugesehen, wie Frauen kamen und sich verliebt hatten. Und jetzt hatten einige sogar schon Babys. Selbst Lacy hatte es versucht, aber bisher kein Glück. Melody hoffte jedoch, dass es für sie und Clint bald passieren würde. Wenn sie sich wirklich niedergeschlagen fühlte, hatte sie mehrmals darüber nachgedacht, Lacy von ihrem „anderen" Leben zu erzählen. Doch sie hatte sich immer zurückgehalten.

„Hi. Ich bin in der Kinderkrippe für die Sonntagsschule eingeteilt, muss also rein", sagte sie und warf einen Blick unter ihren gesenkten Wimpern hervor in Seths Richtung. „Willst du mitkommen?"

„Aber klar", sagte Lacy und folgte ihr. „Es kommt mir wie eine Ewigkeit vor, seit ich dich gesehen habe. Du hast genau das getan, was ich dachte, dass du es tun würdest."

„Und das ist?"

„Du bist in dem Moment verschwunden, als du ans

Ende der Welt rausgezogen bist." Ihre blauen Augen funkelten.

„Ich war beschäftigt." Melody wollte ihr unbedingt die Neuigkeiten über die Wegbeschreibung berichten. Sie kam sich vor wie ein kleines Mädchen mit einem Dollar, der ihr ein Loch in die Tasche brannte.

„Ich weiß, ich weiß. Du hast dich in deinen Recherchen vergraben und schwimmst im Glück. Aber wir vermissen dich."

„Ich komme am Dienstag zum Planungstreffen für den 4. Juli."

„Und dieses Jahr wirst du auch bei einem der Stände helfen. Ich erlaube dir dieses Jahr nicht, dich in einem Imbisswagen zu verstecken."

„Aber –"

„Nein, nein, nein. Du bist dieses Jahr draußen. Zwei Jahre im Zuckerwatte-Anhänger verstecken geht einfach nicht. Ich bringe dich irgendwohin mit ein bisschen mehr Leben, und nichts, was du tust, kann meine Meinung ändern."

Sie hatten die Tür zur Kinderkrippe erreicht. „Okay, ich werde tun, was immer du willst." Dort verließ sie ihre Komfortzone und so impulsiv Lacy auch war, Melody vertraute ihr trotzdem.

„Großartig! Die Ladys kommen morgen Abend von ihrem kleinen Urlaub auf hoher See zurück, also werde ich mich mit ihnen zusammensetzen, und wenn du am Dienstagabend kommst, haben wir dich schon eingeteilt. Willst du nach der Kirche zum Mittagessen mit zu uns kommen?"

„Ich kann nicht. Ich muss wirklich nach Hause und zurück an meine Arbeit." Über Lacys Schulter hinweg sah sie Seth durch die Nebentür kommen und zum Unterricht für Singles gehen. Er sah gut aus in seiner Khakihose und dem cremefarbenen Blazer. Der butterweiche Ton der Jacke ließ seine rauchigen Augen vor Intensität strahlen. Und ihre Nerven klirrten wie eine Ladung Armreifen, als sich ihre Blicke trafen. Obwohl sie versuchte, es nicht zu tun, fühlte sie sich zu diesem nervigen Mann hingezogen.

„Wir sehen uns später", sagte sie zu Lacy und verschwand in der Kinderkrippe. Chicken Little war nichts im Vergleich zu ihr. Das kleine Huhn war dumm, weil es glaubte, der Himmel würde ihm auf den Kopf fallen … doch wenn sie sich in Seth verliebte, wäre sie die Dumme. Vor allem, weil sie in fast allem so vollkommen anderer Meinung waren.

Seth war das Buch durchgegangen und hatte über die verschiedenen Aspekte der Wegbeschreibung nachgedacht, seit Melody sie ihm am Freitag gebracht hatte. Während er einen gewissen Entdeckergeist hatte, der dadurch geweckt worden war, hatte er sich nicht einfach für die Idee erwärmen können. Er verstand das Ausmaß der Entdeckung der Karte und des Buchs. Während die Fakten über den Mann dünn waren, war Grandma Janes Dokumentation der Begeisterung seines Grandpas für die Suche nach dem Schatz unglaublich ergreifend. Er war sich nicht sicher, ob ihre Schrift einen wirklichen historischen Wert hatte, doch als Schlüssel zum Verständnis seines Vorfahren war sie von großem Wert. Sein Grandpa hatte im Grunde seine Familie verlassen und Jane und seinem Sohn Mason die Leitung des Postkutschenhauses allein überlassen. Oh, er hatte gewusst, dass er Stammgast im Saloon und an den Spieltischen gewesen war, doch jetzt wusste Seth, was er tagsüber tat. Es war lächerlich. Gewissenlos. Und nachdem er das Buch gelesen hatte, war er umso mehr überzeugt, dass, falls dieser Schatz überhaupt existierte, niemand ihn je finden würde. Wenn Oakley Jahre damit verbracht hatte, danach zu jagen, wie konnte Melody dann glauben, dass sie etwas anderes tun würden, als ihre Zeit zu verschwenden? Schließlich hatte sein Grandpa sein Leben verschwendet … und sein Familienleben verpasst.

Doch selbst wenn er das mit seinem praktischen Verstand wusste, brauchte es nur einen Blick auf den

Schmerz und die Wut, die er in Melodys Augen gesehen hatte, damit sein unpraktisches Gehirn einen aggressiven Angriff auf ihn starten konnte.

Er stand ganz hinten in der Kirche, als sie durch die Seitentür hereinkam. Die Frauen wechselten sich mit dem Kinderhüten ab, und heute musste sie drangewesen sein. Er beobachtete, wie sie sich umsah, zögerte, als sie ihn sah, und dann Platz nahm. Er hätte nie gedacht, dass sie ihren Platz absichtlich nach seinem wählen würde … schließlich hatten sie sich kaum gekannt, bevor sie in das Postkutschenhaus eingezogen war. Doch heute wusste er ohne Zweifel, dass er der Grund war, warum sie saß, wo sie saß. Und genau aus diesem Grund entschuldigte er sich von seinem Gespräch und ging durch den Raum, den Außengang hinauf und setzte sich auf den Platz direkt hinter ihr.

Er beugte sich vor, dicht an ihr Ohr und sagte leise: „Immer noch böse auf mich?" Ihr zarter Duft zog ihn näher als nötig, und als sie sich abrupt umdrehte, um ihn anzusehen, waren ihre Gesichter nur wenige Zentimeter voneinander entfernt. Sie beugte sich von ihm weg, um seinem Blick besser zu begegnen.

„Ja."

Es war verständlich, dass ihn das zum Lachen brachte. Er hatte halb erwartet, dass sie es leugnen würde, wenn er leicht sehen konnte, dass sie innerlich vor Wut kochte. Und verletzt war ... und das war es, was ihn störte. Sie war zu sanftmütig, wurde zu leicht zum Opfer, und er mochte den Gedanken nicht, dass es ihr so wehtat, dass sie an etwas gehindert wurde, das sie so sehr wollte. Der Chor hatte angefangen zu singen, und alle standen auf, um das erste Lied mitzusingen. Er bemerkte, dass er und Melody sich anstarrten und immer noch saßen. Das bemerkte sie auch. Sie richtete sich ruckartig auf, nahm ein Liederbuch und begann, wütend die Seiten umzublättern. Er stand langsamer auf, nahm das Liederbuch aus dem Fach auf der Rückseite ihrer Bank und blätterte darin, während er über seinen nächsten Zug nachdachte. Das Lied war fast zu Ende, als er merkte, dass er sein Liederbuch verkehrt herum hielt.

Der Mann verfolgte – nein, er *verhöhnte* sie, dachte Melody eine Stunde, nachdem sie die Kirche verlassen hatte. Sie ließ sich inmitten eines Stapels von Computerausdrucken über Raubüberfälle, die Sam Bass und seiner Gang zugeschrieben wurden, auf dem Boden nieder und schwor, Seth aus ihrem Kopf zu verbannen.

Stunden später, als die Dunkelheit hereinbrach, kam sie immer wieder auf Sams größten Raub zurück. Mit einem Kaffee in der Hand trug sie die Seiten zum

Sofa und rollte sich unter einer Decke zusammen, während sie sich die Geschichten durch den Kopf gehen ließ.

Der Gesetzlose war ihrer Meinung nach eher ein Stümper als ein geschickter Verbrecher gewesen. Der einzige dokumentierte Raubüberfall in beträchtlicher Höhe waren die sechzigtausend Dollar in Goldstücken, die er und seine Bande 1877 gestohlen hatten, als sie die Union Pacific in Ogallala, Nebraska, ausgeraubt hatten … oder je nachdem, welche Quelle man sich ansah, in Big Springs, Nebraska, – dem nächsten Zwischenstopp. Es war der bis zu diesem Zeitpunkt größte dokumentierte Bahnraub gewesen, doch Melody hatte es immer gestört, dass Sam den Safe im Zug nicht öffnen konnte. Der Mann war auf einen Zug aufgesprungen, in keiner Weise vorbereitet, den Safe zu öffnen, falls niemand die Kombination hatte – warum sollte sich jemand all diese Mühe ohne einen Plan B machen? In diesem Safe waren *zweihunderttausend Dollar*, doch Sam hatte keinen anderen Plan, als den Schaffner zu zwingen, ihn für ihn zu öffnen. Und er war nicht der gute Mann gewesen, für den viele ihn gehalten hatten, denn er hatte den armen Schaffner mit der Pistole geschlagen, um ihn dazu zu bringen, die Kombination zu verraten, die er jedoch nicht kannte.

Dann, in Ermangelung eines Safes zum Ausrauben,

hatte eines von Sams Gangmitgliedern Silberbarren gefunden, doch die waren zu schwer, um sie zu tragen … oh ja, eine wirklich gierige, dumme Gang, dachte sie.

Erst als eines der Gangmitglieder zwei mit Siegeln verschlossene kleine Kisten fand, hatten sie Glück. Als sie die Kisten öffneten, fanden sie die sechzigtausend in Goldmünzen. Glück pur! Es war absolut kein Geschick nötig. Und genau darum faszinierte sie die Grenze zwischen Legende und Wahrheit. Wie konnte ein Stümper wie Sam Bass zu einer solchen Legende werden?

Zumal sie nach dem Fund der Münzen auch noch die *Passagiere* ausgeraubt hatten, was insgesamt vierhundert Dollar einbrachte. Wenn sie nicht zufällig auf die Goldmünzen gestoßen wären, hätte dieser Raub der Bande nur vierhundert Dollar eingebracht, und der einzige denkwürdige Teil der Geschichte wäre die Tatsache gewesen, dass sie zu unvorbereitet gewesen waren, um das große Geld zu stehlen. Stattdessen waren sie als die Gang in die Geschichte eingegangen, die den bis heute größten Zugüberfall aller Zeiten durchgezogen hatte. Es war lächerlich; so verrückt. Melody war der Meinung, dass Sam Bass eine Legende war, die weit überschätzt wurde. Ein Großteil des Geldes, das er und seine Bande angeblich in ganz Texas vergraben hatten, war wahrscheinlich ein Märchen. Doch was genau mit diesen sechzigtausend Dollar passiert war, war das eigentliche Geheimnis.

Beim Verlassen des Zuges hatten die Männer das Geld aufgeteilt und sie waren jeweils zu zweit in verschiedene Richtungen gezogen. Eine Woche später war eine Gruppe von Männern tot, eine weitere getrennt: ein Mann wurde gefangen genommen, während nicht bestätigten Gerüchten zufolge der andere mit seinem Gold nach Kanada entkommen war. Die letzten beiden Männer, Sam Bass und Jack Davis, kehrten nach Denton, Texas, zurück, und vier Monate später raubten sie wieder Postkutschen aus. Was war mit ihrem ganzen Geld passiert? Einige Geschichten besagten, dass sie es für ein Leben in Extravaganz ausgegeben hatten. Doch zehntausend Dollar pro Mann – das war in den 1870er Jahren eine exorbitante Summe und schien zu groß, um sie in so kurzer Zeit zu verprassen. Einige glaubten, sie hatten das Geld in Höhlen im Hill Country versteckt ... und das war nur eine von vielen Geschichten. Das half ihr jedoch auch nicht, herauszufinden, wer der Mann auf Seths Grundstück gewesen sein könnte. Diese beiden Männer waren nicht hier im Postkutschenhaus gestorben. Im Jahr 1878 wurde Sam während eines Banküberfalls erschossen und starb in Round Rock, Texas. Kurz darauf wurde *The Ballad of Sam Bass* geschrieben und wurde ein Lied, das jahrelang von Cowboys gesungen wurde, um sich auf einem Viehtrieb zu unterhalten. Davis jedoch schien verschwunden zu sein, obwohl einige behaupteten, er sei nach New Orleans gegangen.

Es sei denn … Melody atmete scharf ein, als ihr eine Idee kam. Es war logisch. Nachvollziehbar.

Sie sprang vom Sofa auf und führte einen kleinen Freudentanz auf. Vielleicht war sie gerade darauf gekommen, wer diese Wegbeschreibung verfasst hatte.

KAPITEL NEUN

Melody betete um Mut. Sie fühlte sich wie der Löwe im *Zauberer von Oz*, als sie am nächsten Morgen zu Seths Haus fuhr. Es hatte all ihre Beherrschung gekostet, letzte Nacht nicht in ihr Auto zu springen und hierher zu fahren. Trotzdem war sie im hellen Tageslicht voller Hoffnung, dass er heute auf sie hören würde. Und sie würde den Mut wiederfinden müssen, den sie gehabt hatte, als sie ihm gesagt hatte, dass sie ihren Mietvertrag für das Postkutschenhaus nicht aufgeben würde. Sie brauchte dieses rebellische Mädchen, um für das einzutreten, was richtig war.

Als sie über seinen Weiderost fuhr, rauschte ihr Adrenalin und innerlich fühlte sie diese brennende Aufregung. Er fuhr mit seinem Truck von seiner Scheune weg und zog einen Pferdeanhänger hinter sich her.

Mit klopfendem Herzen trat sie auf die Bremse und sprang aus ihrem Wagen. Auch er blieb stehen, doch bevor er aussteigen konnte, war sie an seinem offenen Fenster.

„Ich glaube, ich weiß, wer unser Mann ist. Derjenige, der die Wegbeschreibung diktiert hat."

„Geht's Ihnen gut?"

„Nein, tut es nicht. Haben Sie mich nicht gehört? Ich bin mir fast sicher – na ja, nicht wirklich sicher, aber ich habe eine Ahnung, dass unser Mann einer von zwei Personen ist. Er könnte der Kanadier Tom Nixon aus der Bande von Sam Bass gewesen sein. Oder Jack Davis."

Seth war während des Gesprächs aus dem Truck gestiegen und grinste sie an. „Ich hatte gestern das Gefühl, dass Sie Ihre Recherchen noch einmal durchgehen würden. Wie kommen Sie darauf?" Er lehnte sich mit der Hüfte an seinen Truck und verschränkte die Arme vor der Brust. Er sah so entspannt aus, dass Melodys Kopf leer wurde, als er ihn ansah. Meine Güte, dieser Mann hatte ein Talent dafür, sie aus der Bahn zu werfen.

Sie atmete tief durch und erzählte ihm von der Geschichte, zu der sie immer wieder zurückgekehrt war und wie sie ihr schließlich gedämmert hatte. „Sehen Sie, hier ist es, und es ist ein großes Was-wäre-wenn, weil es bedeuten würde, dass Tom Nixon nicht das getan hat, was alle dachten. Nachdem die Bande den Zug ausgeraubt hatte, hatten sie die Goldstücke geteilt und sich in Zweiergruppen getrennt. Das eine Paar wurde bald getötet, und Bass und Davis gingen zurück nach Texas. Das dritte Paar, Nixon und Berry, ist in Missouri gelandet, wo Berry mit Geld um sich geworfen hat und gefangen genommen wurde. Von da an wird es unscharf. Die Legenden besagen, dass Nixon dann nach Kanada zurückgekehrt und untergetaucht ist." Sie war so aufgeregt, Seth ihre Geschichte zu erzählen, dass sie wild gestikulierte und sie wie ein D-Zug herunterratterte. Es war ein Wunder, dass er alles verstehen konnte, doch sie konnte nicht anders. Als sie innehielt und beinahe nach Luft schnappte, bemerkte sie, dass er sie auf eine Weise ansah, die ihr Inneres zum Schmelzen brachte. Sie schluckte schwer und verlor wieder ihren Gedankengang.

„Erzählen Sie weiter. Ich bin ganz Ohr", drängte er.

„G-gut", brachte sie hervor. „Weil das wichtig ist."

„Ich sehe das."

„Gut. H-hier ist, was ich denke. Was, wenn Nixon nicht von Missouri nach Kanada gegangen ist, sondern stattdessen nach Texas zurückgekehrt ist, um sich wieder mit Bass und Davis zusammenzutun? Doch er ist hier in Ihrer Schlucht gelandet, wurde krank, und Ihre Vorfahren haben ihn gefunden. Was ist, wenn diese

Wegbeschreibung zu seinem Anteil aus dem Zugraub führt? Wenn dem so ist, steht nichts davon in irgendwelchen Aufzeichnungen. Er sollte nicht in Texas sein. Oder Davis, der ebenfalls verschwunden ist, könnte zumindest nach dem, was ich bisher herausfinden konnte, auch unser Mann gewesen sein." Jetzt war sie fertig. Sie stand auf, die Arme in die Hüften gestemmt, und sah Seth triumphierend an. Sicher, das waren vielleicht nicht Nixon oder Davis und sicher gab es jede Menge andere Möglichkeiten. Aber es war plausibel und ein gutes Argument, um Seth davon zu überzeugen, den Schatz zu suchen. „Wir müssen einfach nach diesem Schatz suchen. All das kann man nicht einfach ignorieren. Das lasse ich nicht zu, Buster."

Da lachte er. Es war ein plötzliches, unerwartetes Lachen, das von funkelnden Augen begleitet wurde, die nach ihr zu greifen und sie zu packen schienen. „Haben Sie eine Ahnung, wie süß Sie sind, wenn Sie so begeistert sind? Nein, natürlich nicht."

Sie hatte sich viele Dinge überlegt, die er ihr nach ihrer Enthüllung sagen könnte, und sie hatte sich Argumente einfallen lassen, um ihre Position zu verteidigen. Doch das hatte sie nicht erwartet. Sie blinzelte nur und war lächerlich begeistert.

„Okay", sagte er und stieß sich vom Truck ab. „Kommen Sie."

Sie runzelte die Stirn, und ihr Gehirn begann wieder zu arbeiten. „Was haben Sie gesagt?"

Er grinste. „Ich sagte, kommen Sie. Ich war auf dem Weg zu Ihrem Haus, als Sie vorgefahren sind. Ich habe die Pferde aufgeladen und dachte, heute wäre ein ausgezeichneter Tag für eine Schatzsuche."

Ihr blieb der Mund offenstehen. Er hob seine Hand und legte seine Finger unter ihr Kinn und klappte ihren Mund zu. „Besser. Also was ist? Wollen wir? Und unter Schatzsuchern ist es übrigens Tradition, sich zu duzen."

Melody wurde vom Löwen in *Der Zauberer von Oz* zu *Alice im Wunderland*, die durch das Kaninchenloch fiel. „D-du wolltest mich abholen?"

Er nickte und warf ihr einen verschmitzten Blick zu – das war neu, und es ließ ihren Puls schneller schlagen. Oder vielleicht war es nur die Tatsache, dass das in Kombination mit dem Wissen, dass sie wieder für das eingetreten war, woran sie glaubte, die ihren Blutdruck ansteigen ließ. Oder vielleicht lag es auch einfach daran, dass sie das Prickeln seiner Berührung bis in die Zehenspitzen spüren konnte – obwohl seine Finger jetzt um die Türklinke seines Trucks geschlungen waren.

Er lachte und sagte sanft: „Also, willst du das jetzt machen, oder was?"

Melody verschwendete keine Zeit damit, in Seths Truck zu klettern. Sie wollte ihm keine Gelegenheit geben, seine Meinung zu ändern.

„Reitest du?", fragte er, als der Truck über die Weiden in Richtung der Schlucht holperte.

Sprich in zusammenhängenden Sätzen, ermahnte sie sich. „Nein, aber ich würde es gerne lernen." Es war die Wahrheit. „Ist das möglich?"

Er neigte den Kopf, während sich ein langsames Lächeln wie eine sanfte Brise über sein Gesicht ausbreitete und seine Augen mit einem gefährlichen Licht erfüllte. „Oh ja, das ist möglich. Aber vielleicht reitest du heute einfach mit mir?"

Sie saß *so* tief in der Tinte. Es war offensichtlich, dass der Mann mit ihr flirtete! Ein Flattern durchfuhr sie, als die unwahrscheinliche Vorstellung plötzlich wahr erschien.

Sie hatten die Schlucht erreicht, und er hielt den Truck an und stellte den Motor ab. „Bist du bereit, einen Schatz zu finden?", fragte er. Sie nickte. „Gut, dann auf geht's." Er öffnete seine Tür und war draußen, bevor sie ihre Stimme finden konnte.

Nachdem er das Pferd vom Anhänger abgeladen hatte, schwang er sich in den Sattel und half ihr dann hinter sich hoch. Sie betrat ein Gebiet, das sie noch nie zuvor betreten hatte, und sie fühlte sich zittrig und unsicherer denn je. Doch entweder schien er es nicht zu bemerken, oder sie versteckte ihre Nervosität besser, als sie dachte.

„Also, warum hast du deine Meinung geändert?", fragte sie, als sie zu Pferd durch die Bäume ritten. Irgendwann in den paar Minuten, die er brauchte, um das sandfarbene Pferd abzuladen und sie hinter sich hochzuziehen, hatte sie beschlossen, dass Seth wahrscheinlich nur versuchte, die Anspannung abzubauen, die zwischen ihnen gewesen war. Damit war sie in der Lage, ihren Kopf aus den Wolken zu holen und sich auf das zu konzentrieren, was sie hierher gebracht hatte … den Schatz.

„Mein Bruder hat mich daran erinnert –", begann Seth, warf einen Blick über seine Schulter und genoss das Gefühl ihrer Arme um seine Taille. „Ich habe mich erinnert, dass mir sowas früher Spaß gemacht hat."

„Wirklich?"

Er drehte sich zu ihr um. Ihr Gesichtsausdruck allein sagte, dass sie sich so etwas nicht vorstellen konnte. War er wirklich zu dem steifen Hemd geworden, wie es seine Brüder immer wieder behaupteten? „Warum schockiert dich das so sehr?"

„Ich kann mir einfach nicht vorstellen, dass du hier draußen rumrennst und nach Schätzen suchst –" Sie hielt inne und wurde rot.

Sie ritten bergab, und er blickte geradeaus.

„Das habe ich nicht als Beleidigung gemeint", fügte sie hinzu.

„Ja, ja, schon klar. Du hast mich gedrängt, mich locker zu machen, seit du hierhergezogen bist." Ihre Arme schlossen sich für einen Moment fester um ihn, als sie sich nach vorne streckte, um zu ihm aufzusehen.

„Das habe ich nicht –"

„Hast du schon", beharrte er grinsend. „Ich. Hier. Das ist lockerer, würdest du das nicht auch sagen?"

„Ja, du hast Recht. Und danke", stimmte sie zu, gerade als Dough Boy, Seths Pferd, einen Hang hinabging und sich ihre Arme noch einmal fester um ihn schlossen.

„Halt dich fest", sagte er. „Das könnte schwierig werden." Und er sprach nicht nur vom Reiten.

„Das musst du mir nicht zweimal sagen", keuchte Melody. Ein paar Minuten später hielt er ihre Hand, als sie vom Pferd rutschte, dann stieg er selbst ab. Sie gingen zu den Felsen hinunter, die er ihr zuvor gezeigt hatte.

„Hier fangen wir also an", sagte sie. „Die sehen ziemlich aus wie Zwillinge. Und das ist der südliche Winkel der Schlucht?" Die Hände in die Hüften gestemmt musterte sie aufmerksam die Felsen.

Seth konnte die Aufregung in ihrem

Gesichtsausdruck sehen. „Ja zu beidem", sagte er. „Wenn wir den Anweisungen folgen, wären es fünfzig Schritte nach Westen."

Sie zeigte nach Osten und sah ihn an. „Dahin?"

Er grinste. „Eigentlich", er beugte sich um sie herum und zeigte in die entgegengesetzte Richtung. „Dahin. Der Wald hat deine Orientierung durcheinandergebracht."

Sie biss sich auf die Lippe und runzelte die Stirn. „Ich würde dem Wald gerne meinen Mangel an Orientierung zuschreiben, doch das kann ich nicht. Ich habe keinen Orientierungssinn."

„Dann erinnere mich daran, dich nicht allein hier draußen rumlaufen zu lassen."

„Oh, glaub mir, wenn ich mich hier draußen verirren würde, würde ich einen Stein finden, mich draufsetzen und darauf warten, dass du eine Meute bringst, die nach mir sucht." Sie lächelte zu ihm auf.

„Gut, genau das würde ich mir wünschen. Das ist klug."

„Klüger wäre es, bei dir zu bleiben", sagte sie.

„Ganz meine Meinung." Einen Herzschlag lang hielt sie seinem Blick stand.

„D-dann lass uns gehen", sagte sie und ging los. Sie hatte keine zwei Schritte gemacht, als sie wieder stehenblieb. „Glaubst du, er meint normale Schritte oder

Fußlängen von der Ferse bis zu den Zehen? Ich denke, er meint normale Schritte." Sie zog fragend eine Braue hoch.

„Denke ich auch ... aber wenn wir ungefähr auf halbem Weg sind, werden wir nach allem Ausschau halten, was vielversprechend aussehen könnte."

„Klingt gut." Sie ging wieder los und zählte weiter. Er folgte ihr, zufrieden zu sehen, wie sie sich in die Jagd stürzte. Mit jedem Schritt, den sie zählte, steigerte sich die Aufregung in ihrer Stimme.

„Fünfundzwanzig", sang sie und blieb stehen. „Siehst du hier irgendwas, das wie ein Turm aussieht?"

Seth suchte die Gegend ab. „Nicht wirklich. Geh weiter."

Sie begann sofort wieder zu zählen. Der Weg wurde immer schwerer begehbar. Sie musste sich durch Unterholz schieben und sich unter Ästen hindurch ducken. Seth warf einen Blick zurück zu den Felsen, um sich zu vergewissern, dass sie den Kurs hielten. Das taten sie, dachte er.

„Fünfzig." Melody warf einen Blick über ihre Schulter. „Was denkst du?"

Sie standen in einem vollkommen überwucherten Gebiet. Kiefern ragten über ihnen auf und sperrten fast alles Sonnenlicht aus. „Ich sage es dir nur ungern, aber ich sehe nichts, was einem Turm ähnelt."

Sie runzelte die Stirn. „Ich weiß. Also was nun?" Enttäuschung klang in ihrer Stimme, als sie sich umsah. „Ich habe versucht herauszufinden, was er mit dem Turm gemeint haben könnte, und mir ist nichts eingefallen."

„Vielleicht ist es etwas, das wir erst dann verstehen, wenn wir es sehen."

„Ja, vielleicht."

„Glaubst du, es hat hier vor all den Jahren Kiefern gegeben?"

„Wahrscheinlich", sagte er. „Lass uns hier lang gehen und ein bisschen zwischen den Bäumen rauskommen." Seth ging voran. Doch er wusste, dass das mehr oder weniger nur zu Melodys Unterhaltung diente. Er wusste, dass es in dieser Gegend nichts gab, was man als Turm interpretieren könnte. Er brachte es einfach nicht übers Herz, ihr zu sagen, dass sie auf einem Metzgersgang war.

KAPITEL ZEHN

„Wen haben wir denn da?", sagte Sam, als Melody Seth gegenüber auf den Sitz rutschte. „Wie geht's euch?"

Sie nahm die Speisekarte aus dem Halter zwischen Servietten und der Flasche scharfer Soße und fühlte sich unwohl. Nachdem er das Pferd abgeladen hatte, hatte Seth gesagt, er würde in die Stadt fahren, um einen Burger zu essen. Da es schon so spät war, hatte er ihr vorgeschlagen, sich ihm anzuschließen. Sie erinnerte sich immer wieder daran, dass er das nur aus Höflichkeit vorgeschlagen hatte. Sie hätte nein sagen können, ihm einen leichten Ausweg gewähren können, doch sie hatte es nicht getan.

Etwas sagte ihr, dass ihr Handy, das sie zu Hause gelassen hatte, wahrscheinlich klingelte, und sie konnte sich heute Abend einfach nicht mit dieser Vorstellung auseinandersetzen.

„Mir geht's gut, Mr. Greene, danke", sagte sie. „Wie geht's Ihnen?"

„Jetzt mach mal halblang, Mädchen. Wie oft muss ich dir sagen, dass du mich Sam nennen sollst? Mein Daddy war Mr. Greene, und Formalitäten waren ihm genauso egal wie mir."

„Ja, Sir – Sam."

„Schon besser. In Mule Hollow sind wir nicht förmlich, vor allem nicht hier mit all den hässlichen Cowboys." Protest ertönte aus allen Richtungen im Raum voller Cowboys und die Bemerkung brachte Sam gespielt finstere Blicke ein. „Sie sind nicht nur hässlich, sondern haben auch noch große Ohren. Und dieser hässliche Vogel, mit dem du hier bist, ist nicht viel besser –"

„Hey", protestierte Seth mit einem Grinsen. „Du sollst nett zu deinen Kunden sein und sie nicht runtermachen."

„Ich bin nett – zu der, die zählt."

Melody lächelte. Sam liebte es, die Cowboys aufzuziehen. Doch er war immer süß zu den Frauen. Zu den meisten Frauen zumindest – er neigte dazu, auch Norma Sue und Esther Mae aufzuziehen. „Ich wette, Sie werden froh sein, wenn Miss Adela nach Hause kommt", sagte sie leise.

Er strahlte. „Der heutige Abend kann nicht früh genug kommen! Ich weiß, dass meine Adela und Norma Sue und Esther Mae sich prächtig amüsiert haben, aber ich weiß nicht, ob ich es noch einen Tag aushalten könnte, ohne ihr schönes Lächeln zu sehen."

„Ich bin mir sicher, dass sie sich genauso darauf freut, Sie zu sehen", sagte Melody.

Seth zog eine Braue hoch. „Natürlich werden auch wir hässlichen Cowboys froh sein, dass sie nach Hause kommt, damit er aufhört, uns anzubellen."

Das löste eine Welle gegrunzter Zustimmungen aus, und als Melody Seths Blick begegnete, zwinkerte er ihr zu. Es war ziemlich erbärmlich, dass ein Augenzwinkern ihre Welt ins Wanken bringen konnte, doch das tat es. In ihrem ganzen Leben war ihr das noch nie passiert.

Seth legte seine Hände auf den Tisch und beugte sich vor, nachdem Sam mit ihrer Bestellung gegangen war. „Erzähl mir, was dir am Unterrichten am besten gefällt."

Ihr Herz erwärmte sich bei dieser Frage noch mehr für ihn. „Ich liebe die Kinder."

„Warum?"

Das warf sie ein wenig aus der Bahn. „Warum nicht? Sie sind großartig."

Er schüttelte den Kopf. „Zu einfach. Ich suche hier

nach Informationen, und du sitzt darauf. Warum unterrichtest du so gerne?"

Sie musste lachen. Er wollte sie wirklich besser kennenlernen. Es war ein atemberaubender Gedanke. „Viertklässler sind mein Lieblingsalter. Denn da haben sie langsam wirklich eine Persönlichkeit entwickelt. Sie finden heraus, wer sie sind, und ergründen das. Gleichzeitig sind sie aber sehr offen für äußere Einflüsse. Und sie sind einfach so witzig, so voller Leben." Im Hintergrund hatte jemand einen Quarter in die Jukebox geworfen und Vince Gills schöne Stimme plätscherte sanft durch den Raum.

„Und du, die stille Lehrerin, magst es voller Leben?"

„Ich liebe es! Ich ermutige sie dazu."

Er trank einen Schluck Eistee und verschluckte sich bei ihrer Antwort. „Wie zum Beispiel?" Er hustete, seine Augen tanzten über der Faust, die er zu seinen Lippen erhoben hatte.

„Nun, wie dieses eine kleine Mädchen, das Anfang des Jahres so schüchtern war, dass es keine Fragen gestellt hat. Sie saß neben dem süßesten kleinen Blonden. Er hatte aus dem Vorjahr einen Ruf als Klassenclown. Und es war so wahr. Dieser Junge kann einfach nicht anders, als andere zu unterhalten, wenn er weiß, dass er ein Publikum hat. Er wurde mit der Zeit immer lauter, und ich musste ihn bitten, leise zu machen. Es war sehr störend, also habe ich ihm Aufgaben zugeteilt, und er hat mir geholfen. Am Ende des Jahres war er im besten Sinne des Wortes ein Anführer."

„Wirklich?"

„Na ja, nein", gestand sie. „Aber er hatte Momente, in denen er geglänzt hat, und er hat seine Aufgaben ernst genommen. Und sie mit einem Lächeln erledigt. Er hat eine Führungspersönlichkeit, das ist klar. Doch das Beste daran war, dass er das Gegenstück zu dem ruhigeren Mädchen war."

„Zu dir auch."

Sie schenkte ihm ein neckendes Lächeln. „Ja, aber erzähl es niemandem."

„Das würde ich nie tun."

„Gut." Sie stützte ihren Ellbogen auf den Tisch und legte ihr Kinn auf ihre Hand, als sie ihn ansah. „Ich habe dieses Kind absolut geliebt, weil es das kleine Mädchen aus seinem Schneckenhaus geholt hat – und dafür hat er hart gearbeitet."

Er mochte Melody wirklich. „Ich kann verstehen, warum dir das gefällt."

„Ja, aber ich liebe auch den Unterricht. Ich meine, du kennst mich. Du weißt, wie ich bin, wenn ich über Geschichte rede."

„Ich mag es, wenn du über Geschichte redest."

„Das tust du?"

„Ich kann mir nicht vorstellen, dass es *nicht* Spaß macht, dich über irgendetwas reden zu hören."

Melodys Herz begann zu trommeln. Sie konnte sich mit ihm unterhalten, ohne sich unsicher zu fühlen. Sie fragte sich, ob er überhaupt wusste, dass er ihr das Gefühl gab, hübsch zu sein, mit der intensiven Art, wie er ihren Blick mit seinem hielt. Oder mit dem Flirten – oder seinem Necken.

Sie fragte sich, ob er eine Ahnung hatte, wie lebendig sie sich fühlte, wenn sie ihm gegenübersaß.

Als Sam schließlich ihr Essen herausbrachte, war es eine Selbstverständlichkeit, dass Melody in ihrem ganzen Leben noch nie einen besseren Burger und Pommes gegessen hatte. Es hatte ziemlich lange gedauert, bis ihr Essen bei ihnen ankam – nicht, dass es ihr etwas ausmachte. Sie genoss es, mit Seth zu reden, und es war schön zu denken, dass Seth es genossen hatte, mit ihr zu reden.

„Das hat heute wirklich Spaß gemacht", sagte sie, als sie vor ihrem Haus vorfuhren. Die Nacht war hell. Mondlicht tauchte alles in ein romantisches, silbernes Licht, das Melody den Atem nahm. Nicht, dass es zwischen ihnen romantisch gewesen wäre. Doch ein Mädchen durfte träumen.

„Finde ich auch", sagte er und drehte sich um, um sie anzusehen, bevor er seinen rechten Arm auf die Rückenlehne des Sitzes legte.

Melody war sich so bewusst, wie nah seine Fingerspitzen an ihrer Schulter waren. Es war albern, doch sie sehnte sich mit jeder Faser ihres Wesens danach, dass er sie berühren würde. Und doch wusste sie, dass es gefährlich war, sich so etwas zu wünschen. Der Ballast, den sie in eine Beziehung mitbrachte ... das war zu viel. Welcher Mann würde eine Frau wollen, die die Probleme hatte, die sie wegen Ty hatte?

„Ich muss gehen", sagte sie und tastete nach dem Türgriff. Sie war sich sicher, dass er das Pochen ihres Herzens hören konnte, so panisch war sie. Endlich öffnete sich die Tür, gerade als er begonnen hatte, über sie hinweg zu greifen, um sie zu öffnen. Bei ihrem Versuch, so schnell wie möglich von ihm wegzukommen, wäre sie fast aus dem Truck gefallen.

„Ich hole dich morgen früh ab?"

Sie nickte.

„Dann ist das ein Date."

Wie sehr sie sich das wünschte.

„Danke für den schönen Tag", brachte sie hervor. „Seh dich morgen." Und dann rannte sie ... nun, sie ging, doch in Gedanken rannte sie. Als sie die Veranda erreichte, wagte sie es, sich umzudrehen und ihm zuzusehen, wie er auf dem silbernen Straßenband davonfuhr, das wie ein Mondstrahl glänzte.

Sie ermahnte sich, dass sie sich auf gefährlichem Terrain bewegte. Wenn sie morgen aufwachte und bemerkte, dass dieser Tag nicht wirklich passiert war, wäre sie überhaupt nicht überrascht. Sie wusste, dass es zu schön war, um mehr als ein Traum zu sein. Es war richtig, dass sie zur Besinnung gekommen war und sich daran erinnert hatte, dass Ty und seine Sucht wie ein Bleigewicht um ihren Hals hingen.

Und als bräuchte sie einen Beweis dafür, was ihre Realität war, fand sie ihn, als sie ihre Tür aufschloss und das rote Licht ihres Anrufbeantworters blinken sah.

„Bereit für ein Abenteuer?", fragte Seth am nächsten Morgen, als Melody die Tür aufriss. Doch ein Blick auf sie, und er wusste, dass etwas nicht stimmte. Er war am Tag zuvor von ihr fasziniert gewesen. Er hatte es nicht erwarten können, wieder hierherzukommen, um sie wiederzusehen. Gestern Abend hatte er während des Gesprächs bewusst versucht, mehr über sie zu erfahren. Und er hatte sie umso mehr gemocht. Vor zwei Wochen hatte er sich nicht vorstellen können, wie sie eine Klasse wilder Viertklässler kontrollierte. Er hatte gedacht, sie würden sie einfach überrumpeln, doch jetzt, nachdem er ihre Durchsetzungsfähigkeit bei mehreren Gelegenheiten durchschimmern gesehen hatte, konnte er sich gut vorstellen, dass sie in der Lage war, mit einem Klassenzimmer voller Kinder umzugehen. Wenn sie anfing zu reden, war es ziemlich schwer, von ihr wegzusehen, und er war sich sicher, dass sie genau dieselbe Wirkung auf ihre Klasse hatte. Wahrscheinlich liebten sie sie. Sie war auf wunderbare Weise ansteckend.

Heute wollte er alles über sie erfahren, was er konnte. Und er wollte damit anfangen, herauszufinden, warum ihre Augen heute gequält und nicht begeistert aussahen. Er hatte ein Gefühl, das er es wusste.

„Entschuldige", sagte sie. „Ich bin ein bisschen spät dran. Der – ein Telefonanruf hat mich aufgehalten."

Er hatte es gewusst, bevor sie seinen Verdacht bestätigt hatte. „Macht es dir etwas aus, wenn ich mir eine Tasse von dem Kaffee nehme, den ich rieche?", fragte er und folgte ihr in den Flur.

Sie sah nervös aus, als sie mit nackten Füßen dastand, während sie mit ihren Socken spielte. „Ich muss nur meine Stiefel anziehen und dann können wir hier verschwinden – losmachen, meine ich."

Er schlenderte in die Küche, und sie folgte ihm.

SCHÄTZE MICH, COWBOY

„Kein Grund zur Eile", sagte er. Er war sich sicher, dass sie sich nicht einfach so verhaspelte. Sie wollte wirklich so schnell wie möglich hier verschwinden, und er wollte wissen, warum jemand am anderen Ende eines Telefons die Macht hatte, sie in die Flucht zu schlagen. „Du ziehst deine Stiefel an, und ich gieße mir einen Kaffee ein."

Sie zögerte, als ob sie darüber nachdachte, ihm zu sagen, dass sie keine Zeit für eine Tasse Kaffee hätten. Er griff nach einer Tasse, die zum Abtrocknen neben der Spüle stand, und sie sank auf einen Stuhl am Tisch und begann, ihre Socken anzuziehen. Er versuchte, den richtigen Ansatz zu finden, während er seinen Kaffee eingoss, dann lehnte er sich mit der Hüfte gegen die Theke und beobachtete sie. Zu sehen, wie sie mit zitternden Händen unbeholfen ihre Socken anzog, ließ ihn jede Diplomatie vergessen. „Belastet dich irgendwas?", fragte er offen.

Ihr Kopf schoss hoch. „Nein."

„Du willst nicht wirklich dasitzen und mir sagen, dass du vollkommen okay bist, wenn jemand mit einem halben Gehirn sehen kann, dass irgendwas nicht stimmt." Ein bisschen hart, aber ihm war gerade wirklich nicht nach Diplomatie zumute. Er wollte wissen, was sie quälte.

Sie zog ihre zweite Socke an und stand auf, als das

135

Telefon klingelte.

„Ich nehme das", sagte er und reagierte auf die Tatsache, dass sie bei dem Geräusch zusammengezuckt war. Er wusste nicht, was los war, doch es würde aufhören ...

„Nein!", rief sie und schoss an ihm vorbei, um das schnurlose Telefon von der Theke zu nehmen. „Ich gehe schon ran", sagte sie und ging an ihm vorbei in den Flur. Er sah ihr nach und hörte ihr zögerndes Hallo, als er zur Küchentür kam. Er musste sich zwingen, ihr nicht weiter zu folgen und ihr das Telefon abzunehmen. Es regnete diesmal nicht, und sie hatte die Tür nicht geschlossen, sodass er ihre Worte hören könnte.

„Ty, fang nicht schon wieder an. N-nein, es tut mir leid, dass du kein Geld hast ... ich habe dich nicht ignoriert ... hey, langsam. Nein, das ist nicht meine Schuld ..."

Seths Faust ballte sich um den Türrahmen.

„Ich – ich kann so nicht länger leben –", sagte sie, und er hörte Müdigkeit in ihrer Stimme. „Okay, okay. Ich rufe morgen bei der Bank an und überweise das Geld."

„*Was?*", knurrte Seth, schritt den Flur entlang und stieß ihre Tür auf.

„Ich muss Schluss machen", sagte sie schnell und legte auf. „Was machst du?", fragte sie, als er ihr das

Telefon abnahm.

„Du wirst vielleicht überrascht sein zu hören, dass ich kein Mann bin, der danebensteht und zusieht, wie ein Idiot eine Frau misshandelt. Ist dieser Ty dein Freund?"

„Du hattest kein Recht meine Unterhaltung zu belauschen", blaffte sie, schob sich an ihm vorbei und stapfte den Flur entlang.

„Warte, bist du sauer auf *mich*?", fragte er und folgte ihr zurück in die Küche, vollkommen verblüfft von ihrer Reaktion. „Du bist weiß wie ein Laken, und du zitterst." Er riss einen Stuhl unter Tisch hervor, packte sie an den Schultern und drückte sie sanft auf den Sitz, dann ging er vor ihr in die Hocke. Sie weigerte sich, ihn anzusehen.

„Ich bin nicht sauer auf dich, ich – lass uns einfach auf Schatzsuche gehen."

„Vergiss es. Du bist vollkommen mit den Nerven am Ende. Hör zu, wenn der Typ dich bedroht, dann sag es mir. Ich werde dafür sorgen, dass es aufhört." Seth war schon lange nicht mehr so wütend gewesen.

„Du verstehst nicht. So ist es nicht. Ty ist mein Bruder."

Das überraschte ihn. „Dein Bruder?" Er starrte sie an, als sie nickte. Seth glaubte nicht, dass er jemals etwas so Trauriges gesehen hatte wie den Ausdruck in ihren Augen. „Warum sollte dein Bruder dich so behandeln?"

Ihre Lippe zitterte, und eine Träne rollte über ihre Wange. Sie wischte sie weg und wandte sich von ihm ab. Unfähig, es zu verhindern, berührte er mit seiner Hand ihre Wange und drehte sie sanft zu sich zurück. „Sprich mit mir", bat er sie. „Für mich sieht es so aus, als könntest du jemanden auf deiner Seite gebrauchen." Es war schwer für sie. Ihre Augen sagten es, doch Seth glaubte, einen Schimmer von Verlangen darin zu sehen. Sie senkte den Blick, nicht bereit, zu reden. Er hatte nur ihre Seite des Gesprächs gehört, doch das war genug für ihn, um zu wissen, dass er Ty Schmerzen zugefügt hätte, wenn er in der Nähe gewesen wäre.

Jetzt wollte er sie in seine Arme schließen und sie trösten. Stattdessen stand er auf. „Vorschlag. Lass uns von hier verschwinden. Ein Ausritt und ein bisschen frische Luft werden dir guttun. Könnte dir sogar beweisen, dass du mir vertrauen kannst." Das brachte ihm ein zaghaftes Lächeln ein. „Wie klingt das?"

„Das klingt gut. Danke."

„Du wirst mir später vielleicht nicht mehr danken. Wir werden dieses Gespräch fortsetzen – darauf hast du mein Wort", warnte er, zog sie aus dem Stuhl und in seine Arme. Sie brauchte diese Umarmung – zumindest sagte er sich das, als er seine Arme um sie schloss. Sie war angespannt, doch für einen Moment schmolz sie an ihm, als sie Trost und, wie er hoffte, seine Kraft fand. In den letzten Tagen hatte er das Flüstern einer stärkeren Frau gesehen. Die Frau, die sich ihm gestellt und sich geweigert hatte, die Kutschenstation zu verlassen, war irgendwo in Melody, nur war diese Frau im Moment nicht zu Hause. Und sein Beschützerinstinkt für diejenige, die es war, war überwältigend.

Sie zog sich fast in dem Moment zurück, in dem sie sich gegen ihn entspannt hatte, und widerstrebend ließ er sie los. Der Gedanke, dass sie nicht in seinen Armen blieb, konnte auf verschiedene Weise interpretiert werden. Erstens mochte sie es nicht, von ihm umarmt zu werden. Oder zweitens, sie wollte ihre Schwäche nicht zeigen … die zweite Interpretation gefiel ihm besser. Um ihrer beider willen.

KAPITEL ELF

Melody fühlte sich besser. Auf einem Pferd zu reiten und sich an Seth festzuhalten war die ultimative Ablenkung von ihren Problemen. Er hatte sie nicht gedrängt zu reden, während sie ritten. Die Tatsache, dass er seine freie Hand auf ihre gelegt hatte, hatte sie überrascht. Sie sagte sich, dass er es nur tat, um sie zu beruhigen … was an sich eine Offenbarung war, an die sie sich nicht ganz gewöhnen konnte. Doch er wollte für sie einstehen. Und in ihrer Küche, als er sie so nett umsorgt und sie auf einen Stuhl gesetzt hatte, als ihre Knie fast nachgegeben hatten … das war so süß gewesen. Und natürlich die Umarmung.

Und er hatte sie gebeten, ihm zu vertrauen. Ein Blick in seine Augen, als er vor ihr gekniet hatte, und sie hatte ihm alles erzählen wollen. Sie hatte ihn fragen wollen, was er in ihrer Situation tun würde, und gebetet, dass damit alles in Ordnung kommen würde.

Es war ein Tagtraum inmitten ihres Zusammenbruchs gewesen. Es war schön und beruhigend, sich an diesen Moment zu erinnern. Doch das war Privatsache. Hatten ihre Eltern ihr nicht beigebracht, dass gewisse Dinge in der Familie bleiben mussten?

Sie waren abgestiegen und wollten zu Fuß weitergehen. Er hatte beim Reiten keine Fragen gestellt, was ihr Zeit zum Nachdenken gegeben hatte.

„Ty ist drogenabhängig – Drogen und Alkohol", platzte sie mit dem Geständnis heraus, bevor sie es sich anders überlegen konnte. Es war überraschend befreiend, die Worte auszusprechen.

„Er und die halbe Welt, so scheint es manchmal", sagte er. „Warum ruft er dich an?"

Melody dachte darüber nach, das Thema zu wechseln, doch sie hatte den Damm bereits geöffnet und die Idee, das Problem in Worte zu fassen, war ... notwendig.

„Er schafft es nie lange, einen Job zu behalten. Ich bezahle seine Miete und die Nebenkosten."

„Warum machst du das?"

Warum? „Weil er mich braucht."

„Aber er ist ein Mann, oder? Ein *erwachsener* Mann?"

„Ja, aber das geht schon lange so. Und ich weiß nicht, was ich für ihn tun soll. Meine Eltern sind vor ein paar Jahren bei einem Autounfall ums Leben gekommen, und ich habe praktisch das übernommen, was sie getan haben."

„Und das heißt, seine Rechnungen zu bezahlen."

„Ja. Er war immer wieder auf Entzug, doch nichts hat funktioniert. Er bleibt einfach nicht clean. Aber ich kann es mir nicht leisten, seine Therapie zu bezahlen, also wenn er jetzt geht, ist es ein staatlich finanziertes Programm. Ich versuche, ihn dazu zu bringen, Hilfe zu suchen, und dachte, wenn ich ihm kein Geld gebe, würde er vielleicht gehen. Doch die Kliniken sind nicht so toll …"

„Nicht luxuriös."

„Also … ja. Sie sind ziemlich spartanisch."

„Aber Leute kommen clean raus."

„Ich denke schon. Er vielleicht auch, wenn er gehen würde." Doch es sah so aus, als würde das nicht passieren.

„Wenn er nicht geht, sollte das nicht dein Problem sein. Er ist ein erwachsener Mann."

In Seths Worten lag kein Mitleid. „Ich weiß." Sie seufzte. „Ich bin hierhergezogen und habe versucht, mich von ihm zu distanzieren. Ich hatte gehofft, dass mir das helfen würde, schwierige Entscheidungen zu treffen, aber das hat es nicht. Er verspricht mir immer wieder, dass er in eine dieser Entzugskliniken einchecken wird, doch er tut es nicht. Also dachte ich, ich versuche, hartnäckig zu sein … ihm den Geldhahn zuzudrehen und ein Ultimatum zu stellen, dass er sich selbst helfen muss."

„Das ist die richtige Perspektive. Er ist erwachsen. Und er nutzt dich aus. Ganz zu schweigen davon, dass er dich verbal misshandelt und du ihn lässt. Das ist nicht gut, Melody."

„Ja, das ist mir bewusst geworden. Ich hatte nicht gewusst, wie tief sich meine Eltern verschuldet hatten, um seine privaten Entzugskliniken und seine laufenden Kosten zu bezahlen. Ich kann nicht zulassen, dass er das mit mir tut."

„Gut, dass du das siehst."

„Nein, so einfach ist das nicht. Das denke ich immer wieder, doch wenn er anruft, ist er so verzweifelt. Ich gebe immer nach." Wie sie es gerade getan hatte.

„Wenn er anruft und dich unter Druck setzt?"

Sie nickte. Sie konnte spüren, wie ihre Wangen vor Scham heiß wurden. Sie klang wie ein Schwächling.

„Du hast Recht. Du musst ihm den Geldhahn zudrehen."

Melody wandte den Blick ab. Sie hatte es versucht, doch es war nicht so leicht, wie es sich anhörte.

„Ich werde es nächsten Monat tun."

„Du musst diesmal bei deiner Entscheidung bleiben. Du kannst ihm das Geld nicht schicken, das du ihm zugesagt hast."

Melody verschränkte die Arme und starrte den steilen Abhang hinunter zu der Stelle, an der sie mit der Schatzsuche beginnen würden. „Werden wir versuchen, der Wegbeschreibung zu folgen?"

„Gleich. Wirst du ihm das Geld allen Ernstes schicken? Er benutzt dich."

Sie wirbelte zu ihm herum. „Ich habe ihm bereits gesagt, dass ich es schicken würde."

„Das hilft ihm nicht. Und dir sicherlich auch nicht."

Seine Worte schnitten durch ihr Herz, wie es nur die Wahrheit konnte. Trotzdem war die Verzweiflung in Tys Stimme nicht zu überhören gewesen. Wie immer beschwor es für sie Bilder von ihm herauf, wie er hilflos durch die Straßen wanderte und auf der Straße lebte. Und es erinnerte sie auch an das Versprechen, das sie ihrer Mutter gegeben hatte und das schwer auf ihren Schultern lastete.

„Seth, kurz bevor meine Mutter gestorben ist, hat sie mich im Krankenhaus angefleht, auf ihn aufzupassen. Wie kann ich das nicht tun und zulassen, dass er auf der Straße landet? Wenn er nur zustimmen würde, nochmal einen Entzug zu machen …"

Seth runzelte die Stirn. „Das wird nicht passieren. Er muss auf die Nase fallen. Das ist der einzige Weg. Es ist schwer, sich das vorzustellen, doch im Moment ist es leider das Richtige."

„Aber mein Glaube – er nennt mich einen Heuchler, und ich fühle mich wie einer."

„Er manipuliert dich. Gläubige sollen sich nicht zu Boden werfen, damit andere sie als Fußabtreter benutzen können. Abgesehen davon kann es sein, dass er nur seinen eigenen Halt findet, wenn er am Tiefpunkt ankommt. Du musst eine Grenze ziehen. Er ist nicht gut für dich."

„Du kennst mich kaum –"

„Ich glaube, ich kenne dich besser, als du denkst. Ich habe dich zwei Jahre lang beobachtet, seit du hierhergekommen bist, und du bist wie ein Schatten. Du hältst dich am Rande, und ich dachte, es liegt daran, dass du schüchtern bist … aber du bist nicht schüchtern. Du versteckst dich. Ich habe es letzte Woche gesehen, seit ich dich besser kennengelernt habe. Du hast tatsächlich Mut. Und ich denke, wenn du diese Last loswerden und dein Leben tatsächlich leben würdest, anstatt das Leben, das dein Bruder dir diktiert, wärst du die aufgeschlossene Frau, die du sein solltest."

Wut wallte in ihr auf wie ein Fieber, und sie kämpfte mit sich, nichts zu sagen. Es stimmte, dass sie sich oft zurückzog, weil sie viel im Kopf hatte, und, ja, sie *war* schüchtern.

„Ich bin von Natur aus ruhig."

„Du bist unterdrückt." Sein Blick forderte sie beinahe heraus zu widersprechen.

Sie funkelte ihn an. „Unterdrückt? Ich bin *reserviert*. Das ist leicht zu erkennen. Du sagst es, als wäre es ein schmutziges Wort."

„Nicht schmutzig. Nur traurig. Du wirst unterdrückt, weil du selbst schmerzhafte Wahrheiten unterdrückst und dich deswegen nach innen zurückziehst. Wie oft hast du in deiner Kindheit darunter gelitten, dass Tys destruktiver Lebensstil alle Aufmerksamkeit bekommen hat?"

Ihre ganze Kindheit hindurch. Sie versteifte sich und dachte daran, wie seine Probleme ihrer Familie immer die Freude an fast allem genommen hatten. Wie so oft in ihrer Kindheit und Jugend die Entschlossenheit ihrer Eltern, Ty zu helfen oder ihn aus Schwierigkeiten zu holen, andere Dinge in den Hintergrund gedrängt hatte. Sie hatten mehrere ihrer Geburtstage vergessen, weil sie sich mit Ty-Problemen beschäftigt hatten. Sie hatten sogar ihre Abschlussfeier am College verpasst, weil sie Ty in eine weitere Entzugsklinik hatten bringen müssen. Doch es war wichtig gewesen … Ressentiments über solche Dinge zu empfinden, kam ihr egoistisch vor. Sie würde nie jemanden wissen lassen, dass es sie gestört hatte. Seth hatte jedoch Recht; sie hatte sich zurückgezogen und ihre Gefühle für sich behalten. Und sie fühlte sich schuldig, weil sie es getan hatte. Dass Seth das in ihr sah, gab ihr das Gefühl, bloßgestellt zu sein.

„Können wir das Thema auf sich beruhen lassen? Bitte. Ich will da runter und sehen, ob das hier die richtige Stelle ist."

„Warum, damit du so tun kannst, als wäre es nicht die Wahrheit? Damit du dich weiter vor den Tatsachen verstecken kannst?"

„Schluss damit, Seth", explodierte sie. „Wie ist das? Lass mich damit in Ruhe, verdammt."

„Wut ist gut", sagte er.

Melody machte sich auf den Weg den Hügel hinunter – sie konnte entweder das tun, oder sie würde platzen und ihn schlagen! Sie hatte noch nie in ihrem Leben jemanden geschlagen. Es war eine schreckliche Vorstellung. Und der Gedanke, dass sie so wütend auf ihn war, machte ihr Angst.

Was tat er da? Seth sah zu, wie Melody den Hügel hinunterstapfte. Sie war sowieso schon gestresst, und er steckte seine Nase in etwas, das ihn nichts anging. Das sah ihm überhaupt nicht ähnlich, und er wusste, dass es daran lag, dass er Gefühle für Melody hatte. Es war einfach nicht zu leugnen. Doch das gab ihm nicht das Recht, Grenzen zu überschreiten ... zumal er so felsenfest davon überzeugt war, dass man sie respektieren sollte.

Melody hatte ihm mehr als nur einmal signalisiert, dass sie nicht über ihren Bruder sprechen wollte. Es war offensichtlich, dass Kritik an ihrem Umgang mit ihrem Bruder nicht dazu beitrug, sich bei ihr beliebt zu machen. Und er wollte, dass sie ihn mochte. Er wollte das Wasser testen und sehen, ob es vielleicht eine Zukunft für sie gab. Er wusste, dass er noch nie eine so starke Verbindung zu einer anderen Frau gespürt hatte.

Doch sie musste die Wahrheit hören. Und sie durfte sich von diesem Typen nicht mehr überfahren lassen. Und er musste sich da raushalten.

Für den Moment jedenfalls. Nicht, damit sie ihn mochte, sondern damit sie sich beruhigen und auf vernünftige Argumente hören konnte.

Melody war auf halbem Weg zu den Felsen, als sie Seth hinter sich hörte. Sie atmete schwer, weil sie so schnell ging, und es war ein Wunder, dass sie nicht schon gestolpert war und sich das Genick gebrochen hatte –

als ob der Gedanke alles war, was ihr Zeh brauchte, um hängenzubleiben.

Seths Hand um ihren Arm gab ihr genau das Gleichgewicht, das sie brauchte. „Immer langsam", sagte er und trat neben sie. „Schau, es tut mir leid. Ich habe eine Grenze überschritten."

Sie sah ihn nicht an, sondern ging nur langsamer weiter. „Ich will diesen Schatz suchen. Und ich –" Sie sah ihn an, „– ich will nicht an Ty denken. Ist das so falsch?"

Er sah aus, als ob er so viel sagen wollte. Sie wappnete sich dafür. „Nein", sagte er und ging voraus. „Ich bin auch hergekommen, um nach Schätzen zu suchen, also lass uns das tun."

Die Spannung zwischen ihnen war da; es war nichts, dem sie entkommen konnte. Er hatte gesagt, es täte ihm leid, doch nicht, dass das, was er gesagt hatte, falsch war. Er hielt sie für schwach, unterdrückt und in sich zurückgezogen ... kein toller Booster für ihre ohnehin schon geringe Meinung von sich selbst. Sie trottete hinter ihm her und lenkte ihre Gedanken auf die Wegbeschreibung und was sie vielleicht erwartete, wenn sie sich nur konzentrieren konnten.

Sie wanderten den ganzen Weg die Schlucht hinunter bis zum Rand des Flusses, und nichts sah aus wie Türme. Melody hatte es besser gewusst, als sich

Hoffnungen zu machen. Wie hoch konnte die Wahrscheinlichkeit sein, den Schatz bei der ersten oder zweiten Erkundung zu finden?

„Was jetzt?", fragte sie und betrachtete den Fluss. Er floss langsam, und an einem Baum hing ein Seil. Sie stellte sich Seth als Teenager vor, der sich am Seil ins Wasser schwang.

„Na ja, das ist eine große Schlucht. Ich bin nicht davon überzeugt, dass der Mann das Westende vom Südende hätte unterscheiden können, wenn er nur einmal hier war."

Melody drehte sich um und blickte den Hang hinauf, den sie so mühsam zum Fluss hinuntergeklettert waren. Dann drehte sie sich um und betrachtete die gesamte Vegetation. „Ich persönlich könnte das nicht. Aber das bin nur ich. Du könntest das vielleicht."

„Ja, aber ich bin mein ganzes Leben durch diese Wälder gestreift. Wyatt und Cole können das eine Ende auch nicht vom anderen unterscheiden. Irgendwann mal vielleicht, doch nur wegen der Zeit, die sie hier verbracht und mir die Führung überlassen haben."

„Als ich die Beschreibung gefunden habe, war mir nicht klar, dass das wahre Rätsel darin besteht, den Ausgangspunkt zu finden. Und das würde bedeuten, herauszufinden, wie dieser Mann getickt hat."

Seth schob seinen Hut zurück. „Komm, lass uns

weitersuchen." Er ging am Flussufer vor ihr her, war jedoch noch nicht weit gekommen, als sich der Himmel verdunkelte und Wind aufkam. Er blickte zu den Wolken auf. „Nicht gut. Sieht nach Regen aus." Er blieb stehen und wirkte nicht glücklich. „Der Wettermann hat eine vierzigprozentige Chance vorhergesagt. Das sieht viel mehr nach einer sicheren Sache aus, als mir lieb ist." Er sah sie entschuldigend an. „Tut mir leid, aber ich denke, wir sollten besser zurück."

„Aber –", begann sie zu protestieren, als ein großer Regentropfen zwischen ihre Augen fiel.

„Ja. Komm", sagte er. Er hatte die Worte nicht ganz gesprochen, als sich der Himmel öffnete und ein sintflutartiger Regen auf sie herabprasselte.

Texaswetter! Sie waren sofort klatschnass. „Hier lang!", rief Seth über den Lärm hinweg.

„Wir müssen die Schlucht wieder hinaufklettern, bevor zu viel von diesem Regen fällt, sonst sitzen wir fest und müssen hier unten raus."

„Ist das so schlimm?", fragte sie und versuchte, mit ihm Schritt zu halten, während er den Fluss entlang zurückeilte.

„Es ist eine ganztägige Wanderung, wenn man dem Fluss folgen will." Regen tropfte von seinem Hut und lief ihm den Rücken hinunter, als er auf den Weg durch die Bäume deutete. Er ging weiter und drehte sich dann um, um nach ihrer Hand zu greifen. Sie blinzelte durch den Wasservorhang, der von ihrem Pony lief und direkt in ihre Augen tropfte, als sie seine Hand nahm.

Sie fühlte sofort Sicherheit in seinem starken Griff. Der schwarze Lehm, der das Gelände durchzog, verwandelte sich bereits in rutschigen Schlamm. Ihre Stiefel schlitterten, als er sie durch die Kiefern und Eichen zog. Es war anstrengend, und sie keuchte durch das Wasser und die drückende, feuchte Luft. Im Handumdrehen schwitzte sie trotz des Regens. Seth hielt ihre Hand die ganze Zeit fest im Griff und zog sie hinter sich her. Der steile Anstieg war unter den besten Bedingungen nicht leicht, doch das war lächerlich!

Ihr Stiefel rutschte an einer schlammigen Stelle ab, und ihr Knie schlug hart gegen einen Stein. Sie unterdrückte einen Schmerzensschrei.

Seths Griff wurde fester, als er sich nach ihr umdrehte. „Bist du in Ordnung? Dein Hosenbein ist zerrissen –"

„Mir geht's gut!", rief sie über den Wind. „Geh weiter!"

Er nickte. „Tut mir leid, dass ich dich so schnell hinter mir herziehe, aber das ist kein guter Ort, wenn es so stark regnet."

Kein Witz. Jetzt floss das Wasser in Strömen den Abhang hinunter. Ihre Stiefel steckten im Lehm, und

Wasser wirbelte um ihre Beine. Sie hatten noch gut zehn Meter vor sich, doch es war der steilste und gefährlichste Teil, und als sie aufblickte, pochte Melodys Herz vor Adrenalin und Angst. Wenn Seth ihre Hand nicht so festhielte, wäre sie auf keinen Fall stark genug, um dem Wasser und dem rutschigen Hang zu trotzen.

Als würde er ihre Gedanken hören, hielt er inne, benutzte eine Kiefer, um sich festzuhalten, und zog sie in den Schutz seines Körpers hoch. „Hier schaffen wir es nicht", sagte er dicht an ihrem Ohr. „Komm. Hier lang." Er begann, sich den Abhang entlangzubewegen.

„Wohin gehen wir?", rief sie und klammerte sich an seine Hand, während er vorwärts pflügte. Sogar seine sicheren Schritte schwankten ein oder zweimal im Schlamm, doch er konnte sich fangen, bevor er zu Boden ging. Sie hingegen ging noch mehrere Male zu Boden, und jedes Mal zog er sie hoch und weiter.

„Da", sagte er.

Melody sah vor sich einen Felsvorsprung, über den sich das Wasser wie ein Wasserfall ergoss. Sie war sich nicht sicher, was er sich dabei gedacht hatte, sie hierher zu bringen. Doch er ging eher auf das Wasser zu als weg. Als sie drei Meter davon entfernt waren, drehte er sich um und sah sie an.

„Wir gehen unter diesen Vorsprung. Dahinter ist

Fels, und es dürfte trockener sein."

Fröstelnd nickte sie. Am Felsen duckte er sich und zog sie durch die Seite, die nur einen dünnen Wasserschleier hatte, verglichen mit der Masse, die über die Talseite des Simses brodelte.

Er hatte Recht damit, dass es trocken war, sobald sie unter dem Felsen waren. Seth ging in die Hocke und setzte sich dann. Sie tat dasselbe. Erst dann atmete sie auf.

„Das war verrückt!", rief sie und wischte sich mit den Händen das Gesicht ab. Seth nahm seinen Hut ab und schüttelte ihn, wischte sich dann das Gesicht ab, strich sich die Haare aus der Stirn und setzte seinen Hut wieder auf. Sein Gesichtsausdruck war finster im Schatten des Felsens.

„Das war dumm von mir. Ich wusste, dass es eine vierzigprozentige Chance für Regen gab. Ich hätte dich nie so lange hier draußen lassen sollen."

Sie atmete schwer. „Es ist nicht deine Schuld."

Sein Blick wurde finsterer. „Doch, ist es. Wir hätten vor einer Stunde umkehren sollen. Sturzfluten darf man hier nicht auf die leichte Schulter nehmen. Du und ich, wir wissen beide, wie tödlich sie sein können."

Er war wirklich aufgebracht. „Ja, aber du kennst dich aus. Du wusstest, dass wir uns hier unterstellen können. Ich hätte diesen Wasserfall gesehen und hätte nie gedacht, dass er ein Unterschlupf sein könnte. Du hast ihn schonmal benutzt?"

„Ja, als ich, Cole und Wyatt einmal in der Schlucht gezeltet haben, hat es uns draußen erwischt. Wyatt wusste von diesem Ort, weil er ihn Anfang des Sommers entdeckt hatte, als er nach einem verlorenen Kalb gesucht hatte. Wir haben vier Stunden hier unten gesessen."

„Klingt, als wäre das ein großes Abenteuer gewesen."

Sein finsterer Blick hellte sich auf. „Das war es rückblickend. Doch damals haben wir uns schrecklich gelangweilt."

Sie stellte sich sofort drei gelangweilte Teenager vor. „Worüber habt ihr geredet?"

Seth warf ihr einen so jungenhaft anmaßenden Blick zu, dass sie wieder kichern musste.

„Oh, mal sehen, was denkst du? Mädchen und den Schatz."

Sie hob eine Braue. „Natürlich. Worüber würden drei Teenager auch sonst reden?"

Er schnaubte und sah zu, wie das Wasser sich über den Sims über ihnen ergoss. Sie war so neugierig auf ihn, dass sie es kaum ertragen konnte. Und plötzlich wusste sie, dass das der einzige Ort war, an dem sie sein wollte. Es fühlte sich an, als wären sie und er die einzigen beiden Menschen auf der ganzen Welt. Nichts anderes war wichtig oder konnte sie stören. Wie albern.

Melody schlang ihre Arme um sich und rieb sich das Wasser von den Armen. „Ich kann nicht glauben, wie rutschig der Hang geworden ist", sagte sie und versuchte, ihren Gedanken eine neue Richtung zu geben.

„Ich weiß, wie tückisch es werden kann und wie schnell. Ich hätte es nicht riskieren sollen, heute hier raus zu kommen."

Der Ärger in seiner Stimme hallte durch das trübe Licht ihres Unterschlupfs. „Hey, vergisst du, dass ich erwachsen bin? Und als Erwachsene kann ich meine eigenen Entscheidungen treffen. Das Wetter ist nicht deine Schuld, und ich will nicht, dass du dir deswegen Vorwürfe machst. Außerdem ist uns nichts passiert, außer dass wir nass sind." Da warf sie zum ersten Mal einen Blick auf ihr pochendes Knie.

Seths Blick wanderte zu ihrer zerrissenen Jeans. „Du blutest."

KAPITEL ZWÖLF

„Es ist nicht schlimm", protestierte Melody, als sie das Blut an ihren Fingerspitzen sah. Im Vergleich zu dem Pochen war das Blut nichts.

„Lass mich das mal ansehen", sagte Seth und schob vorsichtig den zerrissenen Stoff beiseite. „Bist du auf einen Stein gefallen?"

„Ja", sagte sie und beobachtete, wie er seinen Hemdschoß aus seiner Jeans zog, den unteren Teil abriss und sanft Druck auf die kleine Schnittwunde ausübte. Sie schnappte nach Luft.

„Tut mir leid", sagte er und sah sie mit mitfühlenden Augen an. „Gefällt mir gar nicht, dass du laufen musstest, während es so geblutet hat."

„Ich habe bis jetzt nicht einmal gemerkt, dass es blutet. Seltsamerweise. Ich glaube, das Adrenalin hat die Schmerzen unterdrückt. Aber es fühlt sich schon besser an." Und das tat es.

Seth beugte sich zu ihrem Knie und hob den Stoff an. Sie erschauerte angesichts der Zärtlichkeit der Geste.

„Ist dir kalt?", fragte er.

„Nur ein bisschen. Aber ist schon okay. Wirklich. Es ist nicht so schlimm."

„Ich werde mich darum kümmern."

Ihre Gedanken drehten sich wie verrückt. Umso mehr, als er plötzlich ein längeres Stück von seinem Hemdschoß riss und es dann um ihr Knie band, damit es den behelfsmäßigen Verband an Ort und Stelle hielt. Es war so süß, dass es sie fast auflöste.

Sie war erleichtert, als er seine Hände zurückzog, in der Hoffnung, dass sie ohne diese Berührung aufhören würde, darüber nachzudenken, wie sehr sie sich zu ihm hingezogen fühlte. Es war eine kurzlebige Erleichterung, als er sich neben sie schob und seinen Arm um die Schultern legte.

„Besser?"

Sie nickte benommen und lächelte ihn an. „So habe ich mir die Schatzsuche nicht vorgestellt."

Er lachte und drückte sie sanft. „Heute war sie ereignisreich."

„Aber nicht auf die richtige Weise", seufzte sie.

„Hey, das könnte jemand glatt als Beleidigung

auffassen. Du sitzt unter einem Felsvorsprung mit mir fest und sagst sehr wenig schmeichelhafte Dinge über mich."

„So habe ich das nicht gemeint. Ich –" Sie stockte, als sie das Funkeln in seinen Augen sah, „– ich mag diesen Teil der Suche eigentlich." Hatte sie das wirklich gerade gesagt? Er sah darüber genauso überrascht aus wie sie. Sie hatte jedes Wort ernst gemeint, doch es ausgesprochen zu hören … Nun, das war etwas völlig Neues für sie.

„Na, da schau her. Das ist die couragierte Frau, die ich mag."

„Ich kann nicht glauben, dass ich das gesagt habe."

Mit den Fingerspitzen strich er ihr eine Haarsträhne aus der Stirn. „Ich schon. Vergiss nicht, ich war an dem Tag da, als du mir gesagt hast, dass du mein Grundstück nicht verlassen wirst, und mir deinen Mietvertrag unter die Nase gerieben hast."

„Habe ich nicht", keuchte sie und stieß ihn mit dem Ellbogen an.

Er lachte und zog eine Braue hoch. „Da bin ich anderer Meinung."

Melodys Atem stockte, als sie Seth ansah. Seine neckenden Augen verdunkelten sich plötzlich, und sie wusste, dass er daran dachte, sie zu küssen. Sie schluckte schwer, und ihr wurde übel – auf eine gute Art und Weise, doch trotzdem übel. So etwas passierte ihr nicht. Attraktive Männer würdigten sie keines zweiten Blickes. Sie bemerkten sie nicht einmal. Dass Seth ihr plötzlich zeigte, was ihr fehlte ... sie wandte den Blick von ihm ab. Es war zu schwer, den Gedanken zu ertragen, dass dieses, dieses Mitleid mit dem Bücherwurm bald enden und er wieder verschwinden würde. Nur sie wusste, wenn er sie küsste, würde er mit ihrem Herzen weggehen und sie würde zerbrochen zurückbleiben.

Ihre Lippe zitterte, als sie zusah, wie das Wasser über den Sims strömte, und plötzlich fühlte sie sich hinter der Illusion gefangen, dass das echt war. „Ich glaube, der Regen lässt nach", sagte sie. Sie musste hier raus.

Einen Moment lang sagte er nichts, und sie konnte seinen Blick auf sich spüren, doch sie konnte ihn nicht ansehen. Wenn sie es täte, würde sie sich wahrscheinlich auf ihn stürzen – was nicht schwer wäre, da sie bereits praktisch in seiner Umarmung saß.

„Melody", seine Stimme schmolz durch die Schatten und harmonierte mit den letzten Geräuschen von Regen und herabstürzendem Wasser.

Sie schüttelte den Kopf und weigerte sich, ihn anzusehen. Sie kämpfte hier um ihr Leben. Konnte er das nicht sehen?

Sein Arm lockerte sich, und er rutschte von ihr weg. Erleichterung und Bedauern überkamen sie.

„Warum versteckst du dich vor diesem Teil von dir?" Seine sanften Worte blieben in der Luft hängen.

„Warum bestehst du darauf, mich zu etwas zu machen, das ich nicht bin?"

„Das ist eine Lüge, und du weißt das."

Bei seinen scharfen Worten funkelte sie ihn an. „Wie kannst du es wagen. Du kennst mich nicht, Seth Turner. Du kennst mich überhaupt nicht."

„Ich fange an zu denken, dass es umgekehrt ist."

„Was soll das denn jetzt schon wieder heißen?"

„Ich bin mir nicht sicher, ob du dich selbst kennst. Du hast so viel Mumm in dir und versteckst ihn dennoch. Wenn du ihn rauslässt, ist er rebellischer als alles andere, weil du ihn so unterdrückst … oder vielleicht hat es mit deinem Bruder zu tun."

Das reichte. Sie zog sich weiter in dem beengten Raum zurück, sodass sie ihm direkt gegenübersaß. Sie weigerte sich, auch nur seinen Ellbogen zu berühren.

„Siehst du. Allein bei der Erwähnung dieses Typen machst du sofort dicht."

„Nicht wahr."

„Warum verwendest du nicht etwas von deinem Mumm gegen deinen Bruder und setzt dem, was er mit deinem Leben anstellt, ein Ende?"

Warum tat er das? Sie wandte den Blick ab. Das Letzte, was sie tun wollte, war, über ihr mangelndes Rückgrat zu streiten, was Ty betraf. Doch zumindest dachte sie nicht mehr daran, Seth zu küssen. Was für ein dummer Vorwand ihrerseits. Es war ein neues Allzeittief für sie, sich hinter ihren Problemen mit Ty zu verstecken, um ihr kindisches Herz zu schützen.

„Glaubst du, du tust ihm einen Gefallen, ihm das zu ermöglichen?"

„Nein", blaffte sie, genauso wütend auf sich selbst, wie sie auf ihn war.

„Was ist es dann?"

Sie funkelte ihn an. „Ich – ich versuche ja, standhaft zu sein. Du verstehst es einfach nicht."

„Nein. Ich glaube, ich verstehe es vollkommen. Er bearbeitet dich jedes Mal, bis er dich zermürbt hat. Ich kann das verstehen. Er sieht, was ich die ganze Zeit von dir gesehen habe. Bis du mir gesagt hast, dass du das Haus nicht verlassen wirst, hatte ich keine Ahnung, dass du auch nur eine Spur von Rückgrat besitzt. Stell dir meine Überraschung vor, als ich herausgefunden habe, dass sich unter diesem schüchternen Äußeren eine Frau verbirgt, mit der man rechnen muss."

Sie lachte hart. „Kaum. Ich habe mich nur gegen dich behauptet, weil ich einfach nicht aufgeben konnte, was mir so wichtig war."

„Ja, das habe ich zwischenzeitlich begriffen. Warum zeigst du deinem Bruder nicht dieselbe Entschlossenheit und hörst auf, seine Sucht zu unterstützen?"

Jedes Gramm Sauerstoff schien zu verdampfen. Sie musste sich anstrengen, Luft zu bekommen. „Es ist kompliziert."

Sie starrte auf das Wasser und wollte, dass es aufhörte. „Erklär's mir. Ich bin nicht dumm. Ich wette, ich kann es verstehen."

Der Mann war hartnäckig wie ein Bullterrier, und sie verstand einfach nicht, warum. „Weil meine Mutter mich gebeten hat, ihm zu helfen. Das war das Letzte, was sie vor ihrem Tod zu mir gesagt hat. Wie kann ich ihren letzten Wunsch ignorieren?"

Er legte den Kopf in den Nacken und starrte an die Decke. „Das muss hart für dich sein", sagte er schließlich. Sie nickte und blinzelte unerwartete und unerwünschte Tränen zurück. Das hatte sie noch nie jemandem erzählt. „Du kannst so nicht weitermachen. Du darfst das nicht als Ausflucht benutzen", sagte er sanft. „Du hast vorhin erwähnt, dass deine Eltern wegen des Geldes, das sie für seine Behandlungen und seinen Lebensstil ausgegeben haben, Schulden hatten. Ist es das, was deine Mutter von dir verlangt hat? Du siehst sicher, dass das zu viel verlangt wäre. Hast du deshalb versucht, ihm den Geldhahn zuzudrehen?"

Sie nickte und biss sich auf die Lippe, als sie zu zittern begann. „Aber ich habe das Gefühl, ihn im Stich zu lassen." Schuldgefühle plagten sie. „Nein. Die Wahrheit ist, dass ich nicht nur das Gefühl habe, ihn im Stich zu lassen, sondern dass ich es getan habe. Schlimmer noch – nach all den Behandlungen, die er durchgemacht hat und nach all den Gebeten … habe ich die Hoffnung aufgegeben, dass die Gebete meiner Eltern erhört wurden." Sie schluckte den Kloß in ihrer Kehle herunter, als Wut sich hinter die Schuld drängte. „Ich sage mir, ich muss ihn die Konsequenzen seines Handelns tragen lassen. Dass all das Geld, das wir für ihn ausgegeben haben, eine Verschwendung war, weil er seine Sucht nie aufgeben *wollte*. Ich sage mir alle möglichen Dinge, doch wenn es darum geht, meinen Bruder ohne Obdach auf der Straße hungern zu lassen … das kann ich einfach nicht. Mit oder ohne das Versprechen, das ich meiner Mutter gegeben habe."

„Also wirst du nachgeben und dich weiter von ihm wie einen Fußabtreter behandeln lassen? Du willst das dein Leben sein lassen?"

„Glaubst du nicht, dass ich mich selbst dafür hasse, weil ich immer wieder schwach werde? Ich komme immer wieder zu der Erkenntnis, dass mein Leben immer so sein wird und ich mich einfach daran gewöhnen sollte."

Er biss die Zähne aufeinander. „Das ist einfach deprimierend."

„Wem sagst du das?"

„Dann sag genug ist genug und lass nicht länger zu, dass die schlechten Entscheidungen deiner Mutter und dein Bruder dein Leben diktieren."

„Ich weiß, dass du Recht hast." Das wusste sie wirklich. „Aber ich werde einfach so müde." Sie war jetzt müde, wenn sie auch nur daran dachte. „Können wir über was anderes reden?" Sie wandte den Blick ab, wohl wissend, dass sie ein Feigling war, doch es war einfach für jemanden, der nicht mit dem gelebt hatte, womit sie leben musste, ihr zu sagen, wie sie mit der Situation umgehen sollte. Das war ihr Leben, und es war nicht so schwarz und weiß, wie es anderen vorkam.

Das Gemeindezentrum war überfüllt, als Melody hereinkam. Sie fühlte sich hier bei ihren Freundinnen wohl, weil sie akzeptierten, dass sie ruhig war, ohne sie dazu zu drängen, aus ihrem Schneckenhaus heraus zu kommen. Nun, die meiste Zeit. Ein paarmal hatten sie sie gedrängt, sich zu verabreden, doch es war nichts dabei herausgekommen, und so hatten sie sich zurückgezogen. Das war eine Erleichterung gewesen, denn sie hatte gesehen, wie Norma Sue, Esther Mae und Adela sich auf jemanden konzentriert hatten, und es schien einfach zu passieren. Melody machte es Spaß, ihren Possen zuzusehen. Die Kupplerinnen waren manchmal aufdringlich und manchmal subtil. Es gab niemanden in Mule Hollow, der nicht wusste, dass die drei alten Damen darauf bedacht waren, ihre geliebte kleine Stadt am Leben und gesund zu erhalten, und die Cowboys, die in dieser rinderreichen Gegend arbeiteten, zu verheiraten, war ihr todsicherer Weg, das zu schaffen.

Esther Mae begrüßte jeden an der Tür. Melody lächelte in dem Moment, als sie sie sah. Esther liebte Hüte, trug sie aber normalerweise nur sonntagmorgens in der Kirche. Heute Abend trug sie jedoch über ihrem knallroten Haar einen breitkrempigen Strohhut mit einem Spielzeugpapagei am Hutband. Der zehn Zentimeter große Vogel war grellbunt, genauso wie Esther Maes Kleid.

„Also, was denkst du?", fragte sie und wirbelte herum, sodass der hauchdünne Stoff in einem Meer aus fluoreszierendem Rot, Grün und Gelb um sie herum floss.

„Ich liebe es", sagte Melody ganz ehrlich. Esther Mae war die schillerndste Person, der sie je begegnet war, und das Outfit passte perfekt zu ihrer

Persönlichkeit.

„Ich auch. Ich muss sagen, dass ich damit der Star auf diesem Schiff gewesen bin."

„Im Ernst, der Star? Du siehst aus wie ein Heißluftballon!", bellte Norma Sue. Sie kam herübermarschiert und umarmte Melody – was sie wirklich gut konnte, da sie eine extrem robuste Frau war. „Du hast in den zehn Tagen, in denen wir weg waren, nicht geheiratet, oder?"

„Jetzt bring das Mädchen nicht in Verlegenheit", tadelte Esther Mae.

„Du sagst mir, wie man jemanden *nicht* in Verlegenheit bringt!" Norma Sue warf Melody ein verärgertes Stirnrunzeln zu. „Du hättest sehen sollen, wie sich die Leute zerstreut haben, als Esther Mae an Deck herumgehuscht ist. Und das aus gutem Grund, nachdem sie über den Saum ihres Muumuu gestolpert ist und das komplette Dessertbuffet umgerissen hat –"

„Ha! Es war nicht mein Muumuu, sondern dein Fuß, über den ich gestolpert bin."

Der Raum brach in Gelächter aus, als sich ein schelmisches Grinsen auf Norma Sues Gesicht ausbreitete. Melody genoss ihr Geplänkel.

Im Gegensatz zu ihren Freundinnen war Adela zierlich und sanftmütig mit kurzen weißen Haaren, die ihr Gesicht umrahmten und ihre Topasaugen wie

Juwelen funkeln ließen. Sie kam durch die Menge und umarmte Melody sanft, aber aufrichtig.

„Hallo, Liebes. Es ist so schön, dich zu sehen", sagte sie und trat dann zurück und warf ihren Freundinnen einen gespielt vorwurfsvollen Blick zu. „Wie ihr alle sehen könnt, haben meine lieben Freundinnen sich auf der Kreuzfahrt wunderbar amüsiert. Und beide sagen in gewisser Weise die Wahrheit. Ja, Esther Mae ist über Norma Sues Fuß gestolpert und hat den Desserttisch umgerissen. Aber dabei waren sie eine solche Unterhaltung, dass die Kreuzfahrtgesellschaft angeboten hat, sie als geheime Unterhaltung für andere Kreuzfahrten zu mieten."

Esther Mae stemmte ihre Hand in die Hüfte. „Wir wären auch gut gewesen. Aber ein Kreuzfahrtschiff ist einfach nicht mit Mule Hollow zu vergleichen. Oder meinem Hank."

„Amen", sagte Norma Sue. „Wir wollten einfach nach Hause und mit der Planung für die Feierlichkeiten zum 4. Juli anfangen. Lacy, hüpf da oben auf die Bühne und sag uns, wo wir stehen. Haben wir so viele Standflächen an Auswärtige vermietet wie letztes Jahr?"

„Wir haben eine große Beteiligung, Norma!", rief Lacy und sprang auf die Bühne. Ihr struppiges blondes Haar wippte, als sie sich der Gruppe zuwandte.

SCHÄTZE MICH, COWBOY

Der Jahrmarkt war ein großes Ereignis für Mule Hollow. Und er war immer voller Verkäufer von außerhalb, die erfahren hatten, dass Mule Hollow die Leute in Scharen anzog. Es war die erste Veranstaltung, an der Melody teilgenommen hatte, als sie hier angekommen war. Obwohl sie nicht den Mut gehabt hatte, viel zu tun, hatte sie angeboten, in der Zuckerwattebude zu arbeiten. Aber auch wenn sie nicht am Kuhfladenweitwurf oder beim Dreibeinrennen teilnahm oder einen Ball auf einen armen Cowboy in der Tauchkabine warf, bedeutete das nicht, dass sie sich nicht amüsierte. Denn das tat sie. Es machte ihr großen Spaß, alle zu beobachten. Besonders amüsant fand sie es, wenn jemand auf den mechanischen Bullen kletterte. Es stimmte, sie hatte sich insgeheim gefragt, ob es so schwer war, sich auf dem Stier zu halten, wie es aussah. Aber es wirklich zu versuchen und sich auf das Ding zu setzen ... oh nein, da blieb sie lieber sicher im Zuckerwattewagen.

Sie hatte die Aufregung letztes Jahr gut im Blick gehabt, als der Hotdog-am-Stiel-Verkäufer und der Taco-Typ sich um die Zuneigung der Vogelhäuschen-Dame gestritten hatten. Die ganze Aufregung hatte sich direkt vor ihrem Stand abgespielt, und der arme Sheriff Brady hatte alle Hände voll zu tun gehabt, um diesem Drama ein Ende zu setzen. Melody dachte, wenn dieses

Jahr nur halb so aufregend wäre, würde sie reichlich lachen.

Nur, dass sie das ungute Gefühl hatte, dass Lacy ihr dieses Jahr einen anderen Job zugeteilt hatte.

Lacy wollte, dass sie aus dem Wagen kam – raus ins Freie. Das sollte ihr schreckliche Angst machen. Doch das tat es nicht. Melody erkannte, dass der Schauer, der ihr gerade über den Rücken gelaufen war, Vorfreude war.

Norma Sue klopfte auf den Stuhl neben sich und Melody ließ sich nieder.

„Also", flüsterte sie. „Wie kommst du da draußen bei Seth klar?"

„Gut", sagte Melody und dachte über ihre Auseinandersetzung vom Nachmittag nach. Je weniger jemand darüber wusste, was bei Seth vor sich ging …. „Es ist großartig da draußen."

„Wir haben noch viel zu tun!", rief Lacy und ersparte Melody weitere Fragen. „Wir wollten nur dieses Treffen abhalten und sichergehen, dass alle über die Stände für dieses Wochenende auf demselben Informationsstand sind. Die Männer haben großartige Arbeit geleistet, die Standflächen abzugrenzen, und wie ihr wisst, werden die Verkäufer am Donnerstagabend in die Stadt rollen."

Esther Mae wedelte mit der Hand aus der Mitte des

Raumes. „Lacy, hast du während meiner Abwesenheit jemanden gefunden, der bei der Arbeit an der Tauchkabine hilft?"

„Sicher. Na ja, so ungefähr. Applegate sagte, er würde sich um die Sache kümmern, also habe ich ihm einen Helfer gesucht."

„Also, wen hast du überredet, ihm zu helfen?", fragte Norma Sue. Sie beugte sich zu Melody, senkte ihre Stimme und fügte hinzu: „Der arme Helfer muss normalerweise da hochklettern und geht baden, wenn sonst niemand dafür in der Nähe ist."

„Melody!", zirpte Lacy.

Esther Mae jaulte überrascht auf, ebenso wie der ganze Raum.

„Ich? Nein." Sie war sich sicher, dass Lacy nicht sie gemeint hatte. Die Tauchkabine wäre der letzte Ort, an den ihre Freundin sie verbannen würde … oder? Das Grinsen auf Lacys Gesicht sagte etwas anderes.

„Du hast gesagt, du würdest helfen, wo immer ich dich brauche."

„Ja. Aber Lacy …"

Sheri, Lacys Partnerin im Friseursalon Heavenly Inspirations, schaukelte ihren Stuhl auf zwei Beine zurück, damit sie Melody sehen konnte. „Du solltest es besser wissen, als Lacy so viel Freiheit zu lassen."

Das brachte ihr eine Menge Zustimmung ein. Es

stimmte, Lacy war ungefähr so ungestüm, wie man sein konnte, und Melody zuckte zusammen. „Ich dachte, ich könnte geröstete Erdnüsse verkaufen oder sowas!"

„Das ist wieder ein Imbissstand. Ich habe dir gesagt, dass du dieses Jahr Spaß haben wirst, und die Tauchkabine ist der Hammer."

„Was muss ich tun?"

„Dich auf einen kleinen Sitz setzen und warten, bis jemand einen Ball nach dir wirft", kicherte Norma Sue.

„Oh, das wird sie nicht", sagte Lacy und wedelte mit ihren rosalackierten Fingernägeln herum. „Du gibst den Kids und Cowboys einfach die Bälle und sagst ihnen, sie sollen ins Schwarze treffen." Ihre blitzblauen Augen funkelten. „Das macht viel mehr Spaß, als klebrige Zuckerwattefinger zu bekommen. Oder nach gerösteten Erdnüssen zu riechen. Meinst du nicht? Ja", zwitscherte Lacy. „Ich setze dich zusammen mit App ein. Er wird gut auf dich aufpassen."

„Er wird sie verrückt machen", schnaubte Esther Mae, und alle kicherten.

Melody entschied, dass positives Denken die beste Vorgehensweise wäre. Lacy hatte es schließlich nicht aus Gemeinheit getan, sondern weil sie dachte, Melody würde ihren Spaß haben. „Ich denke, er und ich werden gut miteinander auskommen", sagte sie. Sie mochte Applegate, obwohl der ältere Mann sie eingeschüchtert hatte, als sie in die Stadt gekommen war, da sie nicht gewusst hatte, was unter seiner harten Schale steckte. Sie hatte zuerst gedacht, er mochte sie nicht, doch jetzt hatte sie sich an ihn gewöhnt und wusste, dass der Spruch „Hunde, die bellen, beißen nicht" sehr wohl auf ihn zutraf.

„Denk positiv. Gut für dich, Melody", sagte Esther Mae. „Ich denke, ich könnte versuchen, dieses Jahr einen Ball auf jemanden zu werfen."

„Du wirfst den Ball nicht auf *jemanden*, Esther", sagte Norma Sue. „Du musst ein kleines Ziel treffen. Hey, vielleicht könnten wir den alten App dazu bringen, auf den Sitz zu klettern, und wir könnten ihn alle abwechselnd ins Wasser werfen."

Lacy schüttelte den Kopf. „Oh nein, in diesem Spiel geht es darum, gutaussehende Single-Cowboys dazu zu bringen, sich auf den Sitz zu setzen. Auf diese Weise können die alleinstehenden Mädels ihr Geld ausgeben und versuchen, sie baden zu schicken. Melody ist Single, und das alles war mein Grund, sie … sie dazu zu bringen zu helfen. Wer weiß, Melody, Mr. Right könnte dieses Jahr in der Menge sein."

Melody stöhnte innerlich. Sie war bisher allen Kuppelversuchen entgangen. Ihre Schüchternheit schien sie zu retten. Doch in letzter Zeit hatte sie den Eindruck gehabt, dass alle sie beobachteten und sich bereit machten, sich auf sie zu stürzen. Sie mussten nur den richtigen Kandidaten finden. Sie war sich nicht sicher, ob das gut war oder nicht, doch Schüchternheit wurde offensichtlich nicht als eine heiratswürdige Eigenschaft angesehen.

Als Melody das Gemeindezentrum verließ, wusste sie alles über die Stände und freute sich tatsächlich auf das Wochenende.

Sie war auf halbem Weg nach Hause, als ihre Gedanken wieder zu Ty und Seth wanderten. Seth war so hartnäckig gewesen, sich für sie einzusetzen.

Es fühlte sich gut an, wenn jemand sich für ihre Interessen einsetzte. Und doch hatte sie sich so defensiv gefühlt. Er war offensichtlich nicht glücklich gewesen, als der Regen endlich aufgehört hatte. Doch er hatte ihr geholfen, den Schutz ihres Unterschlupfs zu verlassen, und er hatte ihr geholfen, den Hügel hinaufzukommen. Das Pferd hatte nicht weit von der Stelle, wo sie es zurückgelassen hatten, gewartet, und als sie hinter Seth aus der Schlucht ritt, war ihr klar geworden, dass sie seit Beginn des Regens nicht mehr an die Schatzsuche gedacht hatte. Seth Turner schon. Trotz ihrer Meinungsverschiedenheit konnte sie nur daran denken, dass er ihr das Gefühl gab, in Sicherheit zu sein, und dass er vor allem an ihr Wohlergehen dachte. Trotzdem war er nicht begeistert davon, wie sie mit ihrem Leben umging.

Doch all das hielt sie nicht davon ab, darüber nachzudenken, wie zärtlich er sie in der Küche angesehen hatte oder wie er sich im Sturm um sie gekümmert hatte. Nichts davon konnte ihre Gefühle stoppen, wenn er sie ansah oder wie sehr sie es liebte, seine Arme um sich zu spüren. Das war in jeder Hinsicht gefährlich, und sie wusste es. Sich in Seth zu verlieben kam nicht in Frage.

Ganz zu schweigen davon, dass er in einer ganz anderen Liga spielte.

So weit außerhalb ihrer Liga, dass nicht einmal die Kupplerinnen in Erwägung ziehen würden, sie zu verkuppeln. Obwohl sie direkt neben ihm im Postkutschenhaus wohnte. Nein, niemand würde eine schüchterne Introvertierte mit einem gutaussehenden Extrovertierten verkuppeln.

Der Gedanke störte sie, während sie durch die Nacht fuhr.

KAPITEL DREIZEHN

„Yah!", rief Seth und schnitt mit seinem Pferd den drei Färsen, die sich entschieden hatten, dass sie nicht mit der Herde rennen wollten, den Weg ab. John, der Border Collie der Ranch, stürmte vom hinteren Ende der Herde herbei. Dank Dough Boys Blockade und Johns Gekläffe bemühten sich die Färsen innerhalb weniger Augenblicke wieder, der Gruppe anzuschließen.

Und er konnte sich wieder seinen Gedanken an Melody widmen. Es war wahrscheinlich gut gewesen, dass er heute keine Zeit für die Schatzsuche gehabt hatte. Die Ranch lief nicht von allein, und um diese Herde zusammenzutreiben, war nicht nur seine Teilnahme und die seiner Helfer erforderlich, sondern auch die mehrerer Freunde. Der Tierarzt sollte in einer Stunde hier eintreffen, und es würde ein langer Tag mit

Impfungen und Untersuchungen werden.

„Ich dachte, du hättest sie nicht bemerkt!", rief Jess, einer seiner Ranchhelfer und sein guter Freund, von der anderen Seite der Herde, sobald Seth wieder seine Position eingenommen hatte. „Geht dir was im Kopf rum?"

„Wollte nur wissen, ob du da drüben wach bist." Das brachte ihm ein Lachen über das brüllende Vieh ein. Seth hatte das Gefühl, dass ein paar seiner Freunde bemerkt hatten, dass er mit den Gedanken nicht bei der Rancharbeit war.

Er fragte sich, ob Melody bemerkt hatte, wie sehr er sie am Tag zuvor hatte küssen wollen. Er fragte sich auch, ob sie heute einen Anruf von ihrem Bruder bekommen hatte und wenn ja, hatte sie ihm das Geld überwiesen, das er wollte, oder hatte sie endlich das einzig Richtige getan und gesagt Schluss damit? Es störte ihn in jeder Hinsicht. Und es war anders … dieses Gefühl, das er in Bezug auf Melody hatte. Tiefer als alles, was er je zuvor empfunden hatte. Er hatte gerade erst angefangen, sie wirklich kennenzulernen, doch er konnte nicht aufhören, an sie zu denken.

Doch diese Sache mit ihrem Bruder … er konnte sie nicht ignorieren.

Und warum dachte er überhaupt, dass es sie interessierte, ob er es konnte oder nicht? Der einzige

Grund, warum sie den Tag positiv beendet hatten, war, dass er getan hatte, was Melody gewollt hatte, und sie über die Suche nach dem Schatz gesprochen hatten anstatt über das Problem mit ihrem Bruder. Sein Blut kochte, wenn er nur daran dachte, dass dieser Blutsauger sie so benutzte. Sicher, manche würden sagen, er sei krank, doch nach dem wenigen, was er über Ty Chandler erfahren hatte, kannte der Mann keine Reue. Bis er die Verantwortung für seine eigenen Handlungen übernahm, konnte Melody nichts für ihn tun. Außer seine Krücke zu sein.

„Hi Seth. Meine Güte, hast du einen schlechten Tag?", fragte die Tierärztin Susan Worth, als sie um die Rückseite ihres Trucks herumkam.

„Nein, hab ich nicht." Er dachte positiv.

„Lügner." Sie warf ihm ein neckendes Lächeln zu, als sie in die Fächer an der Seite ihres Trucks griff, um ihre Ausrüstung herauszuholen. „Dein finsterer Blick sagt was anderes. Hast du Frauenprobleme?"

Er lehnte sich gegen den Truck und verschränkte die Arme, während er sie beobachtete. „Vielleicht", gestand er. „Und wie geht's dir?"

Sie ließ eine Handvoll Spritzen in ihre Tasche fallen und sah ihn an. „Und wieder beißt einer ins Gras. Ich glaube ich habe einfach kein Glück, wenn es um Liebe geht. Aber das wusstest du ja schon, oder? Wir hatten dieses Gespräch schon einmal."

„Wahr." Er und Susan hatten nie gedatet, obwohl sie immer scherzten, dass sie es eines Tages vielleicht tun würden. Der Zeitpunkt schien einfach nie richtig zu sein. Sie waren nie gleichzeitig ohne Date. Er beobachtete, wie sie die Impfstoffe sortierte, die sie für sein Vieh verwenden wollte.

Er bewunderte die anmutige Art und Weise, wie sich ihre Hände bewegten, als sie Flaschen nahm und sie in die Tüte steckte. Sie war gutaussehend wie ein Supermodel und hatte eine Killer-Persönlichkeit. Männer waren verrückt, sie sich durch die Lappen gehen zu lassen. „Wir neigen dazu, Beziehungen abzustoßen, wie die Federn einer Ente das Wasser. Wir geben schon ein tolles Paar ab, oder?" Er lachte über seinen dummen Witz und war erschrocken, als sie sich mit einer Hüfte gegen den Truck lehnte und zu ihm aufblickte.

„Vielleicht tun wir das", sagte sie. „Zum ersten Mal, seit ich mich erinnern kann, sieht es so aus, als wären wir beide gleichzeitig datelos."

Sie stand nur wenige Zentimeter von ihm entfernt, und ihre zimtfarbenen Augen tanzten. Ihm wurde schwer ums Herz, da er wusste, was sie erwartete. Das Letzte, was er tun wollte, war, Susans Gefühle zu verletzen, doch er dachte gerade nur an eine Frau, und das war Melody.

„Seth", sagte sie, beugte sich vor und suchte in seinen Augen nach einer Antwort. „Oh. So ist das. Jemand, den ich kenne?"

Er hätte wissen müssen, dass Susan es gelassen aufnehmen würde. „Vielleicht. Aber wir daten nicht."

„Noch nicht."

„Ich bin mir nicht sicher, ob sie mich will. Danke, dass du das so locker nimmst. Du bist ein tolles Mädchen, Susan." Er fühlte sich wie ein Idiot und wusste, dass er sich grundfalsch ausdrückte.

Aber was sollte er sagen? „Ich fürchte, das hört sich lahm an", gab er zu.

Sie verdrehte die Augen. „Entspann dich. Es heißt, dass Daten ein Zahlenspiel ist … Ich habe beschlossen, dass jemand vergessen hat, meine Nummer in die Trommel zu werfen."

„Eines Tages wird ein kluger Mann vorbeikommen und dich von den Füßen fegen, also halt durch."

Sie sah ihn zweifelnd an und zwinkerte ihm dann zu. „Vergiss mich nicht, wenn das hier nicht klappt", feixte sie und ging dann in Richtung Viehklemme, wo bereits die erste Kuh wartete.

Seth folgte ihr. Susan war eine starke Frau. Er sagte es ihr nicht, doch er hatte von mehreren ihrer ehemaligen Dates gehört, dass die Jungs einfach nicht mit ihr mithalten konnten. Er persönlich hielt es für eine sehr attraktive Eigenschaft bei einer Frau.

Er wurde von der Stärke angezogen, die er in Melody gesehen hatte. Sie hatte so viel durchgemacht, so zurückgezogen sie auch war, und doch lebte sie ihr Leben weiter. Melody war viel stärker, als sie dachte. Alles, was sie tun musste, war, das Selbstvertrauen zu finden, um ihrem Bruder die Stirn zu bieten.

„Das könnte es sein", sagte Melody am Donnerstag. Sie war enttäuscht gewesen, als Seth am Vortag die Schatzsuche absagen musste, um sich um sein Vieh zu kümmern. Sie hatte sich nicht ganz davon überzeugen können, dass es nichts mit ihrer Meinungsverschiedenheit wegen Ty zu tun hatte. Sie erinnerte sich jedoch daran, dass der Mann eine Ranch zu führen hatte.

Sie hatte sich in ihre Recherchen gestürzt, in der Hoffnung, sich in der Suche nach der Identität des mysteriösen Mannes zu verlieren. Doch bisher hatte nichts anderes einen Sinn ergeben. Sicher, es waren vielleicht nicht Nixon oder Davis, und das war vielleicht nicht ihr Anteil an den sechzigtausend Goldmünzen. Doch sie blieben immer noch ihre Spitzenreiter.

„Ich habe mir den Kopf zerbrochen und für mich ist

das der beste Weg, die Zwillingsfelsen zu finden. Auch wenn das das nördliche Ende der Schlucht ist und nicht das südliche. Wer weiß, vielleicht hatte er denselben schlechten Orientierungssinn wie ich", sagte sie.

Sie hatten Ty heute nicht erwähnt, und sie hatte das Gefühl, dass Seth sich sehr bemühte, sich um seine eigenen Angelegenheiten zu kümmern. Sie fand das liebenswert – ein gefährlicher Gedanke für sie. Ganz zu schweigen davon, dass sie heute selbst versuchte, in keiner Weise an Ty zu denken. Er hatte weder am Tag zuvor noch heute Morgen angerufen, und sie fragte sich deswegen tatsächlich, was los war … was verrückt war. Doch sie hatte ihm das Geld nicht geschickt und sie – sie riss einen mentalen Vorhang zwischen sich und alle Gedanken an ihn. Seth wäre stolz auf sie, wenn er ihre Gedanken lesen könnte. Zumindest dachte sie das.

Sie konzentrierte sich wieder darauf, über die Wegbeschreibung nachzudenken.

„Hier unten kann man leicht die Orientierung verlieren", sagte Seth. „Selbst mit einem guten Orientierungssinn."

Sie konnte nicht anders, als zu lächeln. „Ich könnte das als Beleidigung auffassen", sagte sie.

Seth lachte, und das Geräusch erfüllte sie mit Sehnsucht, und ihr Versuch, die Anziehung, die von ihm ausging, zu ignorieren, flog aus dem Fenster – oder in die Luft, nachdem sie draußen waren.

Schatz. Sie sollte heute nur an den Schatz denken.

Sie holte tief Luft und wandte sich nach Westen. Seth zog neckend eine Braue hoch, als er sah, dass sie sich tatsächlich in die richtige Richtung gedreht hatte.

„Ich werde meinen Orientierungssinn trainiert haben, bevor wir hier fertig sind", sagte sie.

„Hey", kicherte er. „Es besteht durchaus Hoffnung für dich."

Das hörte sich viel zu gut in ihren Ohren an. „Auf geht's", sagte sie und ging los. Auf dieser Seite der Schlucht war der Boden nicht so bewachsen. Es gab mehr Fels, und sie war sich ziemlich sicher, dass es auch weniger Lehm gab. Und das bedeutete zumindest für sie, dass dort, wo mehr Fels war, die Wahrscheinlichkeit, eine Höhle zu finden, größer war. Nach fünfundzwanzig Schritten hielt sie wie zuvor inne, um sich nach irgendetwas umzusehen, was man als Türme interpretieren könnte, doch da war nichts, also ging sie weiter.

„Fünfzig!", rief sie schließlich. „Siehst du irgendwas?" Sie sah nämlich nichts.

Er schüttelte den Kopf. „Was könnte der Typ gemeint haben?", murmelte Seth frustriert vor sich hin. „Dieser lächerlichen Wegbeschreibung nach sollte hier was sein, wenn das der richtige Ausgangspunkt war."

Aber da war nichts. Melodys Stimmung brach ein. Sie hatte sich so bemüht, sich die Stimmung nicht verderben zu lassen. „Was könnte es sonst sein? Entweder sind wir am falschen Ort, oder wir haben es mit dem schlechtesten Beobachter der Geschichte zu tun."

Sie ließ sich auf einen kleinen Felsen sinken, um nicht wie eine Dreijährige mit dem Fuß zu stampfen. „Ich wusste einfach, dass das die richtige Seite sein muss, als ich gesehen habe, dass der Boden hier felsiger war. Die tatsächliche südliche Ecke, an der wir vorgestern waren, hatte mehr Lehm. Ich meine, das ist logisch. Oder?"

Seth nickte und sah sich immer noch suchend um. „Ich war ein Idiot, dass ich vorgestern nicht daran gedacht habe." Er rieb sich den Nacken und drehte sich um, um in die Richtung zu starren, aus der sie gekommen waren. Dann drehte er sich um und sah sie mit skeptischen Augen an. „Okay, was wär's wenn. Und das ist ein großes Was-wäre-wenn. Aber vielleicht, nur vielleicht, sind wir es ganz falsch angegangen. Vielleicht war unser Typ doch nicht so dumm. Vielleicht hat er die Beschreibung so formuliert, dass er weiß, was sie bedeutet, und niemand sonst."

„Aber warum hätte er es dann deinem Grandpa gegeben? Ich meine, wäre es nicht irgendwie gemein, deinen Grandpa, den Mann, der ihm helfen wollte, wieder gesund zu werden, auf einen Metzgersgang zu schicken?"

„Vielleicht hat er ihm die Beschreibung nicht gegeben. Vielleicht ist er gestorben und hatte sie nur in der Tasche. Ich bin mir auch nicht sicher, aber was, wenn Süden Norden und Westen Osten ist? Vielleicht war er verwirrt und hat es nicht mit Absicht getan. Wir werden es nie erfahren, wenn wir es nicht zumindest versuchen." Er zog eine Braue hoch, als wollte er fragen, ob sie die Hypothese auf die Probe stellen wollte.

Sie stand auf. „Du sagst also, dass wir am richtigen Ausgangspunkt waren, aber wir müssen jetzt nach Osten anstatt nach Westen gehen?"

„Wäre es nicht einen Versuch wert?"

„Dann lass es uns versuchen. Mir fällt nichts Besseres ein."

Sie ging an ihm vorbei und rannte praktisch die fünfzig Schritte zu den Felsbrocken zurück.

„Whoa, Frau!", rief er, als sie über eine Wurzel stolperte. „Ich will nicht, dass du dir dein anderes Knie auch noch aufschlägst."

Das war das Erste gewesen, wonach er an diesem Morgen gefragt hatte. Doch sie hatte ihm versichert, dass ihr Knie zwar ein bisschen blau war, die

Schürfwunde aber nicht wirklich schlimm gewesen war. Doch allein die Erinnerung daran, wie sorgfältig er sie untersucht hatte und wie süß er sie den Hügel hinaufgetragen hatte, ließ diese Sehnsucht in ihr Herz zurückkehren.

„Ich werde vorsichtig sein", sagte sie und eilte den Rest des Weges zu den Felsen zurück. Dort angekommen, verschwendete sie keine Zeit, sondern fing einfach an zu zählen, während sie nach Osten ging. Es war schnell klar, dass dieser Weg dem Pfad des Flusses folgte, der sich durch die Schlucht schlängelte. Und noch bevor sie fünfzig Schritte gemacht hatte, konnte sie erkennen, dass es keinen Turm gab. Es gab nur Bäume und Bewuchs, ähnlich dem, was sie auf der anderen Seite der Schlucht gefunden hatten.

„So viel zu meiner genialen Idee", murmelte Seth. Melody seufzte, obwohl ihr eher nach Schreien zumute war.

Sie drehte sich um und starrte ihn an. „Es ist ein Wunder, dass dein Grandpa dabei nicht verrückt geworden ist."

„Vielleicht ist er das. Ich meine, denk mal drüber nach – was hat er getan? Er hat diese Wälder durchstreift, während seine Frau und sein Sohn hart daran arbeiteten, die Postkutschenstation am Laufen zu halten. Das finde ich nicht nur verrückt, sondern unverzeihlich. Ich hatte schon vorher kein sehr positives Bild von ihm, und jetzt habe ich das ganz sicher nicht." Er sah sich gereizt um, sichtlich verärgert.

„Vielleicht hatte er gehofft, dass er seiner Familie ein leichteres Leben ermöglichen könnte, wenn er das Geld findet? Vielleicht war er wirklich ein guter Kerl, der einfach vom Weg abgekommen ist?"

Er starrte sie an, Wut blitzte in seinen Augen auf. „Du musst wirklich aufhören, Männer zu verteidigen, die Frauen schlecht behandeln."

„Seth –"

Er fiel ihr ins Wort. „Erstens lässt du deinem Bruder zu viel durchgehen, und jetzt versuchst du, meinen Tunichtgut von einem Grandpa in Schutz zu nehmen. Die Wahrheit ist, dass dein Bruder dir eine verdammt große Entschuldigung schuldet. Und mein Vorfahr war seiner Frau und seinem Sohn dasselbe schuldig."

„Du bist gefühllos", blaffte Melody defensiv, bevor sie auch nur daran denken konnte, es nicht zu tun.

Seine Augen verdunkelten sich. „Ich bin gefühllos? Warum? Weil ich von einem Mann erwarte, dass er sich am Riemen reißt und sich wie ein Mann benimmt? Ich glaube nicht."

Melody schloss die Augen und ließ die Wut durch sich hindurch brennen wie ein Lauffeuer, das trockenes

Gras auffrisst. Warum war sie so wütend auf Seth? „Das meine ich nicht", sagte sie schließlich. „Es tut mir leid."

„Melody, ich versuche nur, dich zur Vernunft zu bringen."

Er konnte sie einfach nicht verstehen. Das wusste sie. Menschen, die diesen Weg nicht mit jemandem gegangen waren, den sie liebten, konnten die damit verbundenen Emotionen nicht verstehen.

„Das weiß ich", sagte sie. Und sie fühlte sich zu ihm hingezogen, weil er versuchte, sich für ihre Interessen einzusetzen. Doch gleichzeitig wusste sie, dass dies ein Keil zwischen ihnen war, der sich nicht überwinden ließ. Zumindest nicht auf eine Weise, die ihnen erlauben würde, jemals mehr als nur Freunde zu sein. Sie blinzelte heftig angesichts der plötzlichen Feuchtigkeit in ihren Augen, die dieser Gedanke mit sich brachte. Sie wandte sich ab und tat so, als würde sie die Gegend absuchen, während sie in Wirklichkeit ihren albernen Gefühlen Zeit verschaffte, sich zu beruhigen. Wie oft musste sie sich daran erinnern, dass es lächerlich war, von Seth zu träumen? Sie starrte auf die Büsche, die durch die Tränen in ihren Augen verschwommen waren. Sie wollte schniefen, wagte es aber nicht, aus Angst, Seth würde es hören und bemerken, dass sie weinte, stattdessen holte sie tief Luft und blinzelte, um ihre Sicht zu klären … und da wurde ihr klar, worauf ihr Blick fixiert war.

„Seth", keuchte sie. „Was ist das?" Sie zeigte auf die Büsche ein Stück den Hang hinauf.

„Was?"

„Da, diese Felsen. Siehst du sie?" Sie packte seinen Arm und riss ihn praktisch herum, während sie auf das Gebüsch zeigte. „Da."

Er beugte sich neben sie. „Na, was haben wir denn da?"

Zwischen den Büschen war ein Haufen flacher Steine, der aussah, als wäre er sorgfältig von Hand gestapelt worden. Und darum herum lagen andere Steine, die aussahen, als wären sie mit der Zeit heruntergefallen.

Sie starrte ihm ins Gesicht. „Glaubst du, das ist der Turm? Ich weiß, es ist kein großer Turm oder ein hoch aufragender Bau oder ein Felsen. Aber es ist immer noch ein Turm aus Steinen."

Er richtete sich auf und grinste sie an.

„Was für den einen ein Steinhaufen ist, kann für einen anderen ein Turm sein. Und das sieht für mich wie ein Turm aus. Er kann leicht die ganze Zeit überlebt haben. Hier draußen ist nicht viel los."

Melody quietschte vor einer Begeisterung, die ihr so unähnlich war, und wich dann noch mehr von ihrem normalen Verhalten ab, indem sie ihre Arme um Seth

189

warf. Das konnte nicht sein! Sie war begeistert, als sie wie eine Kandidatin von *Der Preis ist heiß* auf und ab sprang, bevor sie sich wieder beherrschte. Sie klammerte sich immer noch an ihn und starrte wieder auf den Turm.

„Stell dir vor, oh, meine Güte, *stell dir nur vor* – diese Steine sind möglicherweise vor über hundert Jahren von unserem mysteriösen Mann aufeinandergestapelt worden!" Es war zu viel, sich das vorzustellen. Für eine Geschichtslehrerin war das eine erstaunliche Idee. Doch für eine Geschichtsliebhaberin war es unglaublich! „Was stand sonst noch in der Wegbeschreibung? Mir schwirrt der Kopf, und ich kann mich einfach nicht erinnern", sagte sie. Ihr war vollkommen schwindelig.

„Geh von den Zwillingsfelsen im südlichen Winkel der Schlucht aus. Fünfzig Schritte nach Westen zum Turm, dann fünfundzwanzig Grad nach links. Am Felsen der Pastetenform zur Höhle folgen", zitierte Seth die Worte, die er zwischenzeitlich auswendig beherrschte. „Fünfundzwanzig Grad nach links sollte also bedeuten, dass wir nach rechts gehen. Es sagt nicht, wie weit es bis zum Felsen ist, aber ich vermute, es ist ein ausreichend großer oder markanter Felsen, also muss er keine weitere Beschreibung gebraucht haben. Zumal es in der Nähe von etwas sein muss, das wie eine

Pastetenform aussieht."

„Das ist das Seltsame", sagte Melody und sah sich um.

Seth stellte sich vor den Turm und drehte sich dann um. „Das Problem ist, dass er nicht sagt, wo man stehen muss, wenn man sich die 25 Grad dreht."

„Ich denke, er wollte es niemandem leicht machen, wenn er nicht derjenige ist, der es findet."

Er hob eine Braue. „Offensichtlich. Aber hinter diesen Bäumen ist der Fluss. Und da gibt es Felsen, also werden wir von meinem jetzigen Standpunkt aus dort landen, und ich denke, das ist unser bester Ansatzpunkt."

„Dann lass uns diesen Weg gehen."

Seth ging voran. Melody folgte ihm und fühlte sich so angespannt, dass ihre Hände zitterten. Als sie den Felsen sah, wusste sie, dass das der Fels aus der Wegbeschreibung war. Da war ein Felsvorsprung, der aus der Erde ragte und hinter einer Kurve verschwand, die der Linie des darunter fließenden Flusses folgte. Er war nicht mehr als einen halben Meter breit und sah aus wie der gewellte Rand einer Pastetenform. Melody dachte, es sei ein seltsamer Vergleich für einen Mann, doch die Beschreibung passte. Daran bestand kein Zweifel. Unter ihnen war der Fluss, und hinter ihnen fiel die Schlucht allmählich vom Felsvorsprung ab. Seth war damit beschäftigt, ein paar Büsche niederzustampfen, damit sie besser sehen konnten, womit sie es zu tun hatten. Sie fragte sich, ob sein Herz genauso schnell schlug wie ihres. Sie hätte sich nie träumen lassen, als sie ihren Mut zusammengekratzt und auf seiner Ranch angerufen hatte, um zu fragen, ob sie das Postkutschenhaus besichtigen könnte, dass sie tatsächlich einen vergrabenen Schatz finden würde. Natürlich hatte sie den Schatz noch nicht gefunden, doch es fühlte sich fast so an.

Als er zufrieden war, drehte sich Seth zu ihr um und streckte seine Hand aus. „Ich komme mir vor wie ein Kind", sagte er und schenkte ihr ein süßes Lachen, das ihr das Gefühl gab, als würden tausend Kinder in ihrem Herzen Rad schlagen.

Sie nahm seine Hand und wusste, dass ihr Herz gerade eine gefährliche Grenze überschritten hatte, die sie nicht überschreiten sollte.

„Wir sollen dem folgen. Pass auf, wo du hintrittst. Das könnte schwierig werden. Ich will nicht, dass du fällst und dir wehtust."

Sie nickte, wusste aber, dass es dafür schon zu spät war.

KAPITEL VIERZEHN

Seth hielt Melodys Hand fest, als er dem Felsvorsprung folgte. Es war nicht wirklich gefährlich, doch ein Fehltritt, und man konnte sich den Fuß verdrehen oder in den Fluss fallen. Er wollte kein Risiko eingehen, dass Melody das passierte. Sie schien heute trittsicherer zu sein als an den anderen Tagen, aber trotzdem reichte nur ein Ausrutscher. Und die Tatsache, dass sie beide begeistert waren, die Höhle und den Schatz zu finden, war ein zusätzlicher Risikofaktor, wenn es darum ging, die Füße fest auf dem Boden zu halten.

Das Funkeln in ihren Augen zu sehen reichte, um ihn Fallschirmspringen gehen zu lassen.

Sie erreichten den Rand, und Melody klammerte sich fester an seine Hand. Ihm wurde klar, dass er den Schatz mehr als alles andere des Vergnügens wegen finden wollte, das er ihr bereiten würde. Dieses Stück der Schlucht war wie alles andere überwuchert, doch vom Felsvorsprung weg abfallend. Sonst war da nichts. Zumindest nichts, was sichtbar gewesen wäre.

Melody seufzte. „Ich glaube, ich habe erwartet, dass die Höhle genau hier ist. Stattdessen ist das das Ende des Felsvorsprungs, und hier ist nichts."

Die Enttäuschung war ihr anzuhören. „Komm", sagte er und umarmte sie sanft. „Du hast mich tagelang geschubst und gedrängt. Jetzt gib nicht so schnell auf. Wir sind so weit gekommen, und für mich besteht kein Zweifel, dass uns diese Wegbeschreibung an einen wichtigen Ort geführt hat. Wir müssen nur weitersuchen, bis wir finden, was wir suchen."

Sie sah zu ihm auf und nickte. „Du hast Recht. Ich kann's nur nicht erwarten."

„Ich auch nicht. Fangen wir an, nach etwas zu suchen, das eine Höhlenöffnung sein könnte. Und denk daran, dass es ein Loch sein kann, das gerade groß genug ist, dass sich ein Mann durchzwängen kann, oder ein Loch im Boden, also pass auf, wo du hintrittst. Nicht alle Höhlen sind große Löcher in einem Felsen, durch die man leicht hindurchtanzen kann."

„Ja ... Ich habe über die Höhle nachgedacht und gebetet, dass sie groß ist. Ich bin kein Höhlenforscher, ich meine, diese Typen, die wie Otter in den Höhlen herumkriechen?"

Otter. Süß. „Du meinst wahrscheinlich Höhlenkletterer. Hast du jemals diese Autoaufkleber gesehen, auf denen steht *Höhlenkletterer retten Höhlenforscher*?"

„Wow. Woher kommt das denn alles?"

Er zuckte die Achseln. „Was soll ich sagen? Ich habe als Kind immer davon geträumt, einen Schatz zu finden. Und für mich sollte jeder gute Schatz in einer Höhle versteckt sein. Also habe ich recherchiert."

Ihr Lachen erwärmte sein Herz. „Okay, du musst mir mehr darüber erzählen. Aber jetzt lass uns versuchen, diesen Traum wahr werden zu lassen."

„Na dann, auf geht's." Bevor er sie losließ, um zu suchen, umarmte er sie noch einmal kurz und kämpfte gegen das Verlangen an, sie an sich zu ziehen und ihre lächelnden Lippen zu küssen. „Sei vorsichtig, okay?"

Er ging auf die größte Masse an Vegetation zu und spähte hinein. Er war wie Lewis und Clark durch diese Schlucht gewandert, als er ein Kind war. Die Vorstellung, dass es hier tatsächlich eine Höhle gab und er sie übersehen hatte, gab ihm nicht viel Vertrauen in seine Fähigkeiten als Höhlenkletterer oder -forscher. Trotzdem war die Schlucht ein riesiges Gebiet, und das Unterholz war teilweise sehr dicht, also machte er sich keine allzu großen Vorwürfe. Er warf einen Blick dorthin, wo Melody an einer Masse Weinreben und Ilex zerrte. „Pass auf Schlangen auf!", warnte er.

„Hey!" Sie warf ihm einen bösen Blick zu und sprang zurück. „Ich versuche, nicht an sie zu denken, und das hat sie die ganze Zeit ferngehalten. Fang jetzt nicht an, über sie zu reden."

Er grinste. „Tut mir leid, dich daran erinnern zu müssen, aber es ist nur, damit du deine Hand nicht an eine Stelle steckst, an der sie nicht sein sollte."

Sie zog beide Hände zurück und musterte das undurchdringliche Gewirr von Ranken über den Büschen. „Vielleicht brauchen wir eine Machete oder so."

Er drang weiter in die Büsche vor, die er untersuchte, und spürte, wie der Boden unter seinen Stiefeln anstieg. „Keine schlechte Idee. Vielleicht sollten wir für heute Schluss machen und morgen mit Ausrüstung wiederkommen."

„Nein – ich meine, es ist erst vier Uhr. Wir haben noch ein paar Stunden Tageslicht", sagte sie, hörte aber auf, an den Ranken zu zerren, und ging zu ihm.

Er war sich sicher, dass sie Werkzeug brauchten, doch er riss hart an den Ranken vor sich und hielt dann inne. Neben ihm tat Melody dasselbe und sah offensichtlich denselben Schatten wie er weit hinten im Grün. Mit großen veilchenblauen Augen sah sie zu ihm auf.

Er lächelte. „Ich glaube, wir werden eine Taschenlampe brauchen. Was denkst du?"

„Also packe ich Mittagessen ein, und wir gehen davon aus, dass wir wieder den ganzen Tag draußen sind", sagte Melody, als sie ein paar Stunden später vor dem Postkutschenhaus anhielten. Sie hatte den ganzen Weg nach Hause geplaudert. Der arme Seth wollte wahrscheinlich weglaufen.

Er legte seinen Arm über die Sitzlehne. „Klingt nach einem Plan."

„Toll. Ich kann es kaum erwarten. Willst du auf ein Glas Tee reinkommen oder ich könnte eine Kanne Kaffee machen?" Sie wollte nicht, dass er schon ging. Genau genommen wollte sie nicht aus dem Truck aussteigen.

„Klar", sagte er. „Dann fahre ich nach Hause und packe unsere Sachen für morgen zusammen."

Melody ging voran ins Haus, und wie immer und vor allem da es schon ein paar Tage her war, seit sie von Ty gehört hatte, fiel ihr Blick auf den Anrufbeantworter. Das Licht blinkte, und sie zögerte hin- und hergerissen.

„Eistee oder Kaffee?", fragte sie und ging in die Küche.

„Eistee", sagte Seth.

Als sie im Kühlschrank nach dem Krug kalten Tee griff, sah sie, wie er am Anrufbeantworter stehenblieb. „Mein Kopf dreht sich noch immer von dem Gedanken, dass wir morgen vielleicht etwas finden könnten." Sie schnappte sich zwei Gläser und versuchte zu ignorieren, dass er sich wahrscheinlich genauso wie sie fragte, ob das blinkende Licht von Ty stammte. Er durchquerte den Raum und nahm den Tee, stellte ihn dann aber auf den Tresen.

„Morgen wird ein großer Tag, und ich denke, ich fahre besser zurück nach Hause und bereite alles vor."

Melody wollte nicht, dass er ging. „Wenn du denkst, dass es so am besten ist."

Er machte keine Bewegung zur Tür, und es war mehr als offensichtlich, dass ihm etwas im Kopf herumging. „Dieses blinkende Licht."

Ihr Magen schmerzte. Sie wollte nicht über das Licht sprechen. Oder Ty. Nicht heute Abend.

„Ist es das, was ich denke?"

„Seth, lass uns bitte nicht damit anfangen –"

„Schau, ich kann nicht anders. Ruft er dich jeden Tag im Jahr an?"

„Nein. Nicht *jeden* Tag." Sie stellte ihren Tee ab und wollte sich abwenden, doch Seth hielt sie an den Schultern fest.

„Melody, ich frage das nicht, um dich ganz in

Verlegenheit zu bringen. Ich habe versucht, mich da rauszuhalten. Aber das muss dich belasten."

Sie seufzte. „Das tut es."

„Hast du ihm das Geld geschickt?"

„Nein."

„Gut für dich", sagte er, zog sie dann in seine Arme und küsste sie auf die Schläfe.

Melody konnte nicht sagen, dass es genau der Kuss oder der Moment war, von dem sie geträumt hatte. Es war eigentlich die schlimmste Atmosphäre für einen Kuss, die sie sich hätte vorstellen können. Sie löste sich aus Seths Armen.

„Weißt du was? Es war ein langer Tag, und ich bin ziemlich müde."

„Natürlich", sagte er. „Wir sehen uns morgen früh."

„Ich werde bereit sein." Sie sah und wartete, während er die Tür hinter sich schloss. Sie rührte sich nicht, sondern stand einfach nur da und lauschte seinen Schritten.

Sie hätte vom nächsten Tag begeistert sein sollen, doch sie fühlte sich plötzlich leer. Sie starrte zu Boden und auf all ihre Rechercheunterlagen, die ordentlich um sie herum gestapelt waren. Das war ihre Flucht gewesen … aber sie war nicht entkommen. Stattdessen war sie mit dem Kopf voran in den nächsten Ärger gerannt. Sie fühlte sich innerlich verheddert. Seth sagte, er mache sich Sorgen um sie und sprach Dinge aus, die sie selbst gedacht hatte. Sie wusste, dass sie Ty seinen eigenen Weg finden lassen musste. Sie hatte versucht, das irgendwie hinzubekommen. Warum war sie jedes Mal so gereizt, wenn Seth seine Gedanken über Ty aussprach? Allein sein Blick auf das blinkende Licht hatte sie gestört.

Es schien, als ob ihre ganze Welt heutzutage aus Fragen bestünde. Und wenn sie beschäftigt blieb, musste sie manchmal nicht daran denken, dass sie keine Antworten hatte.

Sie wusste, dass sie nicht die einzige Frau in Amerika war, die Probleme hatte. Und leider verstand sie, dass der Albtraum des Drogenmissbrauchs weit verbreitet war und nicht weniger wurde. Im Gegenteil. Sich selbst zu bemitleiden war nicht das, was sie wollte. Doch manchmal fühlte sie sich so allein. Und isoliert. Sie hatte gedacht, dass es ihr helfen würde, mit Seth zu reden. Sie hatte so dringend Antworten gebraucht und wollte, dass der Herr ihre Gebete erhörte, damit er wusste, dass sie wütend und verzweifelt war. Es war fast ihre letzte verzweifelte Anstrengung zu glauben, dass Gott nicht nur Ty nicht aufgegeben hatte, sondern sie auch nicht.

Schluss damit. Melody rieb sich die Schläfe, ihr Blick fiel auf das blinkende rote Licht. Es war nicht gut, sich von diesen Emotionen beherrschen zu lassen. Sie musste sie abschütteln. Doch sie hatte wirklich gedacht, nun ja, sie und Seth waren in den letzten drei Wochen etwas geworden – sie war sich nicht ganz sicher, was es war, aber es war *etwas*. Vielleicht war es einfach, dass sie so viel Zeit miteinander verbracht hatten, dass sie sich ihm so geöffnet hatte, wie sie sich noch nie zuvor jemandem geöffnet hatte. Und entsprechend hatte er das Gefühl, ihr Ratschläge erteilen zu können.

Nur, wollte sie diesen Rat? Anstatt sich weniger isoliert zu fühlen, fühlte sie sich … deprimiert.

So deprimiert, dass sie etwas tat, was sie noch nie zuvor getan hatte. Sie ging hinüber und zog das Telefonkabel aus der Steckdose. Dann starrte sie auf das blinkende rote Licht und schaltete den Anrufbeantworter aus. Sie konnte es einfach nicht ertragen, mit ihrem Bruder zu reden – nicht heute Abend.

KAPITEL FÜNFZEHN

Freitag war ein schöner Tag zum Höhlenerforschen. Melody hatte draußen auf Seth gewartet, als er vorfuhr. Sie war fest entschlossen, sich heute nicht von Problemen belasten zu lassen.

Sie hatte ihr Telefon nicht wieder angeschlossen, doch auch daran würde sie nicht denken.

„Du hast heute Morgen ja so gute Laune", sagte Seth, als sie auf den Vordersitz sprang und die Kühlbox mit den Sandwiches neben sich abstellte.

„Die habe ich. Also mach sie nicht kaputt." Sie warf ihm einen warnenden Blick zu. „Und jetzt, auf geht's. Wir haben einen Schatz zu finden."

Seth warf ihr einen neugierigen Blick zu, legte aber den Gang ein. „Ich habe alles mitgebracht, damit wir den ganzen Tag draußen bleiben können."

„Klingt gut."

Sie unterhielten sich bis zur Schlucht. Sie war froh, dass er ihre Warnung ernst genommen hatte und das Gespräch auf neutralem Boden behielt … das war einer der Gründe, warum sie draußen auf ihn gewartet hatte, da sie nicht wollte, dass er sah, dass ihr Telefon nicht angeschlossen oder ihr Anrufbeantworter ausgeschaltet war. Heute ging es um die Suche, und sie wollte nicht, dass er Fragen stellte oder sich ein Urteil über ihre Entscheidungen erlaubte.

Da sie wussten, wo die Höhle war, konnte Seth den Truck an einer Stelle oberhalb parken, die ihre Wanderung minimieren würde. Anstatt sein Pferd mitzubringen, hatte er einen Rucksack dabei. Als sie ausluden, begutachtete sie die Ausrüstung. Taschenlampen, ein paar Schaufeln, Seil. Sie betrachtete das Seil. „Das werden wir sicher nicht brauchen. Ich meine, unser Typ war ein Cowboy aus dem 19. Jahrhundert auf einem Pferd, und er war krank."

Seth schwang den Rucksack auf seinen Rücken und grinste sie an. „Ich bezweifle auch, dass wir es brauchen werden, doch es schadet nie, vorbereitet zu sein."

„Du hast Recht", sagte sie, schwang den Riemen der kleinen Kühlbox über den Kopf und platzierte den rechteckigen Behälter so, dass er ihr über den Rücken hing. „Also hast du keinen Rucksack für mich?"

„Nicht heute. Wie du gesagt hast, der Typ war auf einem Pferd unterwegs. Ich gehe davon aus, dass, wenn er den Schatz vergraben hat, er irgendwo in der Nähe der Öffnung ist. Das heißt, ich glaube nicht, dass wir unser begrenztes Höhlenklettertalent unter Beweis stellen müssen." Er nahm sich eine Schaufel und reichte ihr die andere. „Die kannst du tragen", sagte er, während er eine Machete in einer Scheide von der Ladefläche nahm und sie an seinen Gürtel schnallte.

Das war's also. Sie waren wirklich dabei, sich durch ein Gewirr von Ilex und Ranken zu hacken und eine Höhle zu betreten, in der wahrscheinlich seit über hundert Jahren keine Menschenseele mehr gewesen war. Sie bekam Gänsehaut bei dem Gedanken.

Seth ging voran, und sie brauchten weniger als eine Stunde, um den Felsvorsprung zu erreichen. Doch da er jetzt wusste, wo die Höhle war, konnte Seth schneller vorausgehen und den Weg entlang des Felsvorsprungs umgehen.

„Das war so viel einfacher als gestern", sagte sie.

„Ja. Es ist viel leichter zu finden, wenn man nicht eine Wegbeschreibung neu interpretieren muss." Er stellte seinen Rucksack ab und zog die Machete aus der Scheide. „Bleib zurück, während ich mich darum kümmere."

Er musste ihr das nicht zweimal sagen. Sie sah zu,

wie er die scharfe Klinge gekonnt führte, und beobachtete das Spiel seiner Muskeln bei jedem Schwung der Machete. Ihr Inneres schmolz, als sie ihm bei der Arbeit zusah. Der Morgen war bereits heiß, obwohl es erst gegen zehn Uhr war, doch sie erschauerte, als sie sich an das Gefühl seiner Arme erinnerte, wenn er sie an sich zog. Er hielt inne, um sich mit dem Unterarm den Schweiß von der Stirn zu wischen, und erwischte sie dabei, wie sie ihn beobachtete. Er zwinkerte ihr zu und machte sich wieder an die Arbeit.

Ihr Herz hämmerte in ihrer Brust, als hätte sie die Machete geschwungen. Es dauerte nicht lange, bis er einen Pfad zu den Felsen geschlagen hatte, und tatsächlich – genau wie sie geglaubt hatten – gab es eine schmale Öffnung. „Erstaunlich", sagte Seth und steckte die Machete in die Scheide, während er sich für einen ersten Blick in die Spalte lehnte.

Melody war direkt hinter ihm und trug den Rucksack. Sie stellte ihn ab und holte die Taschenlampen heraus. Ihre Finger zitterten dabei.

„Ich gehe vor. Ich glaube, ich habe genug Lärm gemacht, um alles, was sich da drin versteckt, zu verscheuchen, aber lass es uns für alle Fälle langsam und vorsichtig angehen."

„Verstanden", stimmte Melody zu. In Texas gab es

eine Fülle von Wildtieren, darunter Schlangen – genauer gesagt Klapperschlangen und Mokassinschlangen – und sie betete erneut, dass keine in der Höhle auf sie warteten. Draußen im Wald hatten die Tiere die Möglichkeit, sie kommen zu hören und ihnen aus dem Weg zu gehen, bevor sie einander begegneten. Doch das war eine Höhle. „Sei vorsichtig."

„Wenn ich mich verletze, spielst du dann meine Krankenschwester?"

Die neckende Frage überraschte sie. „Vielleicht", antwortete sie mit einem schiefen Lächeln.

„Vielleicht ist es kein großer Anreiz für einen Mann, alles aufs Spiel zu setzen", sagte er mit gespieltem Groll, während er sich in ihre Richtung zu lehnen schien. „Komm her."

Sie trat auf ihn zu. Ihr Inneres war zwischenzeitlich völlig zu Brei geworden. „Ich – ich würde die Krankenschwester für dich spielen", sagte sie, doch es kam nur ein Flüstern heraus. Ein brüchiges Flüstern, als wäre sie tagelang ohne Wasser in der Wüste gestrandet gewesen.

Er berührte sie nicht – beugte sich nur vor. Als ihr Magen und ihr Herz zusammenzustoßen schienen, berührte er ihre Lippen. Das unberechenbare Pochen ihres Herzens war sicherlich zu hören, als er sie küsste. Das war nicht der Kuss auf die Schläfe wie am Tag zuvor. Dieser war gefährlich. So gefährlich, dass sie glatt ihr Herz dabei hätte verlieren können. Und als er sich zurückzog, sah er genauso erschüttert aus, wie sie sich fühlte. Sie blinzelte und versuchte zu verhindern, dass sich ihre Welt drehte, doch sie wusste, dass es wahrscheinlich umsonst war.

Wenn sie sich jemals gefragt hatte, wie es sich anfühlen würde, auf einen mechanischen Bullen zu hüpfen, brauchte sie sich nicht länger zu fragen. Das musste dem gleichkommen. Sie war dermaßen in Schwierigkeiten. Denn sie hatte keine Ahnung, was sie tat …

Was tat er da? Seth stolperte praktisch von Melody weg. Der benommene Ausdruck in ihren amethystfarbenen Augen und das Gefühl, wie ihre Lippen seine Haut versengten, ließen ihn fast auf die Knie fallen. Die ganze Nacht lang hatte er mit seinen Gefühlen für sie gerungen. Es wäre einfach, Melody zu lieben – doch diese Liebe zu etablieren und aufrechtzuerhalten, wenn es um die Frage ihres Bruders ging, war wahrscheinlich nicht etwas, worüber sie einen Kompromiss schließen konnten. Es hatte ihn heute Morgen all seine Willenskraft gekostet, nicht zu fragen, ob sie ihn zurückgerufen hatte.

Er hatte gewusst, dass sie zu küssen ein gefährlicher Schritt war, den er um jeden Preis vermeiden musste. Doch hier war er und hatte es trotzdem getan.

Er floh in die Höhle. Er atmete tief die kühle, feuchte Luft ein und erlaubte seinen Augen sich an die Dunkelheit anzupassen. Als er den Lichtstrahl der Taschenlampe durch die Höhle schweifen ließ, stellte er fest, dass sie nicht besonders groß war. Aber es gab Platz zum Stehen, und ein Mann seiner Größe hätte sich am Boden ausstrecken können, um zu schlafen. Er ging weiter und leuchtete mit seinem Licht in eine weitere Öffnung. Dieser Raum war nachtschwarz, von der schwachen Lichtquelle der äußeren Öffnung abgeschnitten, und er war viel größer.

„Seth."

Er holte tief Luft. Er war sich nicht sicher, was zwischen ihnen passierte, doch er wusste, dass er weit überfordert war. Wenn es nur um sie ginge, wäre er total begeistert davon gewesen, wie sie ihn innerlich auf den Kopf stellte … es war ein gutes Gefühl. Doch da war noch ihr Bruder, mit dem sie zu kämpfen hatte. Und sein Bauchgefühl sagte ihm, dass er besser vorsichtig vorgehen sollte.

„Du kannst reinkommen!", rief er. „Alles klar." Wie sehr er sich das doch wünschte!

Ihr Keuchen erfüllte die Höhle, und er konnte sich ein Lächeln nicht verkneifen, als er den erstaunten Blick in ihren Augen sah.

„Oh, Seth, das ist so toll."

Sie war süß. Das war nur eine Höhle. „Vielleicht willst du mal hier durchschauen", sagte er und deutete auf die nächste Öffnung. Sie lächelte, und das leichte Zögern in ihrem Schritt, als ob sie sich nicht sicher war, ob sie ihm nahekommen sollte, war das Einzige, was den Eindruck erweckte, dass sie vielleicht immer noch an den Kuss dachte. Er trat zurück und ließ sie hinein. Sie ging durch die Öffnung an ihm vorbei und ließ den Lichtkegel ihrer Taschenlampe durch die Höhle schweifen.

„Oh wow!"

Als er ihr Profil ansah, wusste Seth genau, wie sie sich fühlte.

Melody wusste nicht, ob es daran lag, dass sie sich so viele Träume erfüllte, indem sie in dieser Höhle stand und das Gefühl hatte, Geschichte zu entdecken, anstatt sie nur zu lehren – oder dass sie neben Seth stand, dass ihre Knie noch immer von dem Kuss zitterten, den er ihr gegeben hatte.

Es gab nichts in ihrem Leben, das nicht kompliziert

war. Alles lief auf parallelen Spuren. Sie hatte die Depression und die Mühsal, mit allem fertig zu werden, was mit Ty zu tun hatte, auf der einen Spur. Auf einer anderen Spur hatte sie den Nervenkitzel, die Wegbeschreibung zu einem Schatz gefunden zu haben. Den Nervenkitzel, diese Höhle zu entdecken und vielleicht, nur vielleicht, den Nervenkitzel zu haben, einen Schatz zu finden, der lange vergraben gewesen war, und tatsächlich ein Teil dessen zu werden, was dieser Fund in der riesigen, reichen Fülle der texanischen Geschichte repräsentieren würde. Es war erstaunlich für sie. Doch auf der letzten Spur war der außer Kontrolle geratene Zug, der ihre emotionale Bindung zu Seth darstellte … es war immer noch schwer für sie zu glauben, dass er möglicherweise genauso an ihr interessiert sein könnte wie sie an ihm.

„Bereit?" Seine Stimme strich über ihren Nacken, als er dicht hinter sie trat.

Sie drehte ihren Kopf ein wenig und näherte ihr Gesicht seinem. Im Licht der Taschenlampe suchten seine braunen Augen ihre. Sie schluckte und wünschte sich Dinge, die sie nicht aussprechen konnte.

„Ja", flüsterte sie. „Lass uns das tun", sagte sie fester und packte ihre Gefühle am Kragen. Sie entfernte sich von ihm und eilte hinaus, um die Schaufeln zu holen, während er den Rucksack aufriss und eine stärkere Laterne herausholte.

„Oh, das wird helfen", sagte sie.

„Ist wiederaufladbar. Ich habe ein paar davon immer auf der Ranch für Notfälle bereit." Er sah jungenhaft aus, als er die Laterne einschaltete und sie anlächelte, während das Licht zum Leben erwachte. „Damit sollten wir in der Lage sein, alles zu sehen, was nicht vergraben ist."

Melody verdrehte die Augen. „Ich glaube, ich habe vielleicht einen schlafenden Riesen geweckt."

„Oh ja. Bleib bei mir, Mädchen, und wenn es einen Schatz zu finden gibt, werden wir ihn finden."

„Dann immer nach dir." Sie lachte, packte ihre Schaufel und gestikulierte ihm zu. „Obwohl ich über Höhlen und Erkundungen und dergleichen gelesen habe. Wir sollten nichts anfassen. Vielleicht kommt Graben nicht in Frage."

Er blieb stehen und sah sie über die Schulter an. „Ist das dein Ernst?"

„Naja, das ist nur, was ich gelesen habe."

Er ging weiter in der Höhle, während sie ihm folgte. „Das habe ich auch alles gelesen. Aber das würde nur zutreffen, wenn ich erlauben würde, dass sich Leute in meine Angelegenheiten einmischen. Das hier ist mein Land, und für mich werden du und ich die einzigen beiden sein, die jemals einen Fuß hierher setzen." Er grinste. „Wir können so ziemlich tun und lassen, was wir wollen." Er stellte die Laterne ab und stemmte die Hände in die Hüften, während er sich in der hell erleuchteten Höhle umsah.

„Ist das dein Ernst?"

„Darauf kannst du wetten. Ich bin voll und ganz dafür, die Geschichte zu bewahren, doch du wirst meine Meinung über mein Recht, die Allgemeinheit nicht einzuweihen, wenn ich einen Teil dieser Geschichte auf meinem Privatgrundstück habe, nicht ändern."

Sie gingen beide durch die Höhle und suchten nach offensichtlichen Anzeichen dafür, dass etwas gestört worden war. Es gab verschieden große Steine und reichlich Ecken und Winkel, in denen jemand sehr leicht ein paar Satteltaschen hätte stopfen können. Melody leuchtete in einen solchen Winkel und sah nichts, also ging sie zum nächsten.

„Was, wenn alle so denken würden wie du?"

„Was dann?"

Sie konnte es nicht fassen. „Im Ernst, Seth. Was ist mit der Bewahrung der Geschichte?"

Sein Lachen hallte von den Wänden wider. „Ich denke, mein Ansatz bewahrt die Geschichte ganz ausgezeichnet."

„Aber –"

„Aber was?"

„Du nervst." Sie leuchtete mit ihrem Licht in ein Loch und glaubte, das Blitzen von ein paar Augen zu sehen. Wahrscheinlich ein Waschbär oder ein Opossum – was auch immer es war, Melody ging schnell weiter.

„Ich könnte dasselbe über dich sagen."

„Dann sind wir wohl einer Meinung", sagte sie und hoffte, dass er nicht wieder anfangen würde, wegen Ty zu bohren. Wenn er es täte, würde sie ihm nur sagen, er solle sich um seine eigenen Angelegenheiten kümmern. Damit konnte sie allein fertig werden. Sie hatte entschieden, dass es überbewertet war, jemanden zu haben, dem sie sich anvertrauen konnte, und ihre wäre lieber, sie hätte nie jemandem aus Mule Hollow über ihren Bruder erzählt.

Seths Kiefermuskel zuckte, als er sie anstarrte, und seine dunklen Augen reflektierten das Laternenlicht wie ein Spiegel. Melody wandte sich ab, griff nach der Laterne und ging in Richtung der hinteren Kammer. Sie war sich ziemlich sicher, dass, wenn sie einen Schatz über der Erde finden würden, er dort sein würde. Normalerweise stand es nicht sonderlich weit oben auf ihrer Liste, an dunklen Orten herumzukriechen. Doch im Moment schien das sicherer, als darauf zu warten, dass Seth einen Dialog über ihren Bruder begann.

In der zweiten Kammer war die Decke nicht viel höher, doch sie stieg allmählich an, dort, wo das Licht den Schatten wich, die die Laterne nicht erhellte. Melody hielt die Laterne höher und tauchte den Felsen in ein goldenes Licht.

„Ich glaube, ich könnte mich an das hier gewöhnen", sagte sie, als Seth die Höhle betrat.

„Es ist ziemlich cool", sagte er. „Und wenn ich diesen Ort geheim halte, kann es noch zweihundert Jahre dauern, bis jemand anders hier reinkommt und ihn stört. Doch wenn jemand …"

Melody wirbelte zu ihm herum. „Ja, wenn sich das von der Wegbeschreibung herumspricht, ist nicht abzusehen, wie viele Spinner hier draußen aufkreuzen und Graffiti an die Wände malen werden, während sie nach dem Schatz graben."

„Das könnte passieren."

Sie warf den Kopf zurück und starrte genervt an die Decke. Der Mann wollte keine Leute auf seinem Grundstück, doch zog er sie auf?

Sie sah ihn an und schüttelte den Kopf. „Manchmal machst du mich verrückt."

Er lächelte und begann, langsam durch die Kammer zu gehen, wobei er sein Licht auf die gleiche Weise schweifen ließ, wie er es zuvor getan hatte. Sie arbeiteten mehrere Minuten so weiter.

„Stört dich heute irgendwas?"

„Mich?" Sie warf ihm einen Blick zu. Er

betrachtete den Boden hinter ein paar Felsen.

„Ja, denkst du, ich habe das nicht bemerkt?"

„Also, ähm …"

„Das solltest du nicht, weißt du. Dir meinetwegen Sorgen machen, meine ich."

„Ich weiß nicht, was wir hier tun. Wir sollten einfach einen Metalldetektor mieten und fertig." Sie hasste es, welche Gefühle seine Worte in ihr weckten.

„Du fühlst dich schuldig, weil du bist, wer du bist. Dein Bruder mag krank sein, wie du denkst, aber er muss auch nicht versuchen, sich selbst zu helfen, weil du ihm eine Krücke gibst."

„Wenn wir jetzt gehen, können wir heute Nachmittag rumtelefonieren, einen Metalldetektor finden und morgen wieder hier sein, um dieses Rätsel ein für alle Mal zu lösen."

Melody steuerte auf den Ausgang zu, bereit, Seth und dem Gespräch zu entkommen, auf das er bestand. Sie wollte es nicht führen. Darüber wollte sie nicht sprechen. Oder darüber nachdenken. Sie wollte nach Schätzen suchen. Um sich in der Jagd danach zu verlieren und so zu tun, als ob – sie blieb stehen und ließ den Kopf hängen, während sie ihre staubigen Stiefel betrachtete. Ihr Blut rauschte in ihren Ohren, und ihr wurde schwindelig vor Anstrengung. Sie hob ihre Handflächen zu erhitzten Wangen und versuchte, sich zu beruhigen, bevor sie entweder ohnmächtig wurde oder sich umdrehte und etwas sagte, was sie wirklich nicht sagen wollte. Seth hatte kein Recht, so zu drängen.

„Du hast kein Recht, dich einzumischen", sagte sie, ihre Stimme war so leise, dass sie sie angesichts des Aufruhrs in ihrem Kopf fast nicht hörte.

„Ich kann nicht *nicht* darüber nachdenken. Hast du gedacht, ich hätte nicht gesehen, dass du heute Morgen aufgewühlt warst? Sieh dich an. Du bist blass, du hast Ringe unter den Augen, als ob du nicht geschlafen hättest. Und ich wette, der Schlafmangel ist nichts Neues. Die Sache ist, ich weiß, warum du das tust. Du bist eine wundervolle, süße und gebende Frau. Natürlich willst du für deinen Bruder alles geben, was du hast. Der dumme Idiot weiß nicht, was er wegwirft. Er ist so egoistisch, und ich bin ich mir ziemlich sicher, dass es die Drogen sind, die sein Denken für ihn übernehmen. Aber du ermöglichst ihm, so weiterzuleben, und damit musst du aufhören. Und ich kann nicht anders, als zu versuchen, dir das klar zu machen."

„Warum? Warum ist dir das so wichtig, Seth? Ich verstehe das nicht. Du kennst mich kaum. Du hast niemanden mit diesem Problem in deiner Familie und glaubst trotzdem, alle Antworten zu haben. Nun, die hast du nicht. Es ist nicht so einfach, wie du denkst."

„Warum nicht? Vielleicht ist es nicht so schwer,

wie *du* denkst."

„Du bist emotional nicht involviert. Darum. Du weißt nicht, wie es ist, zu sehen, wie dein älterer Bruder von der Person, die du vergötterst, zu jemandem wird, den du nicht mehr erkennst. Ich meine, ja, er ist jetzt furchtbar, ein totaler Idiot und, ja, er benutzt mich. Und manchmal habe ich …" Sie konnte kaum atmen, als eine heiße Welle von Wut durch sie hindurch strömte. Ihre Brust hob sich, ihre Hände zitterten, und ihr Mund war staubtrocken. Und Tränen – sie musste die Tränen unterdrücken, aus Angst, dass sie sie, sobald sie flossen, nicht mehr aufhalten konnte. Oh, sie hasste das!

Sie hob ihre Hand vor ihr Gesicht, ließ sie dann wieder sinken, bevor sie einen Finger hob, um die Worte, die sich hinter seinem etwas schockierten Gesichtsausdruck bildeten, zum Schweigen zu bringen.

„Du –", ihre Lippen zitterten, ebenso wie ihre Stimme, „– du. Hast. Keine. Ahnung. Keine Ahnung, wie ich mich fühle. Die Wahrheit. Ich will wissen, was meine Eltern getan haben, um ein Leben in ständigem Stress und in Anspannung zu verdienen, ihrem Kind dabei zuzusehen, wie es mit etwas kämpfte, bei dem sie ihm nicht helfen konnten. Etwas, bei dem sie ihm so sehr helfen wollten, dass sie alles, was sie hatten, und mehr dafür ausgegeben haben. Und immer. Immer darauf vertrauend, dass Gott ihn heilen würde. Und wofür? Um ignoriert zu werden?" Wütend wischte sie sich die Tränen aus ihrem Gesicht.

„Melody –"

„Nein." Sie hielt ihre Hand hoch, um ihn zum Schweigen zu bringen. „Nein. Du wolltest es so unbedingt wissen – nun, da ist es. Ich habe alles wie meine Eltern gemacht. Ich habe die Gebete gebetet, bis ich sie selbst nicht mehr geglaubt habe. Ich bezahle seinen Lebensunterhalt. Ich bin die gute Tochter, indem ich tue, was meine Mutter von mir verlangt hat. Aber ich hasse es und fühle mich schuldig, ja. Ich fühle mich für alles schuldig. Ich kann nicht gewinnen. Ich fühle mich schuldig, dass nicht ich seine Probleme habe. Ich meine, wirklich, warum Ty? Warum nicht ich? Und glaub mir, er denkt genau dasselbe. Ich fühle mich schuldig, weil ich hasse, was er meinem Leben antut. Ich fühle mich schuldig wegen allem. Es ist eine No-Win-Situation für mich, und ich hasse sie. Aber hier ist der Kicker aller Kicker. Ich bin so wütend, dass ich manchmal kaum klar denken kann. Ich meine ..." Sie rang nach Luft und legte eine Hand auf ihren Bauch, als ihr schlecht wurde. Es war unerträglich heiß geworden, und sie wusste, dass es an den Emotionen lag, die in ihr tobten.

„Ich meine, meine Eltern haben geglaubt, dass es eine Heilung für Ty gibt. Sie haben alles für ihn getan, was sie konnten. Ich glaube, dass mir bis zu diesem Moment nicht klar war, wie wütend ich auf Gott bin. Ich habe das Gefühl, dass er mich angelogen hat. Und meine Eltern. Wir haben alles getan, was wir konnten. Wir haben ihm vertraut und wofür?"

Sie musste aus dieser Höhle raus. Das war kein Spaß mehr. Sie hatte das Gefühl zu ersticken. Sie stolperte durch die äußere Kammer und rannte praktisch ins Freie. Wieder stolperte sie und fiel auf der harten Erde auf die Knie, und die Tränen, gegen die sie so verzweifelt angekämpft hatte, flossen in Strömen.

Sie hatte nicht bemerkt, dass Seth neben ihr war, bis er sie in seine Arme zog. Sie schlug mit der Faust auf seine Brust und schluchzte verzweifelt. Er ließ sie auf seine Brust hämmern und schob dann sanft ihren Kopf an seine Schulter, während sie weinte.

„Lass es raus", flüsterte er in ihr Haar. Langsam hörte die Welt auf, sich zu drehen, und ihr Schluchzen wurde zu einem Schniefen. Sein Hemd unter ihrer Wange war durchnässt. Sie war ausgelaugt, und ihr Kopf fühlte sich an, als würde ein Presslufthammer darin Amok laufen. Sie wusste, dass sie sich für ihren Ausbruch entschuldigen sollte, doch sie konnte es gerade nicht. „Ich muss nach Hause", war alles, was sie sagte, als sie sich aus Seths Armen löste.

„Ich packe die Sachen", sagte er, aber sie hörte nicht zu.

KAPITEL SECHZEHN

Seth hatte sich in seinem ganzen Leben noch nie so schrecklich gefühlt. Er hatte Melody gedrängt, bis etwas in ihr zerbrochen war. Als sie schweigend zum Postkutschenhaus zurückritten, wusste er nicht, wie er sie trösten sollte.

Sie war ehrlich gewesen, und sie hatte Recht gehabt.

Er war noch nie in ihrer Situation gewesen, also wer war er, ihr zu sagen, wie sie ihr Leben führen sollte?

Du bist der Mann, der sie liebt.

Es war wahr. Als er sie gehalten hatte, als sie geweint hatte, hatte er gewusst, dass es für ihn kein Zurück mehr gab. Er liebte Melody mit einer Liebe, die genauso heftig war wie die Emotionen, die aus ihr herausströmten. Während ihr Herz vor Leid ausblutete, wollte er nur ihr Herz wieder mit genug Liebe füllen, um all die Traurigkeit und den Schmerz wegzuwischen.

Sie hatte all diese Wut jahrelang in sich eingeschlossen und war damit allein gewesen. Er war kein Experte; er wusste nicht, welchen Rat ein Mediziner ihr geben würde, doch eines wusste er ... und er fragte sich, ob sie jemals daran gedacht hatte. Die Worte, die schwer auf seinem Herzen lasteten, waren Worte, die sehr wohl jede Chance ruinieren konnten, jemals ein Leben mit Melody zu führen.

In der Ferne sah er das Postkutschenhaus. Robust gebaut, um die Zeiten zu überdauern. Er spürte das Gewicht von Melodys Trauer auf seinen Schultern und musste ihr helfen ... er liebte sie. Aber konnte er ihr helfen?

Ja.

Er wollte es ihr nicht sagen, doch er wusste, dass er es tun sollte ... die verrückten Teile dieses Puzzles, in dem sie lebten, waren nicht zufällig zusammengefallen. Dass sie hier auf seinem Grundstück war, wo er ihr Gespräch mit Ty mithören und sehen konnte, wie weh es ihr tat, hatte einen guten Grund. Sie war ihrem Bruder zu nahe, um sich von Vernunft leiten zu lassen. Sie hatte Recht, dass er noch nie in ihrer Situation gewesen war, doch er konnte deutlich sehen, dass der Weg, den sie beschritt, nicht gut für sie war. Er musste etwas sagen und ihr helfen, voranzukommen.

Er könnte sie für immer verlieren.

Vertrau mir.

Er hielt den Wagen an. „Denkst du, du kommst klar?"

Ihr Atem rasselte, als sie einatmete. Sie sah ihn nicht an, sondern nickte nur.

Ihre Haut war blass, und ihre Augen waren matt. Sie sah nicht gut aus. „Melody", sagte er und räusperte sich. Seine Finger umklammerten das Lenkrad so fest, dass seine Knöchel weiß hervortraten.

Er würde sie verlieren.

„Lass mich dich morgen früh zum Jahrmarkt fahren. Ich muss auch da arbeiten. Es ergibt keinen Sinn, wenn wir beide –"

„Nein danke. Ich möchte selbst fahren", sagte sie, stieg aus dem Truck und ging davon.

Feigling. Er hätte aus seinem Herzen sprechen sollen.

Doch er hatte es nicht getan. Seth riss sich seinen Hut vom Kopf und warf ihn quer durch den Wagen, während er zusah, wie er vom Armaturenbrett abprallte und auf die Bodenbretter fiel. „Wie soll ich ihr sagen, dass sie mir vertrauen muss, wenn ich es selbst nicht kann?"

Nicht bei Melody. Nicht bei jemandem, den er so sehr liebte.

Mule Hollow wusste, wie man einen Jahrmarkt

veranstaltete. Melody war hingefahren und hatte am anderen Ende der Stadt geparkt, denn selbst um neun, wenn das Festival um zehn beginnen sollte, standen schon überall Autos. Sie war am Tag zuvor noch nicht in die Stadt gekommen, wusste aber, dass sie von Schaustellern und Verkäufern gewimmelt hatte, die sich auf heute vorbereiteten. Viele der Verkäufer hatten Mule Hollow in ihren Kalender aufgenommen und waren „Wiederholungstäter", wie Sheriff Brady sie gerne nannte. In diesem Jahr hatte Mule Hollow zum ersten Mal seit langer Zeit nicht nur Sheriff Brady, sondern auch einen Deputy, den ehemaligen Texas Ranger Zane Cantrell. Es war ein echtes Zeichen dafür, dass die Stadt wuchs, wenn sie anfingen, das Büro des Sheriffs auszubauen. Nicht, dass es eine hohe Kriminalitätsrate oder Ähnliches gegeben hätte. Es war einfach schön, dass Sheriff Brady jetzt, da er und seine Frau Dottie ihr erstes Baby hatten, ab und an eine kleine Auszeit nehmen konnte.

Babys waren heutzutage an der Tagesordnung – fast mehr als Kuppelei. Melody hatte das Gefühl, dass Lacy bald ankündigen würde, dass sie und Clint ihr erstes Kind erwarteten. Und sie fände das einfach wunderbar.

Positive Dinge.

Sie hatte seit ihrem emotionalen Zusammenbruch

am Tag zuvor versucht, an positive Dinge zu denken. Sie war ins Haus gegangen, nachdem sie aus Seths Truck gestiegen war, und war direkt in ihr Schlafzimmer gegangen und ins Bett gekrochen. Sie war irgendwann eingeschlafen und dankbar für den Frieden, den sie dort gefunden hatte. Sie begann sich zu fragen, ob sie jemals *wirklich* Frieden erleben würde.

Und Seth. Sie hoffte, ihn heute nicht viel sehen zu müssen.

Der Cowboy hatte sie an ihre Grenze gebracht, und dann hatte er sie gehalten, als bedeutete sie ihm etwas. Die Gefühle, die sie zusätzlich zu allem anderen in ihrem Leben für ihn empfand, waren einfach zu viel, um damit umzugehen.

Sie holte tief Luft, stieg aus ihrem Auto und ging auf dem Weg zum Feld auf der anderen Seite von Sams Diner an Adelas Familienhaus vorbei. Es war ein riesiges viktorianisches Haus mit grünen Türmchen. Das war Melodys eigentliches Zuhause. Sie fühlte sich hier in dieser schönen kleinen Stadt wohl. Sie empfand hier mehr Frieden, als sie je gefühlt hatte ... doch sie lebte eine Lüge. Hier hatte sie versucht zu ignorieren, wer sie wirklich war.

Sie ging die Straße entlang, vorbei an Adelas Haus, dann weiter am Heavenly Inspirations Hair Salon vorbei, vorbei an Ashby's Treasures, Dottie's Candies.

Ein Stück weiter die Straße runter war Purdys Werkstatt, über der das rote fliegenden Pferd aus einer Zeit thronte, als es an Tankstellen noch keine Selbstbedienung gab. Das Leben hier in dieser Stadt schien einfach zeitlos zu sein. Doch Melody fühlte sich, als würde ihre Zeit ablaufen. Sie musste sich überlegen, was sie mit ihrem Leben anfangen sollte.

Sich zu verstecken und so zu tun, als hätte sie keinen Bruder mit Problemen, hatte nicht funktioniert. Sich in Recherchen und sogar eine Schatzsuche zu stürzen, hatte sie nicht weitergebracht.

Sie fühlte sich wie ein Hamster in einem Rad, der lief und lief und lief und nirgendwo hinging. Die ganze Zeit, all die Jahre, und sie bewegte sich so schnell sie konnte, doch sie war keinen Zentimeter vorangekommen.

Sie steckte in einer Krise.

„Melody, juuu-huuu, Melody!", rief Esther Mae aus ihrem Auto. „Kannst du mir helfen?"

Froh, etwas anderes zu haben, auf das sie sich konzentrieren konnte, joggte Melody über die Straße und nahm den Karton mit den Keksen, die die strahlende Rothaarige gerade fast fallengelassen hätte, weil sie versuchte, zu viel auf einmal zu tragen. Melody kannte das Gefühl.

„Perfektes Timing, um mir zu helfen!", rief Esther

Mae.

Melody bemühte sich, die Kiste besser in den Griff zu bekommen. „Wow", sagte sie und blickte auf die Menge Kekse. „Hast du die alle selbst gemacht?"

„Das habe ich, und dank dir werden sie jetzt nicht über die ganze Main Street rollen. Ich backe seit drei Tagen."

Melody inhalierte tief den Duft von Schokoladenkeksen. „Ich wette, dein Haus riecht köstlich."

„Hank findet das auf jeden Fall. Ich musste seine Hand wegschlagen, damit er sich nicht in ein frühes Grab frisst. Sonst platzt sein Bauch noch." Sie kicherte und ging auf das Feld zu. Melody konnte die Tauchkabine in der Mitte des Feldes sehen, und Applegate drückte den roten Auslöser und sah zu, wie der Sitz nachgab. Es sah so aus, als hätte er alles unter Kontrolle. Wie viel Vorbereitung brauchte es schließlich, um jemanden in einen Wassertank zu werfen?

„Du siehst blass aus. Geht's dir nicht gut?"

„Mir geht's schon gut, ich musste mich nur beeilen, um herzukommen."

Sie hatten Esther Maes Stand erreicht. Sie stellte ihren Karton ab und schlug mit der Faust auf ihre lila Caprihose. „Das glaube ich dir keine Minute. Du verschanzt dich viel zu viel da draußen in diesem alten Haus. Ich habe Norma Sue und Adela erst gestern gesagt, dass mir das überhaupt nicht gefällt. Ein Mädchen wie du muss draußen spielen und einen süßen Cowboy finden. Du brauchst gemeinsame Abendessen und einen Kinofilm, lange Spaziergänge am Bach entlang. Händchen halten." Sie zog eine Braue hoch. „So findet man einen Mann. Versteck dich nicht allein in einem alten Haus, verloren in der Zeit, wie du es tust. Die Zukunft passiert nicht, wenn man in der Vergangenheit lebt."

Melody spielte an einer Plastiktüte mit Keksen herum. „Mir geht's gut, Esther Mae."

Der Rotschopf schnaubte. „Recherche ist schön und gut, doch Vergangenheit ist Vergangenheit. Du bist eine junge Frau und musst jetzt dein Leben leben. Wann bist du das letzte Mal ausgegangen?"

„Ich war aus", gestand sie, und dann wurde ihr bewusst, dass sie nichts darüber sagen konnte.

„Nicht aus wie auf einem Date."

Es war keine Frage, sondern eine Feststellung. Melody lächelte leicht. Sie wusste, dass die Kupplerinnen es wissen würden, wenn sie auf einem Date gewesen wäre.

„Nein. Aber ich amüsiere mich." Zumindest hatte sie es versucht. „Ich sollte besser Applegate helfen gehen."

„Lass dich nicht von ihm über das Wasser setzen", warnte sie.

„Weißt du was, Esther Mae, vielleicht ist mir heute danach zumute."

„Nein, *wirklich*?"

Melody blickte in Applegates Richtung. „Vielleicht."

Esther Mae legte eine Hand auf ihren Arm. „Weißt du, Melody, wir sind hier in Mule Hollow eine Familie. Nachdem du eine so Ruhige bist, nun ja, machen die Mädels und ich uns Sorgen, dass es irgendetwas gibt, das dich belastet. Du weißt, dass du jederzeit mit uns sprechen kannst. Wir sind nicht nur Schönwetterfreunde." Sie winkte ab, als jemand ihren Namen rief. „Ich meine, wir haben vielleicht den Ruf, vor allem unsere Cowboys verheiraten zu wollen. Aber wir haben noch mehr zu bieten."

Melody wusste wirklich nicht, was sie sagen sollte. Das war so ganz untypisch für Esther Mae. Wenn ihr sonst jemand aufmunternd auf den Rücken klopfte, dann war es Adela.

Esther Mae wurde rot. „Ich weiß, was du denkst. Aber, Honey, hinter uns allen steckt immer mehr, als man auf den ersten Blick sieht. Manchmal muss man seine Komfortzone verlassen und den Leuten von ganzem Herzen vertrauen."

Melody fühlte sich benommen. „Danke! Ich habe ein paar Sachen um die Ohren. Aber –" Sie wollte sich wirklich öffnen, doch sie zog sich zurück. Das war nicht der Ort, um ihr Herz über Themen auszuschütten, die ihr so wichtig waren. Zumal sie bereits gelernt hatte, dass das manchmal mehr Kopfschmerzen als Erleichterung verursachte. Ihre Gedanken wanderten zu Seth. „Ich gehe besser zu App, bevor er Stanley in die Kabine holt."

Esther Mae kicherte. „Oh, ich würde dafür zahlen, um *das* zu sehen."

Melody fühlte sich besser, als sie durch die Menge ging. Die Gerüche, die es nur auf einem Jahrmarkt gab, reizten ihre Sinne, und ihr Magen knurrte bei der Mischung aus gebrannten Mandeln, gerösteten Erdnüssen, Zuckerwatte und Hot Dogs. Während sie ging, wehten weitere Düfte in ihren Weg, und ein paar Leute riefen ihren Namen. Sie winkte schüchtern, und ihr Herz wurde warm, trotz all der Aufregung, die immer noch darauf lauerte, sie zu überfallen. Allein hier unter Freunden zu sein, half ihr, ihre Gefühle zu lindern – vielleicht nicht auf lange Sicht, doch hier fand sie Trost. Das war ihre Stadt. Und die Leute waren gut. Sie war froh, dass sie hergekommen war.

KAPITEL SIEBZEHN

S eth fuhr zum Jahrmarkt und hielt auf dem letzten Parkplatz gegenüber von Sam's Diner an. Er wollte nicht hier sein. Er hatte kaum geschlafen, und sein Herz war schwer. Wie ein Feigling hatte er sie gestern gehen lassen, obwohl er ihr etwas Wichtiges zu sagen gehabt hatte.

Er ging durch die wachsende Menge. Er hatte App gesagt, dass er helfen würde, wo immer er gebraucht wurde. Vermutlich Tische aufstellen oder sowas in der Art.

„Hey, Stanley", sagte er, als er am Zuckerwattestand vorbeikam. „Wie bist du denn zu diesem Job gekommen?"

Stanley hielt ein Stück Zuckerwatte hoch, das aussah, als wäre es durch einen Baumshredder gelaufen. „Ich habe ihnen gesagt, ich würde tun, was immer sie wollten. Ich hätte wissen müssen, dass das gefährliche Worte sind."

„Dasselbe habe ich ihnen auch gesagt." Seth hoffte, dass er nicht in dieselbe Situation geraten würde wie Stanley.

„Du solltest zu Lacy gehen. Sie hat die Liste."

„Danke, aber ich glaube, App hat einen Job für mich."

Stanley johlte. „Oh ja, ich habe Zucker im Gehirn. Du bist der andere Helfer."

Seth hatte plötzlich eine Offenbarung. Er hatte sich nicht freiwillig gemeldet, um Apps Helfer zu sein. Er wusste, was das bedeutete, und er war schlauer – zumindest hatte er geglaubt, er sei schlauer – als dazu verdonnert zu werden, der Dumme in der Tauchkabine zu sein!

„Oh nein", sagte er. „Ich lasse mich nicht in dieses Brackwasser werfen."

Stanley zog eine Braue hoch, als er ein neues Holzstäbchen in die Zuckerwattemaschine hielt. „Wenn du es nicht tust, wird App Melody wahrscheinlich dazu verdonnern."

„Das würde er nicht tun – oder?"

„App hat zwei Möglichkeiten. Er kann ein hübsches Mädchen auf den Balken setzen, damit die Cowboys anstehen und mit ihr flirten. Oder er kann einen Cowboy auf den Balken setzen und alberne Mädchen dazu bringen, ihn zu bewerfen und mit ihm zu flirten. Du weißt, dass App alles tun würde, damit er sagen kann, er hat das meiste Geld eingebracht."

Seth warf einen Blick über die Menge und konnte sehen, wie App mit Melody sprach. Sie sah hübsch aus in einem gelben T-Shirt und Jeans. Er fragte sich, ob sie eine Ahnung hatte, was App vorhatte.

„Er ist ein hinterhältiger kleiner Mann."

Stanley kicherte. „Oh, das weiß ich. Aber es ist für einen guten Zweck. Jeder Cent, den wir sammeln, geht entweder an das Frauenhaus oder die Feuerwehr für neue Ausrüstung. Beides gut, findest du nicht?"

Seth wusste das, doch den ganzen Tag damit zu verbringen, in einen Bottich mit kaltem Wasser geworfen zu werden, war nicht das, wofür er sich freiwillig gemeldet hatte ... auf der anderen Seite würde er das Melody auch nicht zumuten wollen.

„Wirst du es tun?"

Seth schob seinen Hut zurück. „Ich bin nicht jemand, der danebensteht und zusieht, wie eine Lady ins Wasser geworfen wird."

Stanley streckte die Hand aus und klopfte ihm auf die Schulter. „Worauf wartest du dann? Geh da rüber. Mit einem gutaussehenden Kerl wie dir und einem hübschen Mädchen wie Melody, die zusammen an diesem Stand arbeiten, werden die Schlangen bestimmt länger sein als irgendwo sonst auf dem ganzen Jahrmarkt."

Seth ging über das Feld. Er war nervös, wie Melody ihn begrüßen würde. Er fragte sich auch, ob sie überhaupt geschlafen hatte. Ihr dunkles Haar glänzte im Sonnenlicht und sah aus wie schwarze Seide, als sie ihren Kopf bewegte, um zu App aufzublicken. Je näher er kam, desto klarer wurde ihm, dass sie blass aussah. Die Belastung war offensichtlich.

„Morgen, App, Melody", sagte er, tippte an seinen Hut und suchte in ihren Augen nach Anzeichen dafür, dass es ihr besser ging. Dass ihr Herz von dem Schmerz, den ihr Bruder ihr zugefügt hatte, nicht völlig am Boden war. Er hasste es zu sehen, dass sie litt, und sie zu halten, während sie geweint hatte, hatte ihm das Herz gebrochen.

„Morgen, Seth. Ich war mir nicht so sicher, ob du auftauchen würdest."

„Nun, ich habe gerade von Stanley erfahren, was du für mich geplant hast, also hätte ich vielleicht zu Hause bleiben sollen."

Melodys Augen erhellten sich ein wenig, und sie biss sich auf die Unterlippe.

App rieb sich sein kantiges Kinn und sah zufrieden mit sich selbst aus. „Ich dachte mir, wenn ich diesen

Sonnenschein hier neben mir hätte, wäre es leichter, dich auf diesen Balken zu bringen, und ich hatte Recht."

Seth lächelte über den schockierten Ausdruck auf Melodys Gesicht.

„Schonmal als Köder verwendet worden?" Er mochte es zu sehen, wie Farbe in ihr Gesicht floss. Auch wenn es nur vorübergehend war.

„Warum sollte er mich als Köder benutzen?"

Sie verstand es wirklich nicht. Das überraschte ihn. „Ich werde mir eine Tasse Kaffee holen. Ihr alle haltet die Stellung." App zwinkerte Seth zu und verschwand dann in der Menge.

„Also", sagte er und wandte sich wieder Melody zu. „Wie geht's dir?"

„Ich werd's überleben."

„Es ist mir unangenehm, dass ich dich gestern so aufgewühlt habe."

Sie nahm ein paar Bälle aus dem Korb und ließ sie wieder fallen. „Entschuldigung angenommen", sagte sie und streckte ihre Hand aus. „Waffenstillstand?"

Seths Herz schmerzte. Er starrte auf ihre Hand und wollte sie mehr als alles andere nehmen –doch er konnte nicht. „Das war keine Entschuldigung."

Ihre Haltung wurde steif, und sie schob ihr Kinn vor. „Was meinst du dann?"

„Vielleicht ist jetzt nicht die Zeit, darüber zu

diskutieren." Ihre Augen blitzten. „Schau", sagte er und war sich sehr bewusst, dass der Jahrmarkt bald offiziell die Tore öffnen würde. „Was du gesagt hast, ist mir nachgegangen. Ich hätte gestern etwas sagen sollen, aber du warst so aufgewühlt, dass ich es nicht konnte."

„Und was wäre das?"

Er räusperte sich und hatte Angst wie noch nie zuvor. Doch er wusste, egal was er verlor, er musste Melody gegenüber ehrlich sein. „Du hast gesagt, dass du die Hoffnung aufgegeben hast, dass Gott Ty helfen würde." Er musste sich zwingen, weiterzureden. „Du hast Recht. Ich habe nie durchmachen müssen, was du durchmachst, aber ich kann das, was du tust, objektiv betrachten."

Sie kniff die Augen zusammen. „Und was siehst du?"

„Dass du und deine Eltern Herz und Seele gegeben habt, um Ty zu helfen, seinen Weg zu finden. Aber jetzt ist es an der Zeit, ihn gehen zu lassen."

„Du hast gestern dasselbe gesagt. Du hast Recht, dass das nicht der richtige Ort für dieses Gespräch ist."

„Melody. Du hast Gott um seine Hilfe gebeten. Ihn angefleht, nicht wahr?" Er konnte erkennen, dass sie ihn ignorieren wollte, doch sie tat es nicht.

„Zu oft, um es zu zählen."

„Und das ist mein Punkt. Dein Bruder hat das nicht getan. Er hat nicht einmal akzeptiert, dass er im Unrecht ist. Und wenn du ihn weiter stützt, wird er es nie tun. Wie du schon gesagt hast, wird das dann immer dein Leben sein – diktiert von Ty und seinen falschen Entscheidungen. Du musst ihn loslassen und abstürzen lassen, wenn er das will. Auch wenn es bedeutet, dass er auf der Straße landet. Du musst ihn genug lieben, um ihn gehen zu lassen. Übergib Ty ganz in Seine Hände, und lass Tys Leben sich entwickeln."

„Du hast nicht das Recht –"

„Hör auf, das zu sagen", sagte er kopfschüttelnd. Er wusste es, er lebte es gerade, und sie hatte keine Ahnung. „Deine Eltern hätten dir diese Last niemals auferlegen sollen. Das hätten sie vor langer Zeit unterbinden sollen. Dein Bruder ist ein Dummkopf und muss auf die Nase fallen – und du musst ihn *lassen*. Verstehst du das nicht? Ich sage dir das, weil ich –" Er riss seinen Hut vom Kopf und fuhr sich mit der Hand durch die Haare. Er hatte die Beherrschung verloren, und das war das Ende.

„Seth!"

Er sah sich um und sah Susan, die auf ihn zukam. Er blickte zu Melody zurück und wünschte sich, sie könnten für diese Unterhaltung irgendwo allein sein. Das war weder die Zeit noch der Ort gewesen, um die

Beherrschung zu verlieren. Doch es war passiert. Er riss seinen Blick von der Wut, die in Melodys Augen aufflammte, und sah Susan an. „Hi."

„Wie geht's dir heute?", sagte sie, strich ihr blondes Haar aus dem Gesicht und lächelte zu ihm auf. „Du hast mir nicht gesagt, dass du heute hier sein würdest. Was für eine tolle Überraschung."

„Ähm, ja, es sieht so aus, als ob ich das Ziel bin." Er sah zu Melody hinüber und war alles andere als glücklich, dass er noch nicht fertig war. „Hast du Melody Chandler schon kennengelernt?"

Susan streckte ihre Hand aus. „Hallo. Susan Worth. Ich bin die Tierärztin in dieser Gegend. Ich komme aus Ranger, wenn Seth und die anderen mich hier brauchen. Ist er nicht ein Schatz?"

Das brachte ihn aus dem Konzept, und er konnte Melodys vorwurfsvollem Blick nicht standhalten. Das Letzte, was sie dachte, war, dass er ein Schatz war.

„Oh, das hatte ich noch gar nicht bemerkt", stieß sie mit zusammengebissenen Zähnen hervor.

„Doch, das ist er. Er versteckt es nur gerne hinter dieser Kontrollfreak-Fassade", sagte Susan.

„Das *ist* mir aufgefallen", sagte Melody sarkastisch.

Susan hakte sich bei ihm unter und drückte seinen Arm. „Also, wie wäre es, wenn du auf den Balken kletterst und es mich versuchen lässt?"

„Ja, Seth. Lasst uns die Spiele beginnen."

Seth blickte von einer Frau zur anderen. Also gut. Er war sich nicht sicher, was Susan da tat, doch er wusste genau, was Melodys Motive waren. Die Frau war so wütend auf ihn, dass sie jemanden bezahlen würde, damit er ihm einen Baseball an den Kopf warf, wenn sie könnte.

Melody sah zu, wie Seth seine Stiefel auszog und dann in die Tauchkabine kletterte.

„Ist er nicht der süßeste Mann?", sagte Susan und rief dann: „Fall bloß nicht rein, bevor ich überhaupt geworfen habe!"

Seth grunzte.

Melody hoffte, dass sie ihn beim ersten Wurf ins Wasser schicken würde. Und sie hoffte, dass die Leute den ganzen Tag so weitermachen würden. Gestern Abend war sie wütend auf alles und jeden gewesen. In diesem Moment war sie nur auf Seth wütend. Der Mann besaß die Frechheit, dazustehen und ihr zu sagen, dass, wenn sie Ty vor Jahren einfach hätte gehen lassen, nichts davon passiert wäre. Wie konnte er es wagen! Wie. Konnte. Er. Es. Wagen?

In dem Moment, als Seth anfing, auf den Balken zu

klettern, blieben die Leute stehen, um zuzusehen. Mehrere Cowboys johlten.

„Hey, nach mir kommt ihr hier rein."

Melody gab Susan grünes Licht. „Er gehört dir. Feuer frei!"

Susan flirtete mit ihm, warf den Ball in die Luft und dann auf das Ziel. Und traf nicht. Melody biss die Zähne zusammen, verschränkte die Arme und sah zu, wie sie vier weitere Bälle warf. Seth feixte mit Susan und einigen der anderen Frauen hin und her, die nahe an den Stand herankamen, um ihn aus der Nähe zu beobachten. Drei Frauen baten ihn während Susans schreckliche Demonstration ihrer athletischen Fähigkeiten tatsächlich um ein Date. Melody beschloss, dass sie mit der Faust auf den roten Auslöser drücken musste, wenn Susan es beim nächsten Wurf nicht schaffte … meine Güte, die Frau war vielleicht schön, voller Leben und anscheinend sehr verfügbar, doch sie hätte die breite Seite einer Scheune nicht mit einem Ball treffen können.

Dann endlich traf der Ball das Ziel, und Seth fiel wie ein Stein ins Wasser. Es war ein schöner Anblick.

Zwei Stunden, nachdem er in die Tauchkabine geklettert war, platschte Seth auf Melody zu, anstatt wieder auf den Balken zu klettern. Er hatte zugesehen, wie sie begeistert eine Frau nach der anderen rekrutiert hatte, ihn in das Becken zu befördern. Er wusste, dass sie wütend auf ihn war. Tatsächlich war sie so wütend auf ihn, dass er erstaunt beobachtet hatte, dass sie aus ihrem Schneckenhaus gekommen war, um alle anzusprechen, die an dem Korb mit den Bällen vorbeigegangen waren. Folglich hatte sie eine ununterbrochene Reihe von Spielerinnen. Sie hatte kein einziges Mal direkt mit ihm gesprochen, seit die Bälle zu fliegen begonnen hatten. Sie sah ihn oft an. Und es hatte ihn bis zu einem gewissen Punkt nicht gestört, sie gewähren zu lassen. Doch jetzt, klatschnass und gereizt, entschied er, dass es an der Zeit war, dem Wahnsinn Einhalt zu gebieten.

„Ich bin raus", sagte er und hob seine Stiefel und Socken auf. Er hatte keine Wechselkleidung mitgebracht. Er hatte nicht einmal ein Handtuch und würde tropfnass zu seinem Truck gehen. Das würde er sich von seinen Cowboy-Freunden bis in alle Ewigkeit anhören dürfen. Er wartete nicht darauf, dass sie etwas sagte, bevor er ging.

„Hey, Seth", sagte Norma Sue, als er an ihr vorbeiging. „Du warst ein echter Trooper da oben."

„Hab ich gerne gemacht", brummte er und ging weiter.

Er würde nach Hause gehen, sich umziehen und

zurück in die Höhle gehen. Er brauchte ein bisschen Zeit allein.

„Ich habe ein Handtuch für dich", sagte Melody und überraschte ihn, als sie plötzlich neben ihm joggte und ein flauschiges weißes Handtuch hielt.

„Woher kommt das denn?" Er wurde weder langsamer, noch nahm er das Handtuch.

„Die alten Damen hatten sie unter dem Tisch deponiert, für den Fall, dass jemand eins braucht."

Wasser tropfte aus seinen Haaren, und seine Jeans wog allein zwanzig Pfund. „Danke, aber nein danke. Ich habe mein eigenes Handtuch, wenn ich nach Hause komme. Hast du da hinten nicht noch jemanden, den du ertränken kannst?"

„Norma Sue hat übernommen."

Seth warf ihr einen bösen Blick zu. Sie musste sich anstrengen, um mit ihm Schritt zu halten. Er war ein Idiot, aber er war nicht wirklich in der Stimmung, etwas daran zu ändern.

„Schau", sagte sie. „Ich bin wütend auf dich."

„Dann stell dich hinten an."

Sie blieb stehen, und er hörte einen Grunzlaut von ihr. Sein Truck war in Sichtweite, und er wurde nicht langsamer.

„Warum tust du das?", fragte sie, joggte an ihm vorbei und baute sich vor ihm auf.

Er blieb stehen und sah in den Himmel, um um Hilfe zu flehen. „Wenn du es nicht bemerkt hast, habe ich Gefühle für dich. Wenn man Gefühle für jemanden hat, will man diesen Jemand beschützen. Ich versuche es, aber du lässt mich nicht. Warum bist du wütend auf mich, wenn du wütend auf deinen Bruder sein solltest? *Er* ist derjenige, der dein Leben ruiniert."

Sie hatte keine Ahnung gehabt. Sie starrte ihn an, als würde er eine andere Sprache sprechen. Er ließ den Kopf hängen und versuchte, sich damit abzufinden, dass Melody kein Teil seines Lebens sein würde. Wie hatte er zulassen können, dass er so schnell so tiefe Gefühle entwickelt hatte?

„Hast du jemals innegehalten und daran gedacht, dass die Probleme deines Bruders und deine Probleme getrennte Probleme sind? Er muss sich mit *seinen* Problemen auseinandersetzen. Das ist schmerzlich offensichtlich. Aber, Melody, für mich sieht es so aus, als ob du deine eigenen Probleme hinter seinen versteckst. Wo ist dein Glaube? Hast du jemals daran gedacht, dass Gott darauf wartet, dass du ihm aus dem Weg gehst und darauf vertraust, dass Er die Kontrolle hat?"

Der Trotz in ihren Augen verebbte und ließ ihn hoffen, dass sie vielleicht wenigstens zuhörte. „Du kannst deinen Bruder nicht ändern. Und ich kann dein

Problem nicht lösen, egal wie sehr ich es will ... und es ärgert mich. Aber die Wahrheit ist nunmal die Wahrheit."

Er wollte sie halten, sie küssen. So schwer es zu glauben war, wollte er ihr sagen, dass er sich in den drei kurzen Wochen, in denen sie sich näher kennengelernt hatten, in sie verliebt hatte. Doch das würde er nicht tun. Was würde es nützen? Wenn sie weiter ihr Leben von ihrem Bruder diktieren lassen wollte ... Seth würde niemals zulassen, dass dieser Mann jemals *sein* Leben diktierte.

„Ich muss los." Er ging zu seinem Truck und sah sich nicht um, als er wegfuhr.

KAPITEL ACHTZEHN

Nachdem Seth gegangen war, ging Melody nicht zurück zur Tauchkabine. Stattdessen ging sie nach Hause – da sie wusste, dass Norma Sue übernommen hatte, war die Kabine in guten Händen. Bessere Hände als ihre eigenen.

Sie fuhr zurück zum Postkutschenhaus, ging aber nicht hinein. Sie ging zur Rückseite des Hauses und nahm die verwitterte Steintreppe, die vor so langer Zeit zum Fluss hinunter angelegt worden war. Sie ging zum Rand des Wassers, sank zu Boden und betete. Ihre Gedanken rasten durch ihren Kopf mit der Geschwindigkeit des Wassers, das an ihr vorbeiströmte, die Gefühle in ihrem Herzen ebenso stürmisch. Sie war weggelaufen – hatte ihr Telefon aus der Steckdose gezogen … und sie schämte sich. War sie ein Feigling gewesen? War es das, was sie geworden war?

Seth hatte sie auf das Offensichtliche hingewiesen. Sie wusste in ihrem Herzen, dass er Recht hatte. Sie hatte sich schuldig gefühlt, dass sie seit Jahren für ihren Bruder gebetet hatte, obwohl sie tatsächlich wenig Hoffnung gehabt hatte, dass die Gebete halfen.

Sie sollte im Glauben leben. *Die Wahrheit war die Wahrheit*. Sie erinnerte sich deutlich an Seths Worte.

„Melody."

Sie drehte sich um und sah Lacy auf halbem Weg die Treppe hinunter stehen. Das Rauschen des Flusses hatte ihre Schritte übertönt.

„Hey, was machst du hier?"

Lacy joggte die letzten Stufen hinunter und ließ sich neben ihr auf dem Felsen nieder. „Ich bin aus dem Diner gekommen und habe den Austausch zwischen dir und Seth gehört. Ich wollte mich um meine eigenen Angelegenheiten kümmern, aber ich musste kommen und sehen, ob ich was für dich tun kann. Ich bin ein ziemlich guter Zuhörer, weißt du?"

Melodys Emotionen schwollen an. Sie brauchte dringend jemanden, mit dem sie reden konnte. Lacy war die perfekte Freundin zum Reden.

„Ich habe einen Bruder." Melody hörte die Worte und war erleichtert, es zuzugeben.

Lacy legte eine Hand auf ihren Arm und drückte sie sanft. „Erzähl mir von ihm."

Und sie tat es. Melody erzählte ihr alles. Alles, was sie Seth erzählt hatte, und alles, was sie in den letzten Tagen empfunden hatte. „Ich bin so weit, dass ich mich so schwach, aber gleichzeitig so wütend fühle. Ich bin die meiste Zeit innerlich verknotet. Ich habe gebetet und um Antworten und Kraft gefleht, das zu tun, was ich tun muss, doch es kommt nichts. Was noch schlimmer ist, ist, dass ich jetzt diese verworrenen Gefühle für Seth habe."

Lacy hatte aufmerksam zugehört und holte jetzt tief Luft. „Zu denken, dass du das alles so lange auf deinen Schultern getragen hast. Ich könnte sagen, schäm dich, denn wir sind jetzt deine Familie, und ich wünschte, du hättest uns helfen lassen – aber das werde ich nicht tun." Sie lächelte freundlich. „Das war der Weg, den man gehen musste, um an den Punkt der Wahrheit zu kommen. Jeder von uns muss diesen Weg auf seine eigene Weise zu seiner eigenen Zeit gehen. Soweit ich weiß, gibt es da keine Eile."

Melody ließ ihre Worte auf sich wirken. „Vielleicht hast du Recht."

Lacy lächelte. „Vielleicht. Hör zu, ich habe keine Antwort für dich, aber ich weiß, dass Gott sie hat. Ich weiß jedoch, dass es für dich verheerend sein muss, deinen Bruder zu lieben, zu wissen, dass er sein Leben ruiniert und du ihm nicht helfen kannst. Ich weiß auch nicht, ob ich an deiner Stelle die Kraft hätte, ihn gehen zu lassen … selbst wenn es in seinem besten Interesse wäre. Aber das kann ich dir sagen ... Gott liebt dich, Melody. Er hat dich nicht vergessen. Das Leben passiert. Egal wie sehr wir jemanden lieben, wir können ihn nicht dazu bringen, die Entscheidungen zu treffen, die wir von ihm wollen. Wir können nur die Entscheidungen treffen, die für uns richtig sind."

„Aber das könnte man so interpretieren, dass ich nicht aufgeben sollte, Ty zu helfen. Ich drehe mich damit immer noch im Kreis." Melody holte tief Luft und starrte auf das Wasser.

„Melody, grab tief, du wirst in deinem Herzen wissen, was für dich richtig ist. All dieser Aufruhr, die du empfindest, kommt daher, dass du gegen die Wahrheit ankämpfst, die dich betrifft."

Melody wandte sich ab. Was war die richtige Entscheidung für *sie*? Nicht für Ty. Und nicht für Seth.

„Habe ich dir überhaupt geholfen?", fragte Lacy.

Melody beugte sich vor und umarmte sie. „Mehr als ich in Worte fassen kann. Ich habe vielleicht noch keine Antworten, aber ich fühle mich besser. Ich hatte das Gefühl, dass Seth sich wegen meines bisherigen Lebens ein Urteil über mich bildet. Er sieht es schwarz-weiß, und er hat kein Mitleid mit Ty. Im Gespräch mit dir habe ich dieses Urteil nicht gespürt."

„Gut." Lacy umarmte sie fest. „Ich denke, ich gehe zurück zum Jahrmarkt. Da ich diejenige bin, die den Ausschuss leitet, könnte es verrückt werden, wenn ich nicht da bin, falls es ein Problem gibt."

Das war so wahr. Lacy war unentbehrlich, um einen reibungslosen Ablauf zu gewährleisten.

„Danke, dass du gekommen bist. Ich habe wirklich jemanden zum Reden gebraucht."

Lacy stand auf. „Jederzeit. Und das wird schon. Ruf mich an, wenn du mich nochmal brauchst."

Sie drehte sich um, um die Stufen hinaufzugehen, blieb dann jedoch stehen. „Weißt du, das ist nur ein Gedanke, aber du hast gesagt, du bist erschöpft und fühlst dich schwach. Vielleicht musst du in dieser Situation sein, um Gottes Plan klar sehen zu können. Und vielleicht – und das ist jetzt nur ein Gedanke –, vielleicht ist jemand, der die Situation schwarz-weiß sieht, genau die Antwort, die du brauchst."

Seth bekam die Gedanken an sie einfach nicht aus seinem Kopf. Den ganzen Nachmittag, nachdem er Melody auf dem Festival auf der Straße stehengelassen hatte, hatte er wie ein Hund geschuftet und die Zaunlinie gesäubert, um seinen Frust abzubauen. Er war hart zu ihr gewesen. Ja, doch die Wahrheit war nun einmal die

Wahrheit, und er glaubte, dass sie jemanden brauchte, der ihr die Wahrheit über ihren Bruder zeigte. Doch er war wirklich wütend gewesen, als er mit ihr gesprochen hatte, und das war falsch.

Er hatte nicht erlebt, was sie erlebt hatte. Er kannte den Kummer nicht, den sie empfand, und deshalb sollte er sich kein Urteil über sie erlauben. Und genau das hatte er getan. Er hatte es nicht gewollt, doch das bedeutete nicht, dass es nicht so war. Punkt.

Wenn er Mann genug war, um es auszuteilen, war er Mann genug, einzustecken. Als er endlich zu dieser Wahrheit fand, war die Sonne untergegangen, und die Dämmerung brach herein. Bald würde das Feuerwerk stattfinden. Und in einer perfekten Welt würde er auf seiner Heckklappe sitzen und es mit Melody ansehen, und dann würde er sie küssen, und alles wäre gut.

Doch das war keine perfekte Welt. Und er schuldete Melody eine Entschuldigung.

Eine halbe Stunde später, nachdem er aufgeräumt hatte, fuhr er zu Melody. Er sagte sich, dass er, egal was sie sagen würde, nicht urteilen und nicht wütend werden würde. Er war hier, um sich zu entschuldigen, und das war das, was er tun würde.

Sie öffnete die Tür, bevor er die Treppe hinaufgekommen war. Das warme Licht aus dem Haus tauchte sie in einen goldenen Schein, und er verspürte eine tiefe Sehnsucht. Wie würde es sich anfühlen, wenn sie ihn jeden Abend zu Hause willkommen hieß? Er hatte erst drei Wochen in Melodys Gesellschaft verbracht und doch wusste er, dass sie die Richtige für ihn war.

Nicht, dass sie jemals so für ihn empfinden würde.

Er nahm seinen Hut ab und drehte ihn zwischen seinen Händen, während er mit den Fingern über den Rand strich und sie ansah. „Ich bin gekommen, um mich zu entschuldigen", sagte er. „Ich bin heute zu weit gegangen. Jeden Tag. Dein Bruder geht nur dich etwas an, und ich hatte kein Recht, mich einzumischen."

„Willst du reinkommen?"

Ihre sanfte Einladung kam unerwartet. „Nein. Ich bin nur gekommen, um das zu sagen."

Sie nickte und überraschte ihn, als sie auf die Veranda trat und mit verschränkten Armen barfuß zur Brüstung ging. Das Außenlicht war nicht eingeschaltet, doch das Licht aus den Fenstern erstreckte sich in länglichen Rechtecken über einen Teil der Veranda und in den Hof. Sie hielt sich vom Licht fern.

„Ich habe den ganzen Nachmittag in meiner Bibel gelesen", sagte sie und warf ihm einen Blick zu, bevor sie erneut in die Dunkelheit starrte. „Lacy ist vorbeigekommen, und ich habe mit ihr gesprochen. Sie hat uns streiten sehen und sich Sorgen gemacht. Ich habe ihr von Ty erzählt."

„Mit ihr kann man gut reden."

Sie nickte, und ihre Arme spannten sich an. „Weißt du, dass ich seit gestern Abend mein Telefon vom Netz genommen habe?"

Das erschreckte ihn. „Wieso das denn?"

Sie drehte sich zu ihm um. „Anstatt mich Ty zu stellen, habe ich ihn ausgesperrt. Ich habe ihm das Geld nicht geschickt, und ich habe ihm nicht gesagt, dass ich es nicht getan habe." Sie lachte bitter. „Ein echter Vogel Strauß. All die Jahre habe ich zugelassen, dass ich ein Opfer war – ich denke, das ist das richtige Wort. Ich weiß, dass ich wütend war und allem die Schuld gegeben habe. Doch Fakt ist, dass ich es mir leicht gemacht habe. Tys Sucht all die Jahre zu unterstützen war einfacher, als ihn leiden zu sehen."

Sie litt, und es brach ihm das Herz. „Melody, du hast dein Bestes gegeben. Ich hätte nie so hart zu dir sein sollen."

„Nein. Du hattest Recht. Ich muss Ty loslassen. Ihm wurde beigebracht, richtig von falsch zu unterscheiden, und er hat sich immer wieder für diesen Lebensstil entschieden ... und warum auch nicht? Was kostet es ihn? Nichts. Es kostet *mich*. Es hat meine Eltern gekostet. Aber es kostet ihn nichts. Wie auch immer ... danke, dass du mir die Augen geöffnet hast.

Ich denke, du warst tatsächlich eine Antwort auf meine Gebete – du hast harte Wahrheiten ausgesprochen, die ich hören musste."

Was hatte er dazu gesagt? Er wollte so viel mehr für sie sein, doch der Ausdruck in ihren Augen sagte ihm, dass er keine Chance hatte. Der Spruch „den Boten trifft keine Schuld" würde ihm hier wohl nicht weiterhelfen.

Sie ging zurück zum Haus, blieb dann jedoch stehen. „Ich fahre morgen nach Hause."

„Nach Hause?"

„Ja. Ich gehe zurück nach Katy, um Ty zu sehen."

„Was? Aber du hast doch gerade gesagt …?" Was tat er da? Er steckte seine große Nase schon wieder in etwas hinein, in das sie nicht hineingehörte.

„Ich werde ihm persönlich sagen, dass ich ihm in Zukunft weder Geld noch sonst irgendwelche Unterstützung geben werde. Was ich ihm sagen muss, kann man nicht am Telefon sagen."

„Lass mich mitkommen."

„Das muss ich allein machen."

„Das ist keine gute Idee."

„Warum? Weil es nicht deine Idee ist?"

Seths Temperament flackerte auf, und er musste tief durchatmen, um sich zu beruhigen. „Er ist dein Bruder, aber ich kenne ihn nicht. Ich vertraue ihm nicht, und mein Bauchgefühl sagt mir, dass das keine gute Idee ist. Wenn der Typ Drogen nimmt und du ihn wütend machst, weißt du nicht, wie er reagieren wird. Wenn er, wie ich vermute, mit Meth und Koks rumspielt und wer weiß was sonst noch, dann funktioniert sein Verstand nicht wie der eines normalen Menschen."

„Ich muss das allein machen. Ich muss stark sein – hast du mir das nicht gesagt? Ich vertraue auf Gott, und ich gehe. Allein."

Seth trat auf sie zu. Jede Faser seines Seins sagte ihm, dass dies keine gute Idee war. „Hör mir zu, Melody", die Worte kamen schroff heraus, so rau wie all die Emotionen, die in ihm tobten. Er nutzte die Gelegenheit und hob seine Hände, um ihr Gesicht zu halten. „Du bist mir wichtig. Ich liebe dich. Ich weiß, wir kennen uns erst seit kurzer Zeit, aber die Wahrheit ist die Wahrheit. Und das ist meine."

Ihre Augen weiteten sich, und sie stieß ein leises Keuchen aus. Sein Herz hämmerte, und er wollte sie so sehr küssen, dass er es kaum ertragen konnte. Doch jetzt war nicht die Zeit. Vielleicht würde nie die Zeit dazu sein. „Ich kann dich das nicht tun lassen. Nicht allein."

Sie zog sich aus seinen Armen zurück. „Du hast keine Wahl, was das angeht. Gute Nacht, Seth", sagte sie, verschwand ins Haus und schloss die Tür.

KAPITEL NEUNZEHN

Sobald Seths Rücklichter verschwunden waren, packte Melody einen Koffer und machte sich auf den Weg aus der Stadt. Sie ging nicht das Risiko ein, dass er am nächsten Morgen auf ihrer Veranda warten würde. Man konnte sie dumm nennen oder was auch immer, doch sie musste das allein tun. Sie war lange genug davongelaufen. Und dann, danach, könnte sie über ihre Gefühle für Seth nachdenken.

Er hatte ihr gesagt, dass er sie liebte.

Es war zu unglaublich, um es zu fassen.

Und sie war emotional zu verwirrt, um ihre Gefühle zu bewerten. Im Moment hatte sie so viel von ihrer Vergangenheit, dem sie sich stellen musste. Als sie durch die Nacht fuhr, kreisten ihre Gedanken zurück zu all den Jahren, in denen sie zugesehen hatte, wie Ty ihre Eltern bearbeitet hatte. Rückblickend erkannte sie, dass er sich ihr gegenüber genauso verhielt, wie bei ihnen. Und doch hatte sie es zugelassen.

Sie fuhr zwei Stunden nach College Station, bevor sie sich ein Zimmer nahm. Sie war sich nicht sicher, ob sie schlafen konnte, doch sie wusste, dass sie es versuchen musste. Nachdem sie ein Gebet gesprochen hatte, dass Ty bereit sein möge, zu hören, was sie zu sagen hatte, und dass er bereit sein möge, in eine Entzugsklinik zu gehen, sank sie ins Bett und schlief fast sofort ein. Es waren ein paar emotional anstrengende Tage gewesen.

Sie war um sieben wach und angezogen, und um acht saß sie in ihrem Auto. Sie hielt kurz nach zehn vor Tys Wohnung in Katy an. Es war traurig. Ihre Eltern hatten Ty ihr Zuhause hinterlassen. Sie hatten ihm ein Dach über dem Kopf geben wollen, damit sie sich keine Sorgen machen mussten, ob er auf der Straße landete, doch sie hatten sich so hoch verschuldet, um ihn zur Behandlung zu schicken, dass nach ihrem Tod das Haus von der Bank versteigert worden war, um die Schulden zu begleichen. Und jetzt war sie hier. Als sie in ihrem Auto saß, fühlte sie sich ruhig. Er hatte ihnen so viel genommen, und wenn sie noch am Leben wären, wusste sie, dass er sie immer weiter ausnehmen würde. Ja, man könnte sagen, dass es die Drogen waren, doch Melody wusste, dass ihr Bruder einst genau gewusst hatte, was er tat, und er hatte sich entschieden, alles aufzugeben, um egoistisch zu tun, was immer er wollte.

Warum hatte sie so lange gebraucht, um Frieden mit dem zu schließen, was sie zu tun hatte? Diese Frage hatte sie sich auf der langen Fahrt immer wieder gestellt. Und Lacys Antwort schien die richtige zu sein … sie hatte die Realität erkannt, als sie bereit war, sie zu akzeptieren. Und Seth war der Schlüssel gewesen.

Wieder erlaubte sie sich nicht, über Seth nachzudenken. Hier ging es um sie und Ty. Zum ersten Mal seit Jahren empfand sie ein Gefühl des Friedens. Sie hatte diese Entscheidungen nicht für Ty getroffen. Er hatte es. Und das, auch wenn sich sein Alkohol- und Drogenmissbrauch in eine Sucht verwandelt hatte und man argumentieren könnte, dass er jetzt, wo er von den Drogen beherrscht wurde, keine verantwortungsvolle Entscheidung treffen konnte. Melody wusste, dass er das System besser kannte als jeder andere, wusste, wie man um Hilfe suchte und wie man in ein Programm aufgenommen wird. Er hatte das System und alle, die ihn je geliebt hatten, ausgenutzt. Er war vielleicht nicht bereit, das Karussell zu verlassen, doch sie war es.

Ihr Magen schmerzte, als sie die Stufen hinaufging. Sie holte tief Luft und klopfte an die Tür. Ihr Herz pochte, als er es endlich aufzog. Sie schnappte fast nach Luft, als sie ihn sah. Mit hohlen Augen, gezeichnet und schmutzig. Hinter ihm sah die Wohnung nicht besser aus.

„Ach, bist du also endlich aufgetaucht", höhnte er. „Du bringst mein Geld? Sie werfen mich morgen raus."

Wut und Mitleid überfluteten sie sofort. Sie waren so intensiv, dass sie fast kapituliert hätte. Sie schluckte schwer. Der verlorene Sohn in der Bibel hatte seine Lektion selbst lernen müssen.

„Ich bin gekommen, um dir persönlich zu sagen, dass ich dich liebe, Ty. Und weil ich dich liebe, bekommst du kein Geld mehr von mir."

Er kniff die Augen zusammen und ballte seine Hände zu Fäusten. „Du hast nach dem Unfall von Mom und Dad das ganze Geld bekommen. Du schuldest mir was."

„Da war kein Geld. Sie hatten zwei Hypotheken auf das Haus aufgenommen, um deine Klinikaufenthalte und deine Sucht zu bezahlen. Und es war dir egal." Ihre Wut kochte hoch, doch sie atmete tief durch und hielt ihm ein Blatt Papier entgegen. „Das sind die Nummern von mehreren kostenlosen Entzugsprogrammen. Ich habe sie dir schon einmal am Telefon gegeben, aber ich wollte sicher sein, dass du sie hast. Das ist das letzte Mal. Du musst dich jetzt selbst um dein Leben kümmern. Ich werde keine Anrufe mehr von dir entgegennehmen, es sei denn, dieser Anruf kommt aus einer Entzugsklinik. Wenn du einverstanden bist, fahre ich dich gleich zu einer."

„Lass das Drama. Ich gehe nicht in eine Klinik. Sie behandeln mich wie einen Hund, und es funktioniert sowieso nicht. Du weißt das."

„Sie funktionieren nicht, weil du es nicht willst. Das muss man *wollen* und das weit du. Ich kann es nicht für dich tun."

„Das ist alles die Schuld von Mom und Dad –"

„Das ist *deine* Schuld. Alles, was Mom und Dad je getan haben, war, dich zu lieben. Und du hast alles weggeworfen."

Er trat mit wildem Blick auf sie zu, und Melody wich von der Tür zurück und erkannte, dass Seth vielleicht Recht gehabt hatte. Vielleicht hätte sie nicht allein hierherkommen sollen.

„Nimm das", sagte sie, hielt ihm die Liste entgegen und betete, dass sie keinen Fehler gemacht hatte. Er packte die Liste und warf sie auf den Boden.

„Ich bin lieber auf der Straße als nochmal in so eine Klapse zu gehen. Und das ist dann allein deine Schuld!", keifte er.

„Nein, Ty. Ist es nicht. Alles, was du tun musst, ist, um Hilfe zu bitten und sie zu *wollen*. Die Klinik wird dir durch den körperlichen Entzug helfen, und wenn du ihn darum bittest, wird Gott an deiner Seite sein, um dir

Kraft zu geben." Eine Ruhe legte sich in diesem Moment über Melody, als hätte Gott seine Hand auf ihre Schulter gelegt, um ihr zu versichern, dass sie ihn loslassen konnte. Sie blinzelte die Tränen der Trauer um Ty zurück, und in diesem Moment übergab sie ihn wirklich dem Herrn und setzte ihre Hoffnung auf Ihn.

Ihre Knie waren schwach, als sie sich umdrehte und ging.

„Odee", rief Ty, aber sie sah nicht zurück. „Komm schon, Odee, hör auf, herumzualbern, und gib mir den Scheck."

Sie stieg in ihr Auto, holte tief Luft und fuhr weg. Seine Zukunft war jetzt in seinen Händen.

Sie hatte ihre eigene Zukunft, an die sie denken musste.

Seth saß auf Melodys Veranda, als sie um sieben vorfuhr. Er bemühte sich, ruhig zu bleiben, als er von seinem Stuhl aufstand. Er war in seinem Truck, als sie aus ihrem Auto stieg.

Er hatte sich gesagt, dass es ihre Entscheidung war, allein zu ihrem Bruder zu gehen. Es war ihre Sache. Er hatte kein Recht, wütend zu sein, doch es war, als würde er gegen den Wind reden.

Sie sah müde aus, und trotz seiner Wut wollte er sie

so sehr festhalten, dass er fast zerbrach. Doch sie wollte es nicht. Sie hatte ihm das klar gezeigt, als sie ihn ausgesperrt hatte.

„Seth", sagte sie und trat an sein Fenster. Er drehte den Zündschlüssel um.

„Du bist zu Hause."

„Ja. Warst du lange hier?"

Er senkte sein Kinn. „Lange genug." Wie wäre es mit zwölf Stunden?

Sie starrte zu Boden. „Ich weiß, dass du sauer auf mich bist und das aus gutem Grund. Ich hätte nicht allein gehen sollen. Du hattest Recht."

Sein Herz zuckte gegen seine Rippen wie ein Stier gegen ein Tor. „Aber alles ist in Ordnung? Er hat dir nicht wehgetan?"

Sie schüttelte den Kopf. „Aber mir ist klargeworden, wie leicht er das hätte tun können. Wenn er wirklich daneben gewesen wäre, hätte es hässlich werden können. Es tut mir leid, dass ich nicht auf dich gehört habe."

Er sagte nichts und starrte geradeaus. Er hatte stundenlang für sie gebetet. „Ich bin froh, dass es dir gut geht." Er stellte den Schalthebel auf *Drive*, ließ aber die Bremse nicht los.

„Willst du auf einen Kaffee reinkommen oder so?"

„Nein. Ich muss die Kühe füttern."

„Willst du Gesellschaft dabei?"

Er riss sich den Hut von der Stirn und unterdrückte den Impuls, „Ja, bitte!" zu sagen.

„Nicht heute Abend. Bis die Tage. Ich freue mich, dass es gut für dich gelaufen ist."

„Ich weiß, dass du sauer auf mich bist", sagte sie.

„Nein. Ich habe nicht das Recht, sauer auf dich zu sein."

„Das hat dich noch nie aufgehalten."

Er hörte das Necken in ihrem Ton und war nicht amüsiert. „Das ist nicht lustig", knurrte er.

„Du hast Recht. Ist es nicht. Und du hast Recht, ich hätte nicht allein gehen sollen, und dafür habe ich mich bereits entschuldigt. Aber was geschehen ist, ist geschehen, und zum ersten Mal in meinem Leben empfinde ich Frieden, was meinen Bruder angeht. Ich kann nicht anders, als mich gut zu fühlen. Morgen wird er höchstwahrscheinlich aus seiner Wohnung geworfen – was ich schrecklich finde. Doch ich betrachte es als den Beginn seines Erwachens. Er muss möglicherweise auf der Straße landen, bevor er sich auf den Weg der körperlichen und geistigen Heilung begeben kann. Ich bete, dass er bei alldem irgendwo erkennt, dass er den Herrn auch in seinem Leben braucht." Sie griff durch das Fenster und legte ihre Hand auf seine Schulter. „Also, kannst du bitte nicht böse auf mich sein und dich

261

einfach nur freuen, dass ich endlich getan habe, was ich tun musste? Und was du von mir wolltest?"

„Ich bin froh. Das bin ich wirklich. Es ist das Beste für dich. Ruh dich ein bisschen aus. Du siehst erschöpft aus."

Sie zog ihre Hand zurück, und er ignorierte den Schmerz, den er in diesen große veilchenblauen Augen aufblitzen sah, als er davonfuhr. Doch heute Abend brauchten sie beide Abstand. Er hatte heute etwas erkannt, und es schmerzte. Er hatte keine Ahnung, was sie für ihn empfand. Sie hatte ihm nie wirklich signalisiert, dass er mehr als ein Schatzsucher-Kumpel für sie war … Er hatte ihr gesagt, dass er sie liebte, und sie hatte nicht darauf reagiert.

Das Telefon klingelte, als er zur Tür hereinkam.

„Ist aber auch Zeit, dass du anrufst", blaffte er, als er Wyatts Namen auf dem Display sah.

„Du hörst dich nett an."

„Du solltest mich persönlich sehen."

Sein Bruder lachte. „Was ist los, kleiner Bruder?"

„Du weißt genau, was los ist."

„Nein, tue ich nicht. Ich habe eine hübsche Lady ins Nachbarhaus einziehen lassen, weil ich dachte, sie könnte dir guttun, und du hörst dich an, als würde die

Welt auseinanderbrechen. Wie kann das sein, wo Cole mir gesagt hat, dass du nach einem Schatz suchst?"

„Wir haben eine dämliche Höhle gefunden, und es ist mir egal." Seth ließ sich auf seinen Schreibtischstuhl fallen, da er wusste, dass es wahr war. Ihm war nur eines wichtig. Melody. „Ich liebe sie."

„Wie bitte? Hast du gerade gesagt, du liebst sie? Hey, ist nur – wie lange, drei Wochen? – da draußen. Ich hatte gehofft, dass ihr zusammen passen könntet, aber das kommt ein bisschen plötzlich, würdest du nicht auch sagen?"

„Habe ich auch gedacht. Aber glaub mir, bei allem, was sie und ich durchgemacht haben, fühlt es sich an, als würde ich sie seit mindestens drei Monaten kennen."

„Drei Monate ist auch schnell. Ich hatte nur gehofft, dass ihr gut miteinander auskommt und vielleicht mit der Zeit etwas klappen würde. Aber drei Wochen?" Er pfiff, und Seth konnte ihn geradezu in seinem Bürostuhl lümmeln sehen. „Du klingst nicht sehr glücklich darüber", sagte Wyatt nach einem Moment der Stille.

Seth erzählte ihm von Ty, was ihm einen weiteren langen Pfiff einbrachte.

„Kein Witz, als du sagtest, ihr habt alle viel durchgemacht. Also hat sie ihn losgelassen."

„Und sie denkt, jetzt wird alles gut."

„Und du bist dir nicht so sicher?"

„Nein. Aus verschiedenen Gründen. Nummer eins ist, dass ich keine Ahnung habe, ob sie dasselbe für mich empfindet wie ich für sie. Vielleicht bin ich nur der Typ, der zufällig die ganze Zeit hier war."

„Ich bezweifle das."

„Was weißt du schon?"

„Hey." Wyatt lachte. „Ich habe das Potenzial in dem Moment gesehen, in dem ich diese Liz Taylor-Augen gesehen habe."

„Ja, das stimmt wohl."

„Würdest du dich entspannen? Wer würde einen Bullenbeißer wie dich nicht lieben? Welche Laus ist dir sonst noch über die Leber gelaufen?"

„Immer dieselbe."

„Du kannst nicht alles kontrollieren, Seth."

„Ja ich weiß."

„Nun, vielleicht wäre jetzt ein guter Zeitpunkt, dich zu entspannen und damit aufzuhören. Was sonst?"

Seth lachte. „Bei dir hört sich das so einfach an."

„Ja. Was jetzt noch? Du musst mir mehr als das geben. Es klingt für mich, als wäre es ziemlich schwer gewesen. Und es sind erst drei Wochen. Was ist mit diesem Schatz? Cole hat mir von dieser interessanten Entwicklung erzählt."

„Wir haben die Höhle gefunden, wurden aber von allem anderen abgelenkt."

„Schau, Seth, ich kenne dich. Ich bin überrascht, dass du so schnell diese Gefühle für sie entwickelt hast. Aber du solltest einfach langsamer machen."

Seth spürte, wie er Kopfschmerzen bekam. „Wyatt."

„Ja, willst du mir endlich sagen, was dich wirklich stört?"

Seth sagte zunächst nichts. Er hasste es, es zuzugeben. „Selbst wenn sie sich in mich verliebt, weiß ich nicht, ob ich mit ihrem Bruder und seinen Problemen, die unser Leben immer wieder auf den Kopf stellen könnten, umgehen kann oder will."

„Das ist ein Problem. Du glaubst also nicht, dass er keine Rolle mehr spielt, wie sie es dir gesagt hat?"

„Ich glaube, sie versucht es. Ich glaube, dass sie große Fortschritte gemacht hat und darauf vertraut, dass der Herr sich darum kümmert. Aber er ist ihr Bruder. Und selbst wenn er wie durch ein Wunder seinen Weg findet und irgendwann einen Entzug macht … das gibt ihr die Hoffnung, dass er geheilt ist. Bis er das nächste Mal wieder trinkt oder irgendwas schnupft oder raucht."

„Wenn das passiert, dann geht ihr das eben dann an. Warum ist das überhaupt eine Frage? Wenn du sie liebst, bist du für sie da. Du wirst aufstehen und der Mann sein, den sie braucht. Du bist der Typ, der keine Toleranz gegenüber Verlierern hat."

„Hier geht es nicht um mich. Hier geht es darum, was diese ständige Belastung mit ihr macht. Du hast es gesehen. Und dir ist nicht einmal bewusst gewesen, was du gesehen hast. Ich auch nicht, bis ich angefangen habe, Zeit mit ihr zu verbringen. Sie war innerlich so zerrissen und emotional mitgenommen. Ich weiß nicht, ob ich mir das immer und immer wieder ansehen kann."

„Jetzt verstehe ich", seufzte Wyatt. „Ich will dir da gar nichts vormachen, das ist hart. Und, Bruder, das ist keine Antwort, bei der ich dir helfen kann."

Seth atmete tief durch. „Ich weiß. Aber wenigstens hast du mir geholfen, damit umzugehen. Bis du angerufen hast, hatte ich mich der Sorge nicht ganz gestellt. Ich denke, ich melde mich später wieder bei dir."

„Hey, pass auf dich auf, und ich werde ein Gebet für dich sprechen … für euch beide."

„Vielleicht könntest du auch für ihren Bruder beten."

„Absolut."

Seth beendete den Anruf und legte das Telefon auf seinen Schreibtisch. Und dann sank er auf die Knie und begann selbst zu beten.

KAPITEL ZWANZIG

Seth war gerade damit fertig, seinen Männern ihre Arbeitsaufträge für den Tag zu erteilen, als Melody über den Weiderost fuhr.

„Wir müssen aufhören, uns so zu treffen", sagte er und versuchte, entspannt zu klingen, als er auf sie zuging. In dem Moment, als er sie sah, hatte sein Herz angefangen, Purzelbäume in seiner Brust zu schlagen.

„Hallo, Cowboy", sagte sie und lehnte sich gegen den Kotflügel. Ihr silberner Mustang hatte schon bessere Tage gesehen, doch bei all dem Geld, das sie all die Jahre ihrem Bruder gegeben hatte, hatte sie wahrscheinlich kein neues Auto auf ihrer Einkaufsliste gehabt. „Kommst du?"

Er hob eine Braue und verschränkte die Arme vor der Brust. Entweder das, oder er würde Ärger bekommen, weil er sie in seine Arme gezogen hätte.

„Wir gehen irgendwo hin?"

„Wir haben einen Schatz zu finden, schon vergessen?"

„Oh, ich glaube, ich erinnere mich, dass wir das auf unserer Agenda hatten."

„Dann lass uns einladen und losfahren. Ich habe Sandwiches und Wasser. Und denk nicht daran, länger böse auf mich zu sein. Ich habe darüber nachgedacht, und heute ist ein neuer Tag."

Ihre Augen tanzten, und er konnte nicht nein zu ihr sagen. „Dann lass uns gehen. Ich habe die Ausrüstung noch immer hinten auf meinem Truck."

Sie griff ins Auto und holte ihre kleine Kühltasche heraus, dann schlenderte sie an ihm vorbei. Er beobachtete sie fassungslos.

„Was ist? Worauf wartest du?"

„Oh nichts. Ich bin nur froh, dass du hier bist." Und das war die Wahrheit. Er hatte seine Sorgen, und bei der Tatsache, dass sie so guter Stimmung war, war er ein wenig besorgt, dass sie sich zu sehr bemühte, nicht daran zu denken, was heute im Leben ihres Bruders vor sich ging. Doch nichts davon änderte etwas daran, dass er wirklich froh war, dass sie hier war, lächelte und ihn neckte.

„Weißt du was?", sagte er und hielt ihre Tür auf, als sie auf den Sitz glitt.

„Was?"

„Ich denke, Stanley könnte einen Metalldetektor haben. Ich erinnere mich, dass er vor ein paar Jahren davon gesprochen hat, es zu seinem Hobby zu machen, doch seitdem habe ich nichts mehr davon gehört. Lass uns durch die Stadt fahren und ihn fragen."

„Aber das könnte ihn und App vielleicht misstrauisch machen."

Er drehte den Zündschlüssel und lauschte, wie der Truck zum Leben erwachte, bevor er sie ansah. „Ich denke, das wäre in Ordnung."

Ihre Augen weiteten sich. „Ich fass es nicht, dass du das gerade gesagt hast."

„Ja, ich auch, aber heute ist ein neuer Tag." Sie sagten ein paar Herzschläge lang nichts, sahen einander nur an.

„Ja, ist es", sagte sie schließlich. „Lass uns einen Schatz finden."

Er hatte es bereits, und das wusste er. Sie waren auf halbem Weg in die Stadt, bevor einer von ihnen sprach.

„Deine Grandma war eine starke Frau."

Er musste nicht fragen, von wem sie sprach. „Ja, das war sie."

„Ich habe an sie gedacht. Wie sie diese Worte geschrieben hat, die die Geschichte so sorgfältig dokumentiert haben. So reich. Sie klang, als hätte sie ihr

Leben genossen. Auch wenn es schwer gewesen sein muss."

Er nickte, sagte aber nichts, zu neugierig, wohin ihre Gedanken gingen.

„Und doch hatte sie gleichzeitig diese ganze andere Sache am Laufen. Was ist aus ihr geworden? Das habe ich nie gefragt?"

„Sie ist an einem Fieber gestorben. Grandpa Mason war ungefähr fünfzehn, glaube ich."

„Das würde mit dem Zeitpunkt korrelieren, an dem die Einträge enden. Um 1888. Ich frage mich, ob sie das Buch und die Wegbeschreibung kurz vor ihrem Tod versteckt hat oder schon viel früher. Weißt du, um es vor neugierigen Blicke zu bewahren." Sie lächelte. „Dein Wunsch nach Privatsphäre geht in deiner Familie weit zurück."

Er zog die Stirn kraus. „Scheint so. Aber ich habe mich das Gleiche über das versteckte Buch gefragt. Ehrlich gesagt, leider drehen sich die meisten überlieferten Geschichten nicht um Jane. Sie war eine gute Mutter und eine fleißige Arbeiterin, die es offensichtlich geliebt hat, dass ihre Familie sich so sehr bemüht hat, zusammenzuhalten. Trotz der Tatsache, dass sie einen spielsüchtigen Ehemann hatte. Und dem es schwerfiel, das aufzugeben, was sich für ihn als Metzgersgang herausgestellt hat."

Melody drehte sich auf ihrem Sitz um, und er warf ihr einen Blick zu, als die Stadt am Horizont in Sicht kam. Die bunten Gebäude strahlten im Licht der frühen Morgensonne. „Also, Oakley ist, soweit du weißt, ein paar Jahre später gestorben."

Seth musste die Wahrheit sagen. „Ja, das ist er, und … er hat Lagerfeuergeschichten geliebt und immer davon erzählt, dass Satteltaschen mit Gold auf dem Land versteckt waren. Die Geschichte wurde im Laufe der Zeit als seine Lieblingsgeschichte überliefert."

Melody starrte ihn an. „Das wusstest du schon immer?"

Er runzelte die Stirn und nickte. „Ich habe es dir nicht erzählt, weil wir die Geschichte nicht wirklich geglaubt haben. Wir dachten, dass er der König der Märchen war und dass es nur eine seiner Geschichten war."

„Was ist mit seinem Sohn Mason? Er hat so hart an der Seite deiner Grandma gearbeitet und diese Geschichten offensichtlich an seinen Sohn weitergegeben ... Oakley muss sowohl von deiner Grandma als auch von Mason geliebt worden sein. In keinem ihrer Einträge steht etwas, das dagegen spricht. Sie verliert kein schlechtes Wort über ihn."

„Er war ein Loser, aber er muss ein interessanter Kerl gewesen sein", sagte Seth. „Wyatt ist ein bisschen wie er, aber kein Loser. Er ist auch kein Spieler, doch im Gerichtssaal ist er ein Genie, weil er sich aus den meisten Situationen rausbluffen kann."

Melody kicherte. „Das kann ich mir vorstellen. Ich mag ihn sehr."

„Beruht auf Gegenseitigkeit."

Sie holte tief Luft. „Es war fast so, als ob er mich angesehen und gewusst hat, was ich gebraucht habe, noch bevor ich es selbst wusste. Ich musste wirklich da draußen sein."

Seth langte hinüber und drückte ihre Schulter. „So ist er."

„Also", sagte sie und ließ die Hände auf ihre Oberschenkel sinken. „Wenn Oakley so sympathisch war wie Wyatt, wissen wir beide, warum sein Sohn und seine Frau ihn trotz seiner Mängel geliebt haben. Sie wussten beide, dass er von besseren Tagen für sie geträumt hat."

„Da hast du vielleicht Recht. Ich denke, wir werden es nie erfahren."

„Das ist der Teil, den ich an Geschichtsrecherchen nicht mag – gegen eine Mauer zu stoßen, und die Geschichte geht nicht weiter."

Seth hielt vor dem Diner an. Wie üblich standen Applegates und Stanleys Trucks vor der Tür, und er konnte sie im Fenster des Diners über ihr Damespiel gebeugt sehen. „Was ist mit unserer Geschichte?", fragte er und bot ihr die Hand an, als sie ihre Tür bereits geöffnet hatte.

„Ich –" Sie legte ihre Hand auf seine. „Ich brauche Zeit. Meine Gefühle sind verknotet und –"

„Das ist okay. Ich verstehe es." Und er tat es. Alles war so schnell passiert, und er wusste, dass sie trotz der tapferen Fassade innerlich zerrissen sein musste. „Wir lassen es langsam angehen."

Sie nickte. „Danke. Das würde mir gefallen."

Er berührte ihre Wange, liebte das Gefühl ihrer Haut unter seinen Fingerspitzen. Dann nickte er zum Diner. „Lass uns Hilfe holen."

„Oder Ärger", schmunzelte Melody.

Seth grinste. „Ich denke, das klingt nach Spaß."

„Sicher. Ich habe einen Metalldetektor", sagte Stanley und hielt inne, während er eine Handvoll Sonnenblumenkerne aus dem Fünf-Pfund-Sack auf dem Tisch zog.

„Habt ihr einen Schatz?" Applegate drehte sein Hörgerät auf, als Stanley und Sam Melody und Seth anstarrten.

Melody war sich nicht sicher, wie sie die Frage beantworten sollte. Sicher, es war Seths Idee gewesen, zu fragen, ob Stanley einen Metalldetektor besaß, doch wollte er wirklich zugeben, dass es vielleicht einen Schatz auf seinem Land gab? Bisher war er so dagegen gewesen. Sie warf ihm einen Blick zu und überließ ihm die Antwort.

„Ja, das tue ich", sagte er, legte seinen Arm um ihre Taille und zog sie an sich. Seine Augen fingen ihre ein und ließen ihr Herz höher schlagen. Er sprach von ihr, und jeder wusste es. Er hatte bereits gesagt, dass er sie liebte. Sie, so unauffällig sie auch war. Es war kaum zu glauben. Nicht nur, weil sie sich erst so kurz kannten, sondern weil sie nicht der Typ Frau war, den sie sich an seiner Seite vorgestellt hatte. Sie war nicht der Susan Worth-Typ … schön, verspielt, bemerkenswert … und doch war sie sich dessen nicht mehr so sicher. Sie fühlte sich anders, seit sie Seth begegnet war. Seit sie mit ihrem Leben Frieden geschlossen hatte, mit Ty. Damit loszulassen. Sie fühlte sich erneuert – und das war bemerkenswert.

Vielleicht war bemerkenswert ein Geisteszustand.

„Wie würdet es euch gefallen, eine Höhle zu sehen?", fragte er.

„Du machst keine Witze?", fragte Sam und warf sich ein Geschirrhandtuch über die Schulter.

„Nein. Melody und ich haben eine Höhle entdeckt. Und wir haben sie gefunden, weil sie eine

Wegbeschreibung gefunden hat, die im Postkutschenhaus versteckt war."

Stanley und App standen so schnell auf, dass die Sonnenblumenkerne und Spielsteine flogen.

„Nun, worauf wartet ihr?", rief App und scheuchte sie zur Tür. „Man erzählt einem Haufen gelangweilter alter Käuze wie uns nicht sowas und trödelt dann."

Melody sprang ihnen aus dem Weg, direkt in Seths Arme. Sie starrte ihn an, und er grinste.

„Was habe ich dir über die Verrückten gesagt, die schon bei der bloßen Erwähnung eines Schatzes auftauchen würden?"

Melodys Herz erwärmte sich vor Zuneigung. „Oh, aber sie sind entzückende Verrückte", sagte sie, blickte zu Seth auf und fühlte sich so glücklich, so richtig.

Draußen konnte man hören, wie Sam aufgeregt einem hungrigen Gast erzählte, dass das Diner geschlossen sei. Er habe einen Schatz zu suchen.

„Ich denke, das ist unser Stichwort", sagte Seth. „Bist du bei mir?"

Sie nickte. „Oh ja, ich bin definitiv bei dir."

„Nichts anfassen", sagte Norma Sue und bellte Befehle an die kleine Truppe eifriger Schatzsucher, die sie beim Verlassen des Diners aufgegabelt hatten. Norma Sue und Esther Mae waren gerade zum Kaffeetrinken gekommen, als sie alle in Seths und Applegates Trucks stiegen. Um nicht zurückgelassen zu werden, waren die beiden sofort auf die Rückbank von Seths Dodge gesprungen.

Sie hatten bei Stanley Halt gemacht, wo er ihnen stolz seinen erstklassigen Metalldetektor gezeigt hatte. Melody kannte die Marke nicht, doch für Leute, die sich damit auskannten, musste der Name etwas bedeuten. Alles, was sie sagen konnte, war, dass sie froh war, dass sie das Gerät benutzen durften, und sie hoffte wirklich, dass es so gut war, wie es sein sollte.

Seth hatte so nah wie möglich an der Höhle geparkt und war dann die Schlucht hinunter zur Höhle vorausgegangen. Und jetzt waren sie hier.

„Wir fassen schon nichts an", sagte App und leuchtete mit seiner Taschenlampe herum.

Sam hielt die Laterne hoch, und alle keuchten über das goldene Licht. Melody fühlte sich seltsam distanziert. Sie war so begeistert von der ganzen Idee der Schatzsuche gewesen, als sie die Wegbeschreibung gefunden hatte, doch nichts hatte sich so entwickelt, wie sie es von einer Schatzsuche erwartet hatte. Sie war nicht mehr dieselbe Person, die sie gewesen war, als sie diese Reise begonnen hatte.

„Schalt das Ding an", sagte Esther Mae und deutete

auf den Metalldetektor.

„Alle Mann zurücktreten", warnte Stanley und straffte seine Schultern, als er den Schalter umlegte. „Wenn der Schatz hier drin vergraben ist, wird dieses Baby ihn finden."

„Auch wenn wir keinen Schatz finden, macht es irgendwie Spaß", sagte Norma Sue. „Du weißt, ich kann nicht glauben, dass das alles hier passiert ist, und wir habe nichts davon gewusst."

Applegate brummte. „Ihr wart alle auf eurer Bootsfahrt."

„Also werdet ihr mir und Esther Mae wohl erzählen, dass ihr Jungs davon wusstet?"

Sam sah sie an. „Wir wussten nichts *davon*." Er gestikulierte in der Höhle herum. „Aber wir wussten, dass hier was Wichtigeres vor sich geht."

Melody lächelte Seth an, und er zwinkerte. „Sie wussten an dem Tag, nachdem du mir gesagt hast, dass du nicht vom Mietvertrag zurücktreten würdest, dass ich erledigt war."

„Ja. Das wussten wir!", rief Stanley über seine Schulter, während er in der Höhle umherging.

Melody schlang ihre Arme um Seths Taille und umarmte ihn. Sie wollte ihn so sehr küssen. Und ihm sagen, dass sie ihn liebte, doch nicht mit einer Höhle voller Leute. Und nicht, bevor sie Zeit gehabt hatte, mit ihm über etwas zu sprechen, von dem sie wusste, dass sie es sagen musste.

„Kann ich kurz draußen mit dir reden?", fragte sie.

„Ihr Kinder habt Spaß", sagte Seth, nahm ihre Hand und führte sie durch den Ausgang in die vordere Kammer und ins Sonnenlicht.

„Ich wollte dich da drin nicht in Verlegenheit bringen", sagte er, sobald sie außer Hörweite waren. „Ich weiß, dass das alles ein bisschen schnell gegangen ist, und ich habe vor, es nach heute langsamer angehen zu lassen."

„Seth, ich liebe dich auch", platzte es aus Melody heraus, und sie spürte, wie ihre Wangen heiß wurden. „Hast du es ernst gemeint, als du gesagt hast, dass du mich liebst?"

„Von ganzem Herzen!" Er bewies es, indem er sie in seine Arme nahm und sie küsste. Melody schmolz, als seine Lippen ihre berührten. Ihre Welt drehte sich, als sie seinen Kuss mit ihrem eigenen beantwortete, und sie wusste, dass dies der Schatz war, nach dem sie ihr ganzes Leben lang gesucht hatte. Doch sie zog sich zurück und wappnete sich.

„Ich muss dich was fragen", brachte sie hervor, während ihr Herz vor Liebe und Sehnsucht so raste, dass sie das Gefühl hatte, in den Fluss gefallen zu sein und stromabwärts gespült zu werden.

„Alles", sagte er mit heiserer Stimme.

„Ich weiß nicht, was du denkst, doch bevor ich das weitergehen lasse, müssen wir über Ty sprechen."

Er atmete aus und lehnte seinen Kopf an ihren. „Das denke ich auch."

Ihr Herz sank beim Klang in seiner Stimme. „Ich bin nicht die Frau, die ich war, als ich nach Mule Hollow gekommen bin. Ich bin stärker. Ich weiß, was ich vom Leben will, und ich weiß, was ich nicht will. Ich werde Tys Probleme nie wieder mein Leben bestimmen lassen. Und ich möchte nicht wirklich Gespräche über ihn führen. Aber wie wir immer wieder sagen, die Wahrheit ist die Wahrheit, und er ist mein Bruder. Und ich kann nicht versprechen, dass ich ihn komplett aus meinem Leben verbannen werde. Kannst du damit leben? Ich meine, wärst du bereit, unsere Beziehung fortzusetzen – sehen, wohin sie führt – wo du das weißt?"

Sie hielt den Atem an, als sie beobachtete, wie seine Augen vor Liebe weich wurden. Es war unverkennbar.

Er küsste ihre Wange. „Ich kann nicht lügen und dir sagen, dass ich nicht daran gedacht habe. Ich werde aber nicht dabeistehen und zulassen, dass er dich so behandelt, wie er dich zuvor behandelt hat. Ich werde immer als Barriere hier sein. Doch das Problem war eher, dass ich wusste, dass ich es nicht ertragen kann, zuzusehen, wie er dich emotional erpresst hat.

„Mir geht's gut, wenn du an meiner Seite bist."

Er legte seine Hände um ihre Wangen und strich ihr Haar aus ihrem Gesicht. „Das glaube ich wirklich. Du bist so viel stärker, als du dachtest."

„Dank dir."

„Und dank dir glaube ich, dass ich etwas mehr Mitgefühl habe als zuvor. Doch hier ist der Deal – du wirst mich heiraten."

Sie lachte, sie konnte nicht anders. „Ein bisschen kühn, findest du nicht?"

Er lächelte. „Ich stecke nur meinen Claim ab. Du bist ein Schatz, den ich nicht verlieren will, Baby."

„Oh, Seth." Sie stellte sich auf ihre Zehenspitzen und umarmte ihn fest.

„Aber hör mir zu", sagte er an ihrem Ohr. „Du wirst von diesem Tag an immer meine Priorität sein." Er hielt sie an den Schultern und sah ihr in die Augen. „Das bedeutet, dass ich es ernst meine, wenn ich sage, dass ich nicht zulassen werde, dass dir jemand wehtut – egal wer. Kannst du damit leben?"

Zum ersten Mal in ihrem Leben füllten sich ihre Augen mit Freudentränen. „Oh ja, damit kann ich leben", sagte sie. „Ich liebe dich über alles."

„Das ist der einzige Schatz, der mich interessiert", sagte er.

Und dann küsste Seth, die Liebe ihres Lebens, Melody, als wäre sie die bemerkenswerteste Frau, die Gott je geschaffen hatte.

EPILOG

Der Anruf kam vier Wochen später an dem Tag, an dem Melody sich auf ihre Hochzeit vorbereitete. Er kam von einer Einrichtung an der Küste von Texas, und die Sozialarbeiterin rief an, um Melody mitzuteilen, dass ihr Bruder das Programm begonnen hatte. Er hatte nicht darum gebeten, sie selbst anrufen zu können, sondern wollte nur, dass die Sozialarbeiterin Melody wissen ließ, dass er da war und dass es diesmal so war, weil er es wollte. Melody weinte stille Tränen, und Hoffnung flackerte in ihrem Herzen. Sie hatte im letzten Monat die glücklichsten Tage ihres Lebens verbracht, als sie und Seth sich auf ihren Hochzeitstag vorbereitet hatten. Sie dachte an Ty, doch sie hatte es geschafft, sich emotional davon zu lösen, sich darüber Gedanken zu machen, was in seinem Leben geschah.

Stattdessen betete sie weiter für ihn, in dem

Glauben, dass ihm Gutes zuteilwerden könnte, wenn er es nur wollte.

Nachdem sie sich bei der Sozialarbeiterin für den Anruf bedankt hatte, legte sie auf und sprach ein Gebet für ihren Bruder. Sie bat Gott, ihm Kraft zu geben und Menschen um ihn herum zu scharen, die ihm helfen konnten. Er hatte noch einen langen Weg vor sich, doch zum ersten Mal in seinem Leben hatte ihr Bruder die richtige Wahl getroffen. Aus eigenem Antrieb. Und das hatte sie auch. Am Ende dieses Tages würde sie Mrs. Seth Turner sein, und ihr neues Leben würde sie auf der wunderbaren historischen Turner Creek Ranch mit dem Mann ihrer Träume beginnen. Sie konnte es immer noch kaum glauben.

Sie schloss das Tagebuch, das sie gelesen hatte, als das Telefon geklingelt hatte, und fuhr mit der Hand sanft über das verwitterte Leder. Sie hatten kein Gold in der Höhle gefunden. Doch sie hatten Hinweise gefunden, dass es einmal welches gegeben hatte. Es war eine dieser Legenden, die für immer ungelöst bleiben würden, doch sie und Seth waren unendlich dankbar für das, was sie bei der Suche gefunden hatten.

„Melody, bist du hier?", rief Lacy von der Haustür.

„Ich bin hier drin."

„Na, dann los jetzt, meine Liebe. Wir haben eine Hochzeit, zu der du …" Lacy blieb in der Tür stehen.

„Oh, wow. Du siehst wunderschön aus!"

Melody stand auf und blickte auf ihr Hochzeitskleid hinunter. „Ich konnte nicht anders. Ich weiß, dass ich mich in der Kirche anziehen sollte, doch ich wollte mein Kleid hier anziehen."

„Es ist dein Tag. Du kannst dein Kleid anziehen, wo immer du willst."

Melody lächelte, nahm ihren Schleier und ließ sich von Lacy aus dem Postkutschenhaus in ihren rosa Cadillac schieben.

„Es macht dir nichts aus, wenn das Verdeck unten ist?", fragte Lacy und half Melody einzusteigen, ohne ihr Kleid schmutzig zu machen. „Ich dachte nur, es ist ein so schöner Tag, und du kennst mich – es gibt nichts, was einen besonderen Tag besser macht, als eine Fahrt in der Sonne. Bringt dich sozusagen Gott nahe", sagte sie und joggte um das Auto herum.

Melody sah zu, wie ihre Freundin über die Fahrertür sprang und auf dem Sitz landete. „Ich glaube, du hast vollkommen Recht. Heute ist der perfekte Tag dafür. Ich bin so dankbar für das, was Gott für mich getan hat."

„Dann schnall dich an und lass uns fahren", sagte Lacy und trat auf das Gaspedal. Sofort schoss das Schlachtschiff von einem Cabriolet wie eine rosa Rakete die Straße hinunter.

Melody lachte in den Wind. Seth wartete am Ende der Straße in der Kirche auf sie. Sie fühlte sich, als würde sie schweben, als sie ihren Schleier in die Luft hielt und ihn im Wind wehen ließ. Sie schossen eine Straße entlang, die über zweihundert Jahre alt war. So viele Menschen waren auf der Suche nach ihrer Zukunft auf ihrem Weg quer durch Texas diese Straße entlang gereist. Genau wie sie – nur hatte Melody ihre gefunden, und sie war bei Seth.

Als sie die Sonne auf ihrem Gesicht und den Wind in ihren Haaren spürte, wusste sie, dass sie von allen, die diese Straße jemals bereist hatten, die Glücklichste war.

Es war bemerkenswert. Wunderbar, glücklich und bemerkenswert.

Weitere Bücher von Debra Clopton

Turner Creek Ranch Serie -
Die Cowboys von Mule Hollow
Schätze mich, Cowboy

Die Holden Brüder – Die Cowboys von Mule Hollow
Das Herz eines Cowboys
„Das Vertrauen eines Cowboys"
Die Wahre Liebe Eines Cowboys

Windswept Bay
Von Diesem Moment An
Irgendwo Mit Dir
Mit Diesem Kuss & Für Immer Und Ewig
Warten Auf Liebe
Mit Diesem Ring
Mit Diesem Versprechen
Mit Diesem Schwur
Mit Diesem Wunsch
Mit dieser Ewigkeit

Die Cowboys von Ransom Creek
Ihr Cowboy-Held (Vorgeschichte)
Braut zu mieten
Cooper
Shane
Vance
Drake
Brice

Die Cowboys von Mule Hollow Serie
Liebe Mich, Cowboy
Tanz Mit Mir, Cowboy
Immer Ärger mit Lacy Brown
… plus Baby macht fünf
Mein Herz gehört dir, Cowboy
Halt mich, Cowboy
Sei mein, Cowboy
Operation: Bis Weihnachten Verheiratet
Verehre Mich, Cowboy
Überrasch Mich, Cowboy
Sing für mich, Cowboy
Komm zu mir zurück, Cowboy
Reit mit mir, Cowboy

New Horizon Ranch Serie
Ein Cowboy für Maddie
Ein Cowgirl für Rafe
Ein Cowgirl für Chase
Ein Cowgirl für Ty
Eine Familie für Dalton
Eine Tierärztin für Treb
Maddies geheimes Baby
Ein Cowgirl für Austin

Über die Autorin

Die Bestseller-Autorin Debra Clopton hat bereits über 2,5 Millionen Bücher verkauft. Ihr Buch OPERATION: MARRIED BY CHRISTMAS soll sogar als ABC Familienfilm verfilmt werden. Debra ist bekannt für ihre modernen Westernromanzen, texanischen Cowboys und temperamentvollen Heldinnen. Romantik und eine Prise Humor werden immer miteinander verflochten, um den Leser zum Lächeln zu bringen. Als Texanerin in sechster Generation lebt sie mit ihrem Ehemann auf einer Ranch im Herzen von Texas und freut sich immer über Zuschriften von ihren Lesern.

Besuche Debras Website unter
debraclopton.com/deutsch

Melde dich für ihren Newsletter
www.subscribepage.com/KostenloseTexascowboyromantik

Triff sie auf Facebook unter
www.facebook.com/debra.clopton.5

Folge ihr auf Twitter unter @debraclopton

Kontaktiere sie unter debraclopton@ymail.com